U0576812

中国比较文学学会认知诗学分会
四川大学艺术学院
主 办

Cognitive Poetics Association
Under the Auspices of
China Comparative Literature Association
& Arts College of Sichuan University
Sponsors

支 宇 主 编
Zhi Yu　　Chief Editor

熊沐清　执行主编
Xiong Muqing　Executive Editor

第 11 辑
VOLUME 11

COGNITIVE
POETICS

认知诗学

文化艺术出版社
Culture and Art Publishing House

图书在版编目（CIP）数据

认知诗学. 第11辑 / 支宇主编. —北京：文化艺
术出版社，2022.12
ISBN 978-7-5039-7311-6

Ⅰ.①认…　Ⅱ.①支…　Ⅲ.①诗学—中国—文集
Ⅳ.①I207.2-53

中国版本图书馆CIP数据核字（2022）第189163号

认知诗学（第11辑）

主　　办　中国比较文学学会认知诗学分会、四川大学艺术学院
主　　编　支　宇
责任编辑　魏　硕
责任校对　董　斌
书籍设计　姚雪媛
出版发行　文化艺术出版社
地　　址　北京市东城区东四八条52号（100700）
网　　址　www.caaph.com
电子邮箱　s@caaph.com
电　　话　（010）84057666（总编室）　84057667（办公室）
　　　　　　　　84057696—84057699（发行部）
传　　真　（010）84057660（总编室）　84057670（办公室）
　　　　　　　　84057690（发行部）
经　　销　新华书店
印　　刷　国英印务有限公司
版　　次　2022年12月第1版
印　　次　2022年12月第1次印刷
开　　本　710毫米×1000毫米　1/16
印　　张　17
字　　数　290千字
书　　号　ISBN 978-7-5039-7311-6
定　　价　78.00元

本刊得到四川大学"艺术与科学交叉融合"双一流学科建设经费资助

《认知诗学》征稿启事

《认知诗学》创刊于 2014 年，现为中国比较文学学会认知诗学分会的会刊，是目前国内外唯一以认知诗学和认知文化研究为研究对象的专业性学术辑刊，由中国比较文学学会认知诗学分会与四川大学艺术学院联合主办。现设有"名家特稿""认知范式研究""认知文体批评""广义认知诗学""认知美学""认知诗学本土化""认知诗学关键词""前沿书评""书评速递"等栏目。论文理论性、实证性、综述性、创新性、学术性强。诚挚欢迎国内外专业学者赐稿！

自 2019 年第 1 辑开始，每年固定出版两辑，现已为中国知网收录。每年 10 月前的来稿刊登于下一年第 1 辑，4 月前来稿刊登于当年第 2 辑，出刊时间为每年 6 月和 12 月。

本刊欢迎理论性、创新性、综述性、学术性强的认知诗学、认知艺术批评和认知文化研究相关论文，特别欢迎广大青年学者踊跃投稿。正文篇幅在 8000—10000 字，书评为 5000 字左右。投稿邮箱为 cognitivepoetics@126.com。本刊编辑部将做到每稿必复。本刊采用双向匿名审稿制，不向作者收取任何费用，来稿一经刊发，即赠送作者样刊两册，并根据稿件质量发放稿酬，对本刊发表文章的任何转载（包括论文集收录等）均须经本刊同意。

为了使刊物编排规范，敬请作者根据《认知诗学》投稿模板修改格式。投稿模板参见中国比较文学学会认知诗学分会网站—学会刊物—《认知诗学》简介 http://www.cognitive-poetics.com/cn/periodical。

《认知诗学》编辑部

2022 年 6 月

名家特稿

理论综述与学术热点

认知美学

VOLUME 11
SPRING
2022

contents

Feature Article

Theoretical Survey and Academic Hot Spots

Cognition and Aesthetics

Cognitive Poetics in Translation

Cognitive Rhetoric Research

Cognitive Stylistic Criticism

Review

名家特稿

Bridging the Two Cultures: Literary Studies through the Looking Glass of Cognitive Science[1]

Jean—François Vernay[*]

Abstract:

In this survey article, Jean-François Vernay purports to retrace the genesis of Cognitive Literary Studies and examine its potential to bring scientific insights to the study of literature. More specifically, his reflexion attempts to determine whether Cognitive Literary Studies is able to bridge "the excitement of connecting scientific principles with a love of literature" , as Peter Stockwell has it. Vernay explores the cognitive and literary intersections through which the cognitive paradigm in Literary Studies is helping to redefine the boundaries between literary and scientific knowledge, renew literary criticism and reconsider one of the defining traits of fiction. What might be dismissed as an umpteenth interdisciplinary approach may in fact hold the key to discarding blue-sky conceptions of fiction while giving teachers and book professionals a cogent and much-coveted argument for the usefulness of literature.

Key words:

cognitive literary studies; neurohumanities; fiction; criticism; interdisciplinarity; literary theory; cognitive literary history

---

* Jean-François Vernay is the author of five monographs among which *The Seduction of Fiction: A Plea for Putting Emotions Back into Literary Interpretation* (Palgrave, 2016), currently translated into Mandarin by Dr.Jun Feng, *La séduction de la fiction* (Hermann, 2019), and *Neurocognitive Interpretations ofAustralian Literature: Criticism in the Age of Neuroawareness* (Routledge, 2021).He has also edited a Routledge volume: *The Rise of the Australian Neurohumanities: Conversations Between Neurocognitive Research and Australian Literature*, published in 2021. His monographs have been taken up for translation into English, Arabic, Korean, and Mandarin. He is currently working with international colleagues on a new project focused on the productivity of negativeemotions.

Introduction

Cognitive Literary Studies is gradually making its mark with the publication of a growing number of theoretical works that blend scientific approaches with literary theory, a trend which could be seen as narrowing the divide between what C. P. Snow called "The Two Cultures". To some extent, this slowly emerging trend could even be construed as the missing link, if not the ideal interface, between science and the humanities.

After touching on the genesis of Cognitive Literary Studies, this article explores the cognitive and literary intersections through which the cognitive paradigm in Literary Studies is helping to redefine the boundaries between literary and scientific knowledge, renew literary criticism and reconsider one of the defining traits of fiction. What might be dismissed as an umpteenth interdisciplinary approach may in fact hold the key to discarding blue–sky conceptions of fiction while giving teachers and book professionals a cogent and much–coveted argument for the usefulness of literature.

The genesis of cognitive literary studies

As Jean–François Dortier has retraced it in a crystal–clear timeline[2], the emergence of cognitive science—even though the term was coined in the mid–1970s—can be seen as the logical outcome of a long process of small steps taken throughout history, starting in the early seventeenth century when the rationalist philosopher René Descartes paved the way to theorizing the mind with his famous *cogito ergo sum* concept. It then gained momentum with the first brain–related discoveries in the 1860s followed by the birth of artificial intelligence in 1956, and finally came into full existence in the mid–1970s with the official creation of cognitive science in the United States. At this point, it was clearly an amorphous hodgepodge of ideas—an interdisciplinary coalescence of variegated fields that shared precious few commonalities. In the late 1970s, disciplines such as "philosophy, A.I., psychology, linguistics, neuroscience and anthropology" [3] converged under the cognitive science umbrella, triggering a series of publications on the subject in the 1980s at a time when neuroscience was on a roll. The first Cognitive Science Department was created at the University of California (San Diego), in 1986.

In the 1990s, aptly dubbed "the Decade of the Brain" by American President George H. W. Bush, who was trying to bring brain research to the fore while hinting at our increasingly brain-centred culture, threats of neural reductionism appeared as a symptom of the growing popularity of cognitive science, which has gradually found its place on the radar of literary critics. The cognitive turn was heralded by a spate of seminal publications in the early 1990s such as Mark Turner's *Reading Minds: The Study of English in the Age of Cognitive Science* (1991) and Marie-Laure Ryan's *Possible Worlds, Artificial Intelligence, and Narrative Theory* (1991). However, the earliest book-length theoretical work in Cognitive Literary Studies seems to be Reuven Tsur's 60-odd page treatise entitled *What is Cognitive Poetics?*, published as early as 1983. [4]

Some scholars unambiguously stated their discomfort with the adjective "cognitive" for its fuzzy meaning and its alleged muddled relationship with the other associated terms. [5] However, the syntax speaks for itself: in the phrase Cognitive Literary Studies, the end-weight focus gives prominence to literary studies while, according to a grammar rule spelling out the position of multiple qualifiers, the adjective which is the closet to the noun is the one which characterizes it best. Therefore, there should be no ambiguity as to the fact that cognitive science is here in the service of literary studies, rather than the other way round. What is more—beyond terminological issues—it is the very definition of this cutting-edge field which remains elusive, although chief characteristics defining this ever-broadening category seem to be: an interdisciplinary approach, a lack of consonance of paradigms, an inspiration from cognitive science research, a concern for issues in literary studies blended with neurological insights, a certain overcautiousness [6] and the use of multiple prisms. Though these major traits can easily be discerned, it is trickier to provide an all-encompassing definition of a field known for its sheer heterogeneity, [7] although one could hazard a concise description. [8] A bird's eye view would perhaps summarize this umbrella label as follows: *a cluster of various literary criticism—related disciplines forming a broad–based trend which draws on the findings of cognitive science to sharpen their psychological understanding of literature by exploring the mental processes at work in the creative minds of writers and readers.* Cognitive Literary Studies has therefore a vested interest in disclosing the invisible, namely not so much what lies within the porous text (i.e. the subtext) as what happens in the writer's or reader's head. In other words, it "would be revealing the ways the embodied mind works as part of but also apart from our conscious awareness with respect to literary phenomena" [9].

While conducive to interdisciplinary convergence, the mutual pollination of two highly interdisciplinary fields like cognitive science and literary studies was bound to proliferate into a great number of neighbouring disciplines, a complex constellation of subsets which is far from forming a unified research field.[10] It is however possible to divide Cognitive Literary Studies into five major epistemologically–related, though disparate, strains: cognitive literary history (typified by this article and so many other ones listed in my bibliography), evolutionary literary criticism[11] (ranging from biocultural approaches to Darwinian literary studies), Neuro Lit Crit[12] (a neurologizing approach to literature branching out into neuroaesthetics which covers mainly art, aesthetics and the brain), cognitively informed preexisting theories (encompassing cognitive poetics, cognitive rhetoric, cognitive narratology, cognitive stylistics, cognitive ecocriticism, cognitive queer studies, cognitive postcolonial studies, *inter alia*), and affective literary theory.[13] Despite the fact that "interdisciplinarity is becoming not simply a legitimate option for literary scholars, but may be gaining the force of an imperative" [14], some still find grounds for hostility towards it. For instance, Tony Jackson assesses it in terms of power struggle and construes the adjective "interdisciplinary" as implying that literature is grounded in the theory of cognitive science when in fact it simply refers to the cooperation of at least two disciplines, rather than connoting some form of subservience.[15]

Situated at the crossroads of science and the humanities, Cognitive Literary Studies offers an extraordinary opportunity to bridge the "gulf of mutual incomprehension" between literary intellectuals and scientists which C.P. Snow notoriously identified in the wake of World War II.[16] Perhaps, along the way, this polymorphous field could even share "the excitement of connecting scientific principles with a love of literature" [17].

Redefining the boundaries between literary and scientific knowledge

Since the initial publication in 1959 of C.P. Snow's oft-cited article, Cognitive Literary Studies has been the first official attempt to blend humanistic and scientific inquiry. On a certain level, they are strikingly reminiscent of countless methods of critical analysis which more or less involved a desire to establish a literary science.[18] While Terence Cave, one of its expositors, is adamant that "Literary study is not an *exact* science, and is not likely to become one in the foreseeable future" —his conception of academic criticism almost comes across as a scientific one when he qualifies his initial statement:

Yet it aims at precision, whether in its way of accounting for the detail of literary works, in its procedures for establishing those texts as objects of understanding, or in its recourse to historical and cultural contexts of all kinds. It aims at rigour of argument based on verifiable textual and other evidence, and if its arguments are probabilistic rather than apodeictic, that feature distinguishes it only in relative terms from the procedures of other disciplines.[19]

However, one might counter-argue that such a rigorous approach is chiefly confined to its methodology and does not speak for its results: professional readers would indeed try to avoid the pitfalls of misquoting, of misrepresenting the book, of over-interpreting, or of giving a slant to theories and ideologies. As for their findings—even though they are a mix of "intuitive and reflexive response"[20], they unfortunately remain largely speculative, subjective and biased, resulting from spur-of-the-moment intuitions, intrusive emotions and preexistent mental frameworks. Stereotypes, social representations, entrenched opinions, prejudices, expectations and the like, tend to form a cognitive filter for information processed through the brain.[21] In other words, as far as academia is concerned, the recourse to theories of a particular kind and to preexisting knowledge influencing all beliefs and perspectives could be construed as the cognitive filters to which professional readers[22] are subject. This phenomenon known as "confirmation bias"[23] is accounted for by the fact that humans, hardwired to look for confirmations of their beliefs,[24] are not amenable to argument.

As to the degree of scientificity at play, Lisa Zunshine rightfully distinguishes cognitive literary scholars from Literary Darwinists who stand at the scientific left end of the science-humanities continuum. While the former "draw[s] on insights from cognitive science" while approaching "them critically and pragmatically, thinking through them on the terms of their own discipline", the latter "practice[s] scientism in the name of 'scientific' literary analysis, believing that science today can already explain literature better than the benighted and fraudulent English studies" [25]. Turning critical practice into some form of science will surely result in an asymptotic venture in which professional readers will systematically miss the goal, no matter how close they manage to get. And close enough will never be good enough. Clearly, the objectives of science and those of the humanities are as polar as those of the brain's left and right hemispheres. While the left hemisphere, like science, aims at thinking about our world as analytically and objectively as can be, the right—very much like the arts—favours a synthetic perspective based on intuition and emotions. As a result, cognitive literary scholars are uncomfortably sitting on the fence dividing the humanistic and scientific approaches, as encapsulated by Tony Jackson's caustic quip: "To the scientists we are would-be artists; to the artists, we are would-be scientists." [26]

Once these clear-cut objectives have been unambiguously identified and acknowledged, it may be fruitful to seek commonalities between cognitivism and literary matters, even if they are far from being two of a kind. Such comparisons seeking convergence are not uncommon in discussions of Cognitive Literary Studies. Terence Cave, for instance, feels that cognition and literary criticism both need to be "alert, attentive, responsive" while Sabine Gross pertinently points out that "[i]n more ways than one, literary criticism at its best does exactly what Turner attributes to cognitivism: it exemplifies and highlights how the human mind works and engages texts" [27]. Both parties have taken literary activities or material as conclusive evidence of human cognition processes and have yielded to the temptation of using their counterpart as a foil to buttress their respective ideologies. Given that cognitive scholars have repeatedly investigated interactions with fiction to expand their knowledge of human cognitive skills, it comes as no surprise that literary researchers show a vested interest in cognitive science's capacity to widen their understanding and enhance their appreciation of literature. The interpenetration of cognitive science and literary studies could be construed as the logical outcome of a literary field suffering from intellectual asphyxia and therefore eager to renew its approaches and discourse by finding refreshing perspectives, i.e. "overtures" or "openings".[28]

However, such interaction—which could potentially lead to a fruitful two-way dialogue[29]—is impeded by three major obstacles. One of them, as Lisa Zunshine puts it in a nutshell, is that "We are still far off from any definitive understanding of what happens in the fiction-reading brain/mind, but so are cognitive scientists"[30]. Given that cognitive science is still in its infancy and that its findings have a built-in obsolescence factor they cannot neutralize, literary comments are bound to occasionally sound provisional, if not downright conjectural, as emphasized by growingly familiar disclaimers which are regularly inserted in articles and books dealing with Cognitive Literary Studies.[31] In such uncharted territory, cautious cognitive literary scholars are therefore bound to feel modest, if not a little uncomfortable, when expounding their tentative theories, as is sometimes exemplified by their caveats and excessive qualifying. Beyond the *terra incognita* issue, fear of a scientific drift of literary criticism has certainly slowed down the expansion of Cognitive Literary Studies, which has now been around for over 40 years. No matter how exciting, the emergence of a novel literary paradigm was bound to divide scholars and critics. Admittedly, Cognitive Literary Studies has had its share of enthusiastic and mild responses, if not a mix of both attitudes.[32] But hostility—another major obstacle—has also emerged in the face of its spreading success, an opposition that could well be generated by a form of misoneism, a deep-seated fear of innovation or change that cognitive science would bring to the humanities. Fears of neurocultural hegemony have been expressed as a counter discourse undermining the growing influence of social neuroscience.[33] Such neural neoimperialism or "neurohumanism"[34], otherwise hailed as the neurological turn, is being met with polite resistance when not charged with reductionism.[35] A third impediment seems to be the persistent divide between literary scholars and scientists epitomized by a "precommunicative divergence"[36] which is incontrovertible evidence that the gap has not yet been bridged. According to Bizup and Kintgen, "cognitive scientists [...] tend to ignore the work of literary critics and scholars" while "cognitive scientists seem to view the study of literature as peripheral to their work, as something to remark upon in an introduction or brief digression but not an activity which can provide real insights about important issues."[37] What is more, scientific scholarship still has the upper hand as it is generally more trusted than theories conceptualised in the humanities.

Despite these mixed results, Cognitive Literary Studies—very much like Cultural Studies which was also disparaged in its early phase[38]—is to be credited with widening the scope of the literary issues that narratives generate and with granting the literary canon more flexibility. Turning literary studies into a cognitive discipline and retrofitting literary criticism with scientifically approved concepts enable the creation of openings whilst renewing the paraphernalia of critical tools, both of which would breathe new life into literary studies.

Renewing literary criticism and the perception of fiction

Perception, language, memory, consciousness, emotions and motivity have, in turn, taken centre-stage in the cognitive science debates over the last 50 years. Today, the sheer diversity of mental processes (multiple intelligences, distinct memories, multifaceted perception, attention subcategories, etc.)[39] whose complexity is gradually being acknowledged and investigated, begs for more research in the field of cognitive science while prompting other disciplines, like literary studies, to re-examine their long-held assumptions in the face of the latest discoveries. As an offshoot of this context, Cognitive Literary Studies aims at guiding us through the complexities underlying the creation, understanding and consumption of fiction while renewing the tradition of literary criticism by redefining its concepts, goals and priorities.

Redefining the concepts of literary criticism in the light of cognitivism essentially involves literary theory scholars in first availing themselves of scientific concepts (such as theory of mind, as-if body loops, embodied simulation, mirror neurons, to name a few) and then taking an inventory of the neurobabble that could generate fresher outlooks on literature, understood both as an archive and a practice. Hence, the need to establish a coherent methodological framework and gradually build up a field glossary of technical terms.[40] To be sure, technically-informed discussions might affect literary-minded academics adversely by estranging them from Cognitive Literary Studies, which cannot dispense with informed knowledge of the human anatomy and physiology at large. A telling example of how technical such analyses can become is Gabrielle Starr's detailing of the brain regions involved in aesthetic response.[41] While it might be argued that the general reader would be none the better for it in terms of getting an improved understanding of the work under scrutiny, such terminology—with which cognitive literary critics are meant to be highly conversant—is part and parcel of this ripening field.[42] Indeed, mainstream literary specialists who want to engage with cognitively-inflected readings ought to make brain science widely accessible so that their readership will get a general understanding of how the human mind works and will therefore appreciate the far-reaching implications of the proposed arguments. The next step would be to create new literary concepts and theories to account for newly-discovered methods, mechanisms and phenomena. Logically, most literary concepts proposed in this way would be derived from the brain's characteristics, be it its architecture (inspiring concepts such as modularity)[43], its new-found neuroplasticity (hence the prevailing idea of fluidity or flexibility)[44] or the intricacies of multifaceted cognitive processes (which translates in terms of complexity)[45]. Some concepts are imported from cognitivism (such as theory of mind, epistemic vigilance, cognitive fluidity, modularity theory and the like) while others are born at the juncture of cognitive science and literary studies (like cognitive flexibility, cognitive mimesis, sociocognitive complexity and affective flexibility). As for new literary theories, Cognitive Poetics, Literary Darwinism and empathetic reading have respectively been theorised by Reuven Tsur, Joseph Carroll and Pierre-Louis Patoine.[46]

While there might be a legitimate sense that "new labels for old ideas" [47] are being generated, there is the added pitfall, as suggested by Alder and Gross, of bringing superficial changes:

Just as they do in other realms of life—art, fashion, architecture—new paradigms in scholarship chase each other and fight for space. New and emerging paradigms tend toward radical criticism of—if not harsh polemic against—existing ones. Sometimes these new paradigms amount to little more than a relabelling or cosmetic changes, so that new knowledge is no more than incremental.[48]

But sometimes, these cosmetic changes are essential to guarantee a certain level of terminology consistency within the new theoretical framework.

At the threshold where literary studies and cognitive science intersect, literary topics such as imagination, realistic depiction, imagery and figures of speech, literary comprehension and reception, identification, the paratext, emotions, fiction reading—in short, "language, mental acts and linguistic artefacts" [49]—are now examined under close scrutiny through the looking glass of science and being reassessed in a more accurate way, which essentially means in keeping with human physiology. This new vision of literature, of its artefacts and their mental processing, is a refreshing perspective the dimension of which gives added value to literary studies. Up until the emergence of this field, consuming literature was like being taken to a theatrical performance where professional and nonprofessional readers would just enjoy the show and/or engage with it discursively from a ringside seat. Cognitive Literary Studies is taking it one step further by touring readers backstage so as to show them the various mechanisms which underlie the performance and its bodily–cum–psychological impact.

Under the influence of cognitive criticism, a book–which from a commercial angle is nothing but a consumer good which partakes of a consumerist culture—becomes the vehicle of a sensory affective, and even kinesic, experience which stimulates nearly all of the reader's senses (sight, smell, touch and hearing) and elicits emotions. As to language, it is perceived as part of a whole physiological system, becoming "the key empowering affordance, allowing the development of secondary language–based affordances, artefacts or instruments made out of language, such as metaphors, literary genres, poetic and narrative forms, and individual literary works" [50]. In this same cognitively–inflected perspective, readers are referred to as either neurotypical (they stand for the core readership of these studies) or neurodivergent (some of them, like people on the autism spectrum, become the subject of these studies so as to deductively determine by contrast the cognitive processes of the neurotypical readers). At the same time, the act of reading itself is no longer to be taken as a silent activity.[51] In lieu of characters, we now have fictitious phenotypes evolving within specific contexts in response to an evolutionist drive. Literature ends up being repackaged as a "cognitive affordance", "an *instrument* of thought, while acknowledging that it may also be (or be read as) a *vehicle* of thought or even of knowledge" [52]. This rough sketch is the new reconceptualizing vision literary scholars would have of fiction.

The input of cognitivism has enabled the goals and priorities of literary criticism to be redefined, causing the emphasis to shift from endogenous issues (chiefly text–specific, such as the aesthetics of representation, prosody, characterisation, narrative poetics, etc.) to exogenous ones: the genesis of storytelling, the transformative power of fiction, the value and function of literature, the ontological status of characters, reading sensations and skills (such as immersion, mind reading, empathetic intelligence or embodied cognition), but also brain architecture and brain processes (memory, attention, the reward system, etc.). Such emphasis on the complexity of cognitive mechanisms responsible for the sheer diversity of reader responses has caused the need for cognitive literary scholars to identify the types of readers (professional or nonprofessional) at the heart of their discussions. Beyond reminding us of the mechanical nature of the human brain, the cognitive science approach encourages us to recognize the contribution of the emotions to the processing of literature, resulting in a paradox: it has taken an objectivity–seeking and scientifically informed research trend to bring awareness to the highly subjective quality and unscientificity of literary analysis.[53]

Far from substituting themselves for cognitive scientists, cognitive literary scholars are by no means intent on putting literature in the lab and on the slab—though, for some of them, readers occasionally become subjects who fall into two categories (i.e. the test and the control group) and follow protocols in strictly controlled laboratory conditions.[54] While a minority of them—the Literary Darwinists—is promoting a scientific appreciation of literature, the work of others boasts a more humanistic take emphasizing the usefulness of fiction, a strategy which could well be invaluable in our market–driven society valorizing the commodification of culture and knowledge.

Revamping one of the defining traits of fiction

According to Cave, "[t]he calculus of literary value, whether aesthetic, ethical, or more broadly cultural, is a universal feature of literate cultures (and no doubt oral cultures too); it arises from the sense that fiction, poetry, theatre, and their analogues are potential goods and potential evils, so that it becomes a matter of urgent concern to calibrate those values in relation to the wider values of the culture in question." [55] But I feel that the question of fiction's agency (namely its cognitive affordances),[56] or the quest for the instrumentality and end–directed value of fiction, is probably derived from an existential hangup born out of the unfair comparison between scientists and literary scholars in relation to the usefulness of research. The findings of science are traditionally lauded for having an undisputed value for society as a whole thanks to its plural advantages and wide array of practical applications, whereas literary academics strive to find societal benefits for *litterae humaniores* when—at best—it can only guarantee individual, if not egoistical ones.

Through Cognitive Literary Studies, fiction is therefore being redefined as a rich cognitive artefact and its literary devices as adaptive cognitive processes granting *Homo narrans* a survival advantage. This "overdetermined and underspecified" [57] evolutionary role is mainly, but not exclusively, propounded by Literary Darwinists to such a ludicrous extent that, under the influence of human evolutionary psychology, literature ends up being grotesquely reduced to Pleistocene stories, hardwired proclivities, and fitness strategies to make the cut from natural or sexual selection.[58] Nevertheless, the adaptationist argument has the merit of shedding light on the fact that consuming fiction is no gratuitous act. It is a well-known fact that nonfiction has an unambiguous pragmatic function and so its instrumentality cannot be put into question: one purchases a cookbook to make recipes, a biography of, say, Barack Obama to learn about his life, or a dictionary to build up one's vocabulary and look up the meanings of words. All these nonfiction books are sold with an aim of meeting their specific purpose(s) which buyers expect from each of them. But it is highly unlikely that anyone would purchase Hanif Kureishi's *The Buddha of Suburbia* (1990) with the intention of finding out all about Karim's fictional life, or would read Philippe Delerm's La première gorgée de bière et autres plaisirs minuscules (1997) in the hope that its author would teach readers about life's little indulgences. Nor would one sensibly expect to obtain any reliable ethnological information from François Garde's *What Became of the White Savage* (2015). And yet, all these fiction books have unsuspected effects on readers, thus giving them value and functionality. After considering the oral-based cultural heritage of native peoples worldwide, fiction is to be redefined as a larger category comprising any written or oral text proposed as an end product which possesses a certain degree of fictionality, ambiguity and aesthetics, *bereft of pragmatic function.* According to this classic description, whose last criterion is in line with the fact that fictional texts are produced *gratia sui*[59], fiction should hardly be considered as a commodity that needs to come under the close scrutiny of science and even less as an instrument that would serve a purpose. One might even argue that by using fiction as laboratory material, cognitive literary researchers have somewhat distorted the essence of fiction which, like any form of art, claims to be gratuitous. However, cognitive literary scholars cannot be charged with such accusations given that their use of literary texts is *derivative* from their prime essence. Therefore, ascribing extrinsic functions or values to literary texts does not clash with the fact that they are *intrinsically* bereft of pragmatic function. As Terence Cave elegantly argues, "[t]he aesthetic imagination is in principle insulated from the pressures of utility and functionality, but that doesn't mean that it has no uses or functions beyond itself. Similarly, the fact that pleasure (in a broad sense) is a constituent feature of the aesthetic domain doesn't mean that reading literature or looking at paintings or listening to music is just 'fun'" [60].

Although Terence Cave is echoing the classical *topos* that art should lack a pragmatic function, it is highly debatable whether any object, whatsoever, can be devoid of any function. First, people are unlikely to read a book of fiction for no reason: they might seek self-indulging entertainment, escapism, exoticism, a sure way of whiling the time away, to name a few options. Therefore, even if artworks have no *physical* use like tools (for example, a bottle-opener's prime function is to physically open bottles), they are nevertheless likely to possess a *psychological* one, such as affording aesthetic pleasure or stimulating people's minds. So, the intrinsic function could be more than of just one nature. Second, in the most unlikely event that objects could actually be bereft of an intrinsic function, they could still possess an extrinsic function, namely one ascribed externally like, say, cognitive scientists wanting fiction to be test material for their experiments, a technique of seduction, a means of sharpening one's cognitive abilities (some "cognitive calisthenics" of sort) or of reducing social awkwardness (thanks to mind-reading), a cathecting object, a testing ground for folk psychology, an instrument of thought, a fitness-enhancing strategy, and much more.[61] Because they are externally determined, these exogenous functions cannot affect the very essence of fiction.

Conclusion: bridging the two cultures?

By colouring the language of literary criticism with cognitive methodology or explanatory frameworks and by affording a shift of angle which reconfigures the whole field of literary studies, Cognitive Literary Studies is perhaps on its way to have its pertinence recognized in our increasingly brain-based society. And what is literature if not a meeting of two brains/ minds? That of the writer who produces the text and that of the reader who consumes it.

Born in the wake of postmodernism, this ground-breaking conception of literature is both an eye-opener in its attempt to fine-tune our scientific-cum-anthropological perception of fiction by delving into the complexities of the various mental processes it involves, and a boundary bender. While the cross-fertilisation of literary studies with the mind sciences could help narrow the divide between these age-old rival disciplines and afford an umpteenth ringside view of fiction, the borderline between fiction and nonfiction—previously eroded by sub-genres such as historical fiction, autobiographical fiction, creative nonfiction, faction, the nonfiction novel and the like—is likely to become even more blurred with this ripening trend intent on giving fiction an undeniably conspicuous pragmatic function. One of the major benefits, perhaps, is that there will be no more hangups for literary scholars, whose role would henceforth be endowed with a sense of purpose. No matter how contentious its claim, Cognitive Literary Studies has stimulated the exploration of legitimate grounds for readers to believe that fiction is good for them.

Notes

[1] I am thankful to Dr. Christopher Ringrose for his useful edits and feedback on this article.

[2] J.-F. Dortier, "Histoire des sciences cognitives" in J.-F. Dortier (ed.), *Le Cerveau et la pensée: la révolution des sciences cognitives* (Paris: Sciences Humaines Éditions, 1988), second edition (2003), 15-30.

[3] *Ibid.*, 26.

[4] J. M. Bizup & E. R. Kintgen, "The Cognitive Paradigm in Literary Studies", in *College English*, 55:8 (December 1993), 843. Though Lakoff and Johnson's *Metaphors We Live By* (1980) was published earlier, it can hardly be taken as a literary theoretical study. Rather, it is best described as a though-provoking linguistic-cum-philosophical study of metaphors drawing on artificial intelligence. This seminal book has had a major influence on cognitive science and Cognitive Literary Studies. As for the first paper published dealing with Cognitive Literary Studies, we might attribute it to French social and cognitive scientist Dan Sperber who propounded the tenets of cognitive rhetoric in "Rudiments de rhétorique cognitive", in *Poétique: Revue de Théorie et d'Analyse Littéraire*, 23 (1975), 389-415.

[5] All too often, the term cognition becomes a byword for "thoughts" but it covers a much larger spectrum, one which is recalled by Terence Cave: "It's symptomatic of the complexity of this broad interdisciplinary field that the sense attributed to the words 'cognition' and 'cognitive' varies quite widely according to disciplinary context and even within methodologies specific to particular disciplines. In everyday parlance, they are associated above all with understanding and knowledge, in contradistinction not only to perception but also to affect and volition (desire), and this 'folk' sense is also common in philosophy and linguistics. […] However, most cognitivists nowadays give the word 'cognition' a much broader sense, embracing mental functioning and mental processes as a whole. Those processes include abstract and rational thought, imagination, emotion, and somatic reflexes and responses." in T. Cave, *Thinking with Literature: Towards a Cognitive Criticism* (Oxford: Oxford University Press, 2016), 13-4. For the shifting of the meaning of "cognitive" according to disciplines, see E. F. Hart, "The Epistemology of Cognitive Literary Studies", in *Philosophy and Literature*, 25:2 (October 2001), 317-8. As for the relation between qualifiers, see H. Alder & S. Gross, " Adjusting the Frame: Comments on

Cognitivism and Literature", in *Poetics Today*, 23:2 (Summer 2002), 198-9: "Cognitivism in literature aims to relate previously separate terms not only where evolution and history are concerned, as is evinced by the very term *cognitive literary criticism*: it floats two qualifiers without settling the question of where the cognitive and the literary are situated vis-à-vis each other; neither does it specify which aspects or dimensions of literature will become visible through the cognitive lens."

[6] This state of affairs is mainly due to technological limitations in brain-imaging techniques, scant knowledge of the brain and its processes, insufficient research in cognitive science focusing on fiction, the difficulty of obtaining cut-and-dried findings, not to mention political correctness because very few scholars are at ease with discussing brain-related gender differences.

[7] "For instance, neuroaesthetics, cognitive narratology, and the new unconscious have little in common, either in terms of areas of research in cognitive science that they draw on, or in terms of theoretical paradigms that they develop". L. Zunshine, "Introduction to Cognitive Literary Studies" in L. Zunshine (ed.), *The Oxford Handbook of Cognitive Literary Studies* (New York: Oxford University Press, 2015), 3.

[8] Lisa Zunshine manages to avoid the pitfalls of an ill-adjusted definition to delineate the even broader category of Cognitive Cultural Studies by remaining succinct: "the incorporation of insights from cognitive science into the study of cultural practices." L. Zunshine, "Introduction to Cognitive Cultural Studies" in L. Zunshine (ed.), *Introduction to Cognitive Cultural Studies* (Baltimore: Johns Hopkins University Press, 2010), 5.

[9] T. Jackson, "Issues and Problems in the Blending of Cognitive Science, Evolutionary Psychology, and Literary Study", in *Poetics Today*, 23: 1 (Spring 2002), 171.

[10] This is the reason why forums, conventions and conferences (like the annual "Cognitive Futures in the Arts and Humanities"), multi-authored edited collections and themed journal issues and scholarly projects (such as Pouvoir des Arts in France or the Balzan project in the United Kingdom) are all crucial ventures in bringing together scholars working at the juncture of literary studies and cognitivism. There has been a great deal of special themed issues as early as 1994, see: S. Franchi & G. Güzeldere (eds.), "Bridging the Gap: Where Cognitive Science Meets Literary Criticism", in *Stanford Humanities Review*, 4:1 (1994); A. Richardson & F. Steen (eds), "Literature and the Cognitive Revolution", in *Poetics Today*,

23:1 (Spring 2002) ; M. Sternberg (ed.), "The Cognitive Turn? A Debate on Interdisciplinary", in *Poetics Today*, 24: 2 (May 2003); M. Toolan & J.-J. Weber (eds), "The Cognitive Turn: Papers in Cognitive Literary Studies", in *European Journal of English Studies*, 9:2 (August 2005); (Unspecified editor/s), "Cognitive Themes", in *Poetics Today*, 30: 3 (Fall 2009); T. Cave, K. Kukkonen & O. Smith. (eds.), "Reading Literature Cognitively", in *Paragraph: A journal of Modern Critical Theory*, 37:1 (March 2014). As Mark Bruhn notes, there has been many special issues of Poetics Today dedicated to cognitive approaches to literature. See M. Bruhn, "Introduction: Exchange Values: Poetics and Cognitive Science", in *Poetics Today*, 32: 3 (Fall 2011), 405.

[11] Evolutionary literary criticism "combines cognitive theory with evolutionary biology and psychology for a wider focus on general behaviours in addition to cognition. Their method has been to seek evidence for what they deem selectively adapted constraints on behaviour and cognition in culture and in literary texts, and, generally, to elaborate these in formalist analyses [⋯]." E. F. Hart, "The Epistemology of Cognitive Literary Studies", *Ibid.*, 317.

[12] For more details on Neuro Lit Crit, a label coined in 2010, see F. Ortega & F. Vidal. "Brains in Literature/ Literature in the Brain", in *Poetics Today*, 34:3 (Fall 2013), 328-33 & 350.

[13] Marco Caracciolo subdivides cognitive approaches to literature into three literature-centred branches: 1.literature as an object of interpretation whose approach could either be analogical or thematic, 2. The psychological processes underlying readers' engagements with literature, 3. literature as an activity impacting readers' psychology. See figure 2 in "Cognitive Literary Studies and the Status of Interpretation: An Attempt at Conceptual Mapping", *New Literary History*, 47:1 (Winter 2016), 203.

[14] M. T. Crane & A. Richardson. "Literary Studies and Cognitive Science: Toward a New Interdisciplinary", in *Mosaic*, 32:2 (June 1999), 123.

[15] "If *interdisciplinary* tends to mean grounding a practice from one discipline in a theory from another discipline in such a way that theory cannot be affected by practice, then we may have a hard time achieving the truly *inter* blend that would seem to be the spirit of the term interdisciplinary." T. Jackson, "Issues and Problems in the Blending of Cognitive Science, Evolutionary Psychology, and Literary Study", *Ibid.*, 178.

[16] The scientist and novelist C. P. Snow originally entitled his lecture "The Two Cultures and the Scientific Revolution", later known as "The Rede

Lecture, 1959," in C. P. Snow, *The Two Cultures: And a Second Look* (Cambridge: Cambridge University Press, 1964), 1-21.

[17] P. Stockwell, *Cognitive Poetics: An Introduction* (London: Routledge, 2002), 11.

[18] I have recapitulated these literary approaches elsewhere. See *The Seduction of Fiction: A Plea for Putting Emotions Back into Literary Interpretation* (New York: Palgrave, 2016), 3-4.

[19] T. Cave, *Ibid.*, 21.

[20] *Id.*

[21] J.-F. Dortier, "L' Univers des représentations ou l' imaginaire de la grenouille", in J.-F. Dortier (ed.), *Ibid.*, 417-29.

[22] The professional reader is not a reader who makes a job out of reading books, but a reader on a mission, with a set purpose. See my distinction between professional and nonprofessional readers in the opening chapter of *The Seduction of Fiction*.

[23] Tony Jackson's confessing to a prejudiced mind is an apt illustration: "For Patrick Hogan and others like him, one reason scientific method towers over other means of establishing knowledge is that it has systematic, built-in protections against confirmation bias. In literary studies though, if you sign up with feminism or new historicism or postcolonial studies, not to mention psychoanalysis, you take on as an established theory what from the scientific perspective would be at best a weak hypothesis; and then one way or another you set out to find your ' theory' confirmed in your chosen texts." In "Literary, Interpretation' and Cognitive Literary Studies", in *Poetics Today*, 24: 2 (Summer 2003), 200.

[24] H. Mercier & D. Sperber, "Why Do Humans Reason? Arguments for an Argumentative Theory", in *Behavioral and Brain Sciences*, 34:2 (2011), 57-74.

[25] L. Zunshine, "Introduction to Cognitive Literary Studies", in Zunshine, Lisa (ed.), *Ibid.*, 2.

[26] T. Jackson, "Issues and Problems in the Blending of Cognitive Science, Evolutionary Psychology, and Literary Study", *Ibid.*, 165.

[27] T. Cave, *op.cit*, 1. For Terence Cave, literature is no exception as it "offers a virtually limitless archive of the ways in which human beings think, how they imagine themselves and their world", T. Cave, *Ibid*, 14. See also Sabine Gross's discussion of *Reading Minds: The Study of English in the Age of Cognitive Science* (1991) by Mark Turner in " Cognitive Readings; Or, the Disappearance of Literature in the Mind", *Poetics Today* 18:2 (Summer 1997), 286. Alan Palmer posits that "fictional narrative is, in

essence, the presentation of mental functioning." A. Palmer, *Social Minds in the Novel* (Columbus: Ohio University Press, 2010), 9.

〔28〕 "As old meets new, the new -cognitivism -transforms the old -literature -into new, with the implicit promise or claim that literature will no longer be the same after its passage through cognitivist procedures." See subsection "1. Cognitivist Overtures: Branching Out and Reaching Out", in H. Alder & S. Gross, *Ibid.*, 195-6. And as Terence Cave observes, "For mainstream literary specialists and readers, however, what is likely to matter most in the end is the openings offered by cognitively inflected reading." T. Cave, *Ibid.*, 31.

〔29〕 "[…] the practice of interpretation does seem to create some headaches, especially if one is in favour of a strong model of interdisciplinary where literary studies are expected to open a 'two-way dialogue' with cognitive science, not just importing concepts and models (often in a metaphorical way) but actively participating in – and shaping – cognitive-scientific research. M. Caracciolo, "Cognitive Literary Studies and the Status of Interpretation: An Attempt at Conceptual Mapping", in *New Literary History*, 47:1 (Winter 2016), 187.

〔30〕 L. Zunshine, "The Secret Life of Fiction", in *PMLA*, 130:3 (2015), 727.

〔31〕 See for instance Terence Cave's preface and Lisa Sunshine's introduction: "One also needs to bear in mind that cognitive science is still in an early phase of development and that many of its hypotheses remain conjectural." T. Cave, *Ibid.*, vii. "Indeed, given what a messy proposition the human mind/ brain is and how little we still know about it, striving toward a grand unified theory of cognition and literature is to engage in mythmaking." L. Zunshine, "Introduction to Cognitive Literary Studies" in L. Zunshine (ed.), *Ibid.*, 1.

〔32〕 Alan Richardson and Francis Steen enthusiastically take these "new theoretical directions" to be "a promising new field for interdisciplinary scholarship." In "Literature and the Cognitive Revolution: An Introduction", in *Literature and the Cognitive Revolution*, *Poetics Today* 23:1 (Spring 2002), 6. For a survey of scholars who enthusiastically tried to "forge links between literary studies and cognitive science", see M. T. Crane & A. Richardson. "Literary Studies and Cognitive Science: Toward a New Interdisciplinary", in *Mosaic*, 32:2 (June 1999), 123-40. As for mixed feelings, see Monika Fludernik's forecast ventured less than a decade ago: "My prognosis for twenty-first-century literary criticism from the vantage point of narratology and cognitive studies is therefore both optimistic and cautious. A huge consolidation and expansion may be in the making, but only if current centrifugal tendencies in the cognitive approach to literature can be harnessed to a larger framework." M. Fludernik, "Narratology in the Twenty-First Century: The Cognitive Approach to Narrative", in *PMLA*, 125:4 (2010), 927.

[33] See N. Chevassus-au-Louis, "Le nouvel impérialisme neuronal : Les neurosciences à l'assaut des sciences humaines", in *Revue du Crieur*, 3 (3 March 2016), 109-121. Sylvain Prudhomme argues that the literariness of literature is often being overshadowed by comments on the reader's mental processes, "Littérature et sciences cognitives", in *Labyrinthe*, 20 (20 April 2005), 93-7.

[34] Neurohumanism is a word coinage tinged with irony. See footnote 7 in H. Wojciehowski & V. Gallese. "How Stories Make Us Feel: Toward an Embodied Narratology", in *California Italian Studies*, 2:1 (2011).

[35] Terence Cave has recently observed that: "[⋯] cognitive methodologies and explanatory frameworks have not yet begun to inflect the common language of literary study; indeed they often meet with resistance both from those who remain attached to traditional modes of literary history and criticism and from those who pursue variants of the literary theory that characterized the late twentieth-century scene." T. Cave, *Ibid.*, 15.

[36] H. Alder & S. Gross, "Adjusting the Frame: Comments on Cognitivism and Literature", *Ibid.*, 211: "On the one hand, literary scholars succumb to the seductiveness of scientific terms and import them into literary analysis with little consideration for their actual scientific use, treating them in effect with poetic license and happily engaging in creative analogies (examples that come readily to mind are chaos theory and fractal structure). In the reverse direction, one encounters a specific type of prejudicial discrimination against literary terms: the tendency to regard terms of literary scholarship as reducible to their everyday understandings and to assume unquestioningly that scientific terms, in contrast, are inevitably precise, nonfigurative, rigorously descriptive, and backed up by empirical knowledge."

[37] J. M. Bizup & E. R. Kintgen, "The Cognitive Paradigm in Literary Studies", *Ibid.*, 842.

[38] J. Culler, *Théorie littéraire* (Paris : Presses Universitaires de Vincennes, 2016), 71.

[39] For multiple intelligences, distinct memories, multifaceted perception, subcategories of attentional processes see respectively H. Gardner, *Frames*

of Mind: The Theory of Multiple Intelligences (New York: Basic Books, 1993); F. Eustache (ed.), *Mémoire et* émotions (Paris : Le Pommier, 2016); L. Otis, "The Value of Qualitative Research for Cognitive Literary Studies" in L. Zunshine (ed.), *The Oxford Handbook of Cognitive Literary Studies* (New York: Oxford University Press, 2015), 505-524, and M. Sarter & al., "The Cognitive Neuroscience of Sustained Attention: Where Top-Down Meets Bottom-Up", in *Brain Research Reviews*, 35 (2001), 146-60.

[40] Implicatures, salience, emergence theory, affordance and cognitive mimesis, are some of the words and phrases discussed by Terence Cave in *Thinking with Literature: Towards a Cognitive Criticism* while, as Tony Jackson notes, concepts such as "figure/ground; prototypes; cognitive *deixis*; cognitive grammar; scripts and schemata; discourse world; conceptual metaphor; parable; text worlds; comprehension are detailed in Peter Stockwell's *Cognitive Poetics: An Introduction*. In T. Jackson, "Explanation, Interpretation, and Close Reading: The Progress of Cognitive Poetics", in *Poetics Today*, 26: 3 (Fall 2005), 525.

[41] In her discussion of imagery in aesthetic experience, Gabrielle Starr engages with the cerebellum, the anterior medial prefrontal cortex, the substantial nigra, the inferior temporal sulcus, the dorsal nexus, the temporo-parietal junction and the posterior cingulate cortex. G. Starr, "Theorizing Imagery, aesthetics, and Doubly Directed States" in L. Zunshine (ed.), *The Oxford Handbook of Cognitive Literary Studies* (New York: Oxford University Press, 2015), 247-68. Such embracing of technicality incidentally begs the question raised by Tony Jackson: "To what extent will arguments in a given discipline be expected to include a full knowledge of the key terms imported from other disciplines?". See T. Jackson "Questioning Interdisciplinarity: Cognitive Science, Evolutionary Psychology, and Literary Criticism", in *Poetics Today*, 21: 2 (2000), 332.

[42] Tony Jackson sees proof of this ripening in the emergence of textbooks on the subject. In "Explanation, Interpretation, and Close Reading: The Progress of Cognitive Poetics", *Ibid.*, 519: "In the unfolding history of a new approach to the study of literature, the appearance of introductory textbooks marks a kind of milestone, for it suggests that the approach has managed to reach an important threshold of scholarly use."

[43] See Ellen Spolsky's module-inspired theory which accounts for the instability of meaning and more specifically "for describing change in literary interpretation". In *Ibid.*, 9.

[44] For instance Terence Cave mentions cognitive fluidity, a concept

developed by Steven Mithen in *The Prehistory of the Mind: A search for the Origins of Art, Religion and Science* (1996). See T. Cave, *Ibid.*, 20. Susan Feagin discusses "affective flexibility" in *Reading with Feeling: The Aesthetics of Appreciation* (Ithaca: Cornell University Press, 1996), 238. Ellen Spolsky, as for her, posits "cognitive flexibility" in *Gaps in Nature: Literary Interpretation and the Modular Mind* (Albany: State University of New York Press, 1993), 73.

[45] For instance, see Lisa Zunshine's idea of "sociocognitive complexity" . Theory of mind (barring the pitfalls of mind misreading), fictional mind reading, nested mental states, etc. are concepts that have been explored in the hope that they would hold the key to enhancing what Zunshine calls "sociocognitive complexity" . According to Zunshine, fictional sociocognitive complexity is "not reducible to social cognition" because it can be stylistically created by fiction writers through a full gamut of genres, thus coming in many shapes and forms. L. Zunshine, "Style Brings in Mental State" , in *Style*, 45:2 (Summer 2011), 353: "[···] I argue that a succession of scenes featuring third-level embedment -a mind within a mind within a mind -is the baseline for fiction. No fictional narrative can function on a lower level of sociocognitive complexity (though some experimental narratives try disguising mental states). Some authors/genres/works occasionally operate on the fourth level, and some reach even to the fifth and even sixth levels." See also L. Zunshine, "The Secret Life of Fiction" , in *PMLA*, 130:3 (2015), 729 & L. Zunshine, "Sociocognitive Complexity" , in *Novel: A Forum on Fiction*, 45:1 (2012), 13-8.

[46] See R.Tsur, *What is Cognitive Poetics?* (Tel Aviv: The Katz Research Institute for Hebrew Literature, 1983); J. Carroll, *Evolution and Literary Theory* (Columbia/ London: University of Missouri Press, 1995) and *Literary Darwinism: Evolution, Human Nature and Literature* (New York/ London: Routledge, 2004); P.-L. Patoine, *Corps/texte. Pour une théorie de la lecture empathique. Cooper, Danielewski, Frey, Palahniuk* (Lyon : ENS Éditions, 2015).

[47] This is part of Toni Jackson's unrelenting criticism against Cognitive Literary Studies, though she claims that she is not adverse to this field but just playing the devil's advocate. In "Explanation, Interpretation, and Close Reading: The Progress of Cognitive Poetics" , *Ibid.*, 526. What is more, a lot of claims presented as novelty by cognitive research are nothing more than a rediscovery of ideas already propounded in the

humanities. See for instance A. Richardson, "Imagination: Literary and Cognitive Intersections" in Zunshine, Lisa (ed.). *Ibid.*, 232: "Although Schacter and others present it as a novelty, the notion of a single system for remembering and for envisioning possible futures is in fact a rediscovery of connections well understood by the Romantic era." Alder and Gross, while historicising cognitivism, pertinently point to the fact that the brunt of Lakoff and Johnson's argument in *Metaphors We Live By*, i.e. "the centrality of metaphor in language and thought" has already been discussed in the humanities by Jean-Jacques Rousseau and other thinkers who are perhaps to be taken as protocognitivists, like German scholar Gotthold Ephraim Lessing who argued in 1769 that art and literature "endowed with the power [...] to isolate and to focus attention at will", qualities which are quintessential for the survival of our species. H. Alder & S. Gross, "Adjusting the Frame: Comments on Cognitivism and Literature", *Ibid.*, 203-4 & 206.

[48] H. Alder & S. Gross, *Ibid.*, 197.

[49] A. Richardson & F. Steen in "Literature and the Cognitive Revolution: An Introduction", *Ibid.*, 1.

[50] T. Cave, *Ibid.*, 52.

[51] Incidentally, the Helen Wills Neuroscience Institute (Berkeley, California) is about to make audible the little voice inside our heads which we hear when reasoning in our minds or when not reading aloud, that is "silently" for want of a better word.

[52] T. Cave, *Ibid.*, 150.

[53] In *The Seduction of Fiction*, I plead for the restoring to favour of subjectivity in literary reception. See pp. 63-64.

[54] See for instance L. Otis, "The Value of Qualitative Research for Cognitive Literary Studies", *Ibid.*

[55] T. Cave, *Ibid..*, 147.

[56] See Chapter 4 of *Thinking with Literature* which is entitled "Literary Affordances". "According to Gibson's definition, affordances are thus the potential *uses* an object or feature of the environment offers to a living creature." T. Cave, *Ibid.*, 48.

[57] T. Cave, *Ibid.*, 142.

[58] The survival value of literature is mainly propounded by Literary Darwinists whose evolutionist perspective is not to everybody's taste. For a thorough critique of this branch of Cognitive Literary Studies, read J. Kramnick, "Against Literary Darwinism", in *Critical Inquiry*, 37: 2 (Winter

2011), 315-47. Cf. the response to this article: G. Starr, "Evolved Reading and the Science(s) of Literary Study: A Response to Jonathan Kramnick", in *Critical Enquiry*, 38 (Winter 2012), 418-25.

[59] In an essay entitled "On Some Functions of Literature", Umberto Eco observes that "we are surrounded by intangible powers, and not just those spiritual values explored by the world's great religions. [⋯] And among these powers I would include that of the literary tradition; that is to say, the power of that network of texts which humanity has produced and still produces not for practical ends (such as records, commentaries on laws and scientific formulae, minutes of meetings or train schedules) but, rather, for its own sake, for humanity's own enjoyment -and which are read for pleasure, spiritual edification, broadening of knowledge, or maybe just to pass the time, without anyone forcing us to read them (apart from when we are obliged to do so at school or in the university)." U. Eco, *On Literature*. Trans. Martin McLaughlin. (New York: Harcourt, 2000), 1.

[60] T. Cave, *Ibid.*, 149.

[61] The insistence on the instrumentality or usefulness of fiction, on the idea that it would have a value -if not a function, perhaps even an adaptive one in keeping with the theory of evolution -climaxes in the last chapter of *Thinking with Literature: Towards a Cognitive Criticism* (2016) with a detailed listing of the variegated cognitive functions of literature (See pages 140-2). "Like many other human instruments, it offers a constantly expanding range of possibilities for use, some of which may be beautiful and enriching, others sinister, subversive, repulsive." T. Cave, *Ibid.*, 142.

联结两种文化：文学研究的认知科学透视

J.F. 维尔奈　著[1]；冯　军　译[2]

（1. 澳大利亚悉尼－环球学院；2. 四川外国语大学英语学院，重庆 400031）

摘要：

在本文中　吉恩-弗兰克伊斯·维尔奈回顾了认知文学研究的生发，并考察了认知文学研究引进的科学理论在文学研究中的应用潜力。更确切地说，他思考了认知文学研究能否将"对科学原则的兴奋和对文学的热爱"结合起来。通过对认知科学和文学研究的融合的讨论，维尔奈指出，文学研究的认知进路有助于重新定义文学知识与科学知识的边界，更新现有文学批评，重新思考虚构作品的一个定义特征。屡次尝试却备受批评的文学跨学科研究进路事实上抓住了关键，摒弃了以往关于虚构作品不切实际的概念，为老师和专业学者提供了令人信服并渴望已久的论据，从而证明文学的价值。

关键词：

认知文学研究；神经人文学；小说；批评；跨学科；文学理论；认知文学史

Bridging the Two Cultures: Literary Studies through the Looking Glass of Cognitive Science

J. F.Vernay （author）[1]；Feng Jun（translator）[2]（1.Global Institute－Sydney；2.School of English Studies，Sichuan International Studies University，Chongqing 400031，China)

Abstract:

In this survey article, Jean-François Vernay purports to retrace the genesis of

基金项目：本文为国家社会科学基金重大招标项目"认知诗学研究与理论版图重构"（编号：20&ZD291）的阶段性成果。

作者简介：J.F. 维尔奈，博士，澳大利亚悉尼-环球学院副教授，博士生导师，研究方向：澳大利亚认知文学；冯军，四川外国语大学英语学院在读博士研究生，研究方向：认知诗学、认知文学和莎士比亚研究。

Cognitive Literary Studies and examine its potential to bring scientific insights to the study of literature. More specifically, his refection attempts to determine whether Cognitive Literary Studies is able to bridge "the excitement of connecting scientific principles with a love of literature", as Peter Stockwell has it. Vernay explores the cognitive and literary intersections through which the cognitive paradigm in Literary Studies is helping to redefine the boundaries between literary and scientific knowledge, renew literary criticism and reconsider one of the defining traits of fiction. What might be dismissed as an umpteenth interdisciplinary approach may in fact hold the key to discarding blue-sky conceptions of fiction while giving teachers and book professionals a cogent and much-coveted argument for the usefulness of literature.

Key Words:

Cognitive Literary Studies; neurohumanities; fiction; criticism; interdisciplinarity; literary theory; cognitive literary history

---

随着一大批认知文学研究学术论著的相继问世，C. P. 斯诺（Snow, 1964）所谓的"两种文化"，即人文学科和自然科学之间的鸿沟，正在逐渐缩小。作为科学方法和文学研究相融合的产物，认知文学研究即便不是科学与人文的理想接面，也是二者之间的一种全新的沟通桥梁。

本文在梳理认知文学研究的发展历史的基础上，探讨了认知科学和文学的互动。通过这种互动，认知研究能够重新定义文学和科学知识的边界，革新传统的文学批评，重新审视小说的部分定义性特征。历史上屡次尝试却备受批评的跨学科研究进路事实上抓住了问题的关键，摒弃以往关于虚构作品不切实际的概念，为老师和专业学者提供了令人信服并渴望已久的论据，从而证明了文学的价值。

1 认知文学研究的起源

正如吉恩－弗兰克伊斯·多特尔（Jean-François Dortier, 2003）在《认知科学的历史》一文中所回顾的那样，虽然"认知科学"术语在 20 世纪 70 年代中期才出现，但 17 世纪早期的理性主义哲学家笛卡尔就开始了对人类心智的探索。19 世纪 60 年代第一次人脑大发现再次推动了认知研究，1956 年诞生了人工智能，20 世纪 70 年代中期美国正式确立了认知科学。直到此时认知科学还只是一堆杂乱无章的思想和概念的集合——一些具有为数不多的共性的领域相互拼接形成的一个跨学科领域。到了 70 年代后期，"哲学、人工智能、心理学、语言学、神经科学和人类学"（Dortier，2003：26）开始成为认知科学的一部分，80 年代诞生了一批聚焦于这一领域的出版物，这一时期神经科学的发展如火如荼。1986 年，世界上第一所认知科学学院诞生于加利福尼亚大学（位于圣地亚哥）。

20 世纪 90 年代被时任美国总统的乔治·布什称为"脑的年代"，他将大脑研究上升到了前所未有的高度，表明脑中心文化（brain-centred culture）的流行趋势。随着认知科学的流行，文学批评家开始关注认知科学，此时神经还原主义弊端已经开始显现。20 世纪 90 年代早期出版的一批具有开创性的学术著作敏锐地捕捉到了"认知转向"这一发展趋势，如马克·特纳（Mark Turner）的《阅读心智：认知科学时代的英语研究》（1991）（*Reading Minds: The Study of English in the Age of Cognitive Science*），玛丽-劳拉·莱恩（Marie-Laure Ryan）的《可能世界，人工智能和叙事理论》（*Possible Worlds, Artifcial Intelligence, and Narrative Theory*, 1991）。然而，认知文学研究领域的第一本理论著作似乎是鲁文·楚尔 1983 年发表的 60 多页的专著《什么是认知诗学？》（*What is Cognitive Poetics ?*）①。

一些学者明确表达了他们对"认知"（cognitive）这一形容词的不满，因为它的含义过于模糊，难以与其他相关术语区别开来。②然而，句法本身已经进行了自我解释："认知文学研究"（cognitive literary studies）的语义焦点是"文学研究"，根据语法规则，多个形容词并列时，越接近名词的形容词越能体现名词的特征。因此，"认知文

---

① 尽管莱考夫和约翰逊的《我们赖以生存的隐喻》（1980）发表时间更早，但是它很难被认定为一部文学理论研究，它更应该被当成一部借鉴人工智能对隐喻的语言哲学研究。这部书对认知科学和认知文学研究产生了重要影响。对于第一篇关于认知文学研究的文章，我们应该转向法国社会学和认知科学家丹·斯珀波尔（Dan Sperber），他最早提出了认知修辞学的原则。

② "认知"这个词经常被当作"思想"的代名词，但它有更大的内涵。特伦斯·凯夫指出："这一跨学科领域的复杂性应归因于单词'认知'和'认知的'在不同学科、范式方法和语境中的含义多变性。在日常用语中，它们首先与理解和知识联系在一起，与知觉、情感和意志（欲望）形成对照，而这种通俗含义在哲学和语言学中也很常见。……然而，如今大多数认知主义者赋予'认知'这个词更广泛的意义，将心理功能和心理过程作为一个整体。这些过程包括抽象和理性的思维、想象、情感、躯体的反射和反应。"（Cave, 2016:13-14）关于"认知"在不同学科中的意义的转变，请参见 Hart (2001)；关于多个限定词的关系，请参见 Alder & Gross(2002)。

学研究"应该理解为认知科学服务于文学研究，而非相反。除此之外，这一前沿领域还存在定义模糊的问题。这一领域的主要特征似乎可以概括为：跨学科；缺乏统一范式；理论源于认知科学；结合神经系统知识讨论文学问题；某种程度上过于谨慎[①]；多维度。归纳出这些特征很容易，但是要为这样一个因纯异构性[②]而知名的领域提供一个包罗一切的定义却非易事，即便我们可以对它做出一个简要的描述[③]。整体上，我们可以对认知文学研究做出如下总结：认知文学研究是由一系列各种各样的与文学批评相关的领域组成的具有广泛基础的学术潮流，其借鉴认知科学的理论发现，通过探索作者和读者的创造性心智和心理过程来深化文学的心理理解。所以，认知文学研究天然地对揭示文学背后不可见的东西怀有浓厚的兴趣，即：相较于文学文本中有什么（如文本的隐含意义），认知文学研究更关注作者和读者大脑中发生了什么。换句话说，认知文学研究"应该揭示与文学现象相关的人类有意识和无意识的具身心智的运作方式"（Jackson，2002：171）。

认知科学和文学两大跨学科之间的相互交流，虽然有助于跨学科融合，但同时也注定要催生出大量的相邻学科，这样一个由许多子集构成的学科群远远无法形成一个统一的研究领域[④]。然而，我们仍然可以从认识论角度将认知文学研究分成五大板块：认知文学史（以本文和参考文献中列举的其他诸多相关文献为代表）；进化论

---

① 这主要是由于脑成像技术的限制，缺乏对大脑及其运作过程的了解，认知科学研究对小说的关注不足，很难获得彻底的发现。此外还有政治正确性等因素，因为很少有学者愿意讨论与大脑相关的性别差异。

② 例如，神经美学、认知叙事学和新无意识几乎没有什么共同之处，无论是在他们所利用的认知科学的研究领域方面，还是在他们所发展的理论范式方面。（Zunshine, 2015:3）

③ 丽萨·詹塞恩为了避免给认知文学研究下一个不准确的定义，她提了一个更宽泛的"认知文化研究"范畴，但仍然过于简略："将来自认知科学的见解融入文化研究。"（Zunshine，2010:5）

④ 这就是为什么各种论坛和会议（如每年的"人文与艺术的认知未来"国际会议）、文集和专题期刊和科研项目都甘愿冒风险将处于文学研究和认知主义连接处的学者聚集在一起。早在1994年就有了很多专题特刊：S. Franchi & G. Güzeldere (eds.), "Bridging the Gap: Where Cognitive Science Meets Literary Criticism", in *Stanford Humanities Review*, 4:1 (1994); A. Richardson & F. Steen (eds), "Literature and the Cognitive Revolution", in *Poetics Today*, 23:1 (Spring 2002)；M. Sternberg (ed.), "The Cognitive Turn? A Debate on Interdisciplinary", in *Poetics Today*, 24: 2 (May 2003); M. Toolan & J.-J. Weber (eds), "The Cognitive Turn: Papers in Cognitive Literary Studies", in *European Journal of English Studies*, 9:2 (August 2005); (Unspecified editor/s), "Cognitive Themes", in *Poetics Today*, 30: 3 (Fall 2009); T. Cave, K. Kukkonen & O. Smith. (eds.), "Reading Literature Cognitively", in *Paragraph: A journal of Modern Critical Theory*, 37:1 (March 2014)。正如 Mark Bruhn（2011:405）所指出的，《今日诗学》有许多特刊专门致力于文学的认知研究。

文学批评①（从生物—文化进路到达尔文主义文学研究）；神经文学批评②（文学研究的神经科学进路，包括关注艺术、美学和大脑的神经美学）；受认知科学启发的其他范式（包括认知诗学、认知修辞学、认知叙事学、认知文体学、认知生态批评、认知酷儿研究、认知后殖民研究等）；情感文学理论③。尽管"对文学研究者来说，跨学科研究不仅仅是一种合法性选择，更是一种不可抗拒的趋势"（Crane& Richardson，1999：123），但是一些人仍然对它抱着敌视的态度。例如，托尼·杰克森（Tony Jackson，2002：178）用权力争夺话语来评价认知文学研究，认为"跨学科"（interdisciplinary）这一形容词意味着文学服从于认知科学的理论。而事实上，"跨学科"表明的是两大学科的平等合作关系而不是某种形式的从属关系。

在科学与人文的十字路口，认知文学研究提供了一个绝好的机会，为斯诺在"二战"之后提出的横亘在人文学者和科学家之间的"不可逾越的鸿沟"架起一座沟通的桥梁。也许，沿着这条路，这一多形态领域能够体验到"科学原则和文学情怀完美融合的喜悦"（Stockwell，2002：11）。

2 重新定义文学与科学的边界

自 1959 年斯诺的那篇高被引文章首发以来，认知文学研究是第一个正式尝试将人文研究与科学探索相结合的研究领域。在某种程度上，它很容易让我们回想起历史上的许多文学分析方法，它们或多或少都怀着一种建立文学科学的愿望④。虽然特伦斯·凯夫（Terence Cave）对此坚定地认为文学研究并不是一门确切的科学，在可预见的将来也不会成为一门科学，但是他对文学批评的论述却充满科学的味道：

---

① "进化论文学批评"将认知理论与进化生物学和心理学相结合，除了认知之外，更广泛地关注一般行为。其方法是从文化和文学文本中寻找证据证明他们所认为的行为和认知的适应性约束，然后进行形式主义分析。（Hart，2001：317）

② 关于神经文学批评，参见 Ortega &Vidal（2013：328-333 & 350）。

③ 马可·卡拉乔洛（Marco Caracciolo, 2016:203）将文学的认知研究分为三个以文学为中心的分支：1. 文学作为一种解释的对象，其方法可以是类比的，也可以是主题的；2. 读者参与文学活动背后的心理过程；3. 文学作为一种影响读者心理的活动。

④ 笔者已经在其他地方概括了这些文学方法，参见 Vernay（2016:3-4）。

　　然而它（认知文学批评）的目标是寻求精确，不管是在解释文学作品细节的方式上，还是在理解和处理文本的程序上，或是在求助各种历史文化语境方面。它致力于提供基于可验证的文本和其他相关证据的论断，如果其结论是可能性的而不是绝对性的，那么它与其他学科领域的程序就只是相关术语上的差别。（Cave，2016:21）

　　然而，有人可能会反驳道，这样一种严格的批评范式主要强调的是方法，而没有涉及其分析结果：专业读者实际上会避免出现误引、曲解、过度阐释、偏向理论和意识形态等问题。而对于分析结果，令人遗憾的是，即便是整合了"直觉反应和反思性反应"（Cave，2016：21），它们大部分仍然是推测性的、主观性的和带有偏见的。这是由即时性直觉、干扰性情感和旧有的心理框架所导致的。刻板印象、社会表征、固有的观点、偏见、期望等都会形成一个认知过滤网，对大脑处理的信息进行过滤（Dortier，2003：417–429）。换句话说，就学术界而言，某种特定的理论和先前的知识就可以被理解为一种对专业读者产生影响的认知过滤网。这种现象被称为"确认偏见"①，即人类天生偏好那些能够验证自己假设的信息（Mercier & Sperber，2011：57–74），而抵触那些可能引起争议的信息。

　　至于科学性在多大程度上发挥作用，丽萨·詹塞恩恰当地区分了认知文学学者和文学达尔文主义者，后者站在科学—人文连续体的最左端。认知文学学者"借鉴认知科学，但是坚持的是批判主义和实用主义态度，通过认知科学理论来思考自己领域的术语"，文学达尔文主义者"打着'科学的'文学分析的旗号，践行科学主义，相信今天的科学已经足以比那些愚昧的和欺骗性的英语研究更好地解释文学"（Zunshine，2015：2）。将文学批评实践变成某种形式的科学，无疑会形成一个趋同的作业领域，在这里专业读者无论他们怎么追求一致性，都会系统性地走向失败。足够一致绝不会足够好。显然，科学的目标和人文学科的目标就像是大脑的左右两个半

---

① 托尼·杰克森（Jackson，2003:200）对偏见的承认是一个恰当的例子："对于帕特里克·霍根和其他像他一样的人来说，科学方法优于其他已有知识体系方法的一个原因是，它有系统的、内在的保护措施，从而避免'确认偏见'。在文学研究中，如果你融入了女权主义、新历史主义或后殖民研究，更不用说精神分析，你就接受了一个既定的理论，从科学的角度来看，这些理论充其量只是一个弱的假设；然后你开始千方百计地在你选择的文本中找证据验证你的'理论'。"

球。左半球就像科学，倾向于用分析的方法尽可能客观地描述我们的世界，右半球就像是人文艺术，倾向于依靠直觉和情感对世界形成一个综合的看法。造成的结果是，认知文学研究者尴尬地骑在了科学与人文的分界墙上，托尼·杰克森对此说了一句刻薄讽刺的话："对于科学家而言，我们是未来的艺术家；对于艺术家而言，我们是未来的科学家。"（Jackson，2002：165）一旦这些明确的目标得以清楚地确立和承认，寻求认知主义和文学话题之间的共性就会大有收获，即便二者远非同一类事物。这种寻找二者共性的比较研究在认知文学研究领域并不少见。例如，特伦斯·凯夫觉得认知和文学批评都需要"警觉、专注和热情"（Cave，2016：14），而塞宾·格罗斯中肯地指出"文学批评以不止一种方式努力践行特纳所归纳的认知主义：它展示和凸显了人类心智是如何工作的，如何与文本打交道的"（Gross，1997：286）。双方都将文学活动或文学材料作为人类认知机制的确凿证据，并且都忍不住将对方作为支撑自己思想体系的基础。由于认知研究者长期关注读者与小说之间的互动，对人类认知机制有深刻的理解，所以毫无疑问，文学研究者对于通过认知科学来拓宽他们对文学的理解和提高文学鉴赏水平充满了兴趣。认知科学和文学研究的相互渗透可以看作文学领域长期遭受知识窒息后的合乎逻辑的结果，因此渴望寻找到崭新的视角来实现其方法和话语体系的更新。

但是，这种有可能实现双赢的对话和互动却遇到了三大障碍。其中一个正如丽萨·詹塞恩所总结的那样，"我们距离确切地知道阅读小说时我们大脑到底发生了什么还有很长的距离，但是认知科学家也跟我们一样"（Zunshine，2015：727）。由于认知科学仍然处于幼年时期，其研究成果自身就存在被淘汰的因素，这是它无法改变的，基于这样的研究成果的文学评论就注定要么是纯粹的假设，要么听起来就像是临时的。这一点在许多认知文学研究的相关文章和著作中都得到了强调。① 因此，在这样一个陌生的领域，谨慎的认知文学研究者在阐述他们的观点时必然会给人一种过分谦虚的感觉，如果不是感觉有点不舒服的话。这一点有时候体现在他们防止被误解的

----

① 比如，特伦斯·凯夫（Cave，2016：vii）的序言中写道："人们还需要记住，认知科学仍处于发展的早期阶段，它的许多假设仍然只是推测。"丽莎·詹塞恩（Zunshine，2015：1）的导论中也写道："事实上，考虑到人类的大脑／心智是一个多么混乱的命题，而我们对它知之甚少，努力建立一个认知和文学的宏大统一理论本身就是在创造神话。"

说明和过度自我限制上。除了对未知领域的过分谨慎之外，对文学批评科学化倾向的担心也延缓了认知文学研究的步伐，以至于从认知文学研究的提出到现在已经过了 40 多年。无论一个新颖的文学范式多么令人激动，其出现注定会在研究者和文学批评家中引发分歧。不可否认，认知文学研究已经获得了一些热烈和善意的回应①，但是在其迅速发展的路上也不乏反对的声音，其中一些反对声音可以归纳为守旧主义（misoneism），这是一种根深蒂固的对认知科学为人文学科所带来的创新和改变的恐惧。对神经文化霸权（neurocultural hegemony）的恐惧已经形成了一种另类的话语，用于削弱影响力日益壮大的社会神经科学②。这样的神经新帝国主义或"神经人文主义"③，有时被鼓吹为"神经转向"，要么被批评为"还原主义"④，要么遭到委婉抵制。第三个阻碍因素是文化学者和科学家之间由来已久的分歧，集中体现在一个"前沟通性分歧"（Alder & Gross，2002：211），这是二者之间的鸿沟尚未消除的铁证。按照毕泽普（Bizup）和肯特根（Kintgen）的说法，"认知科学家［……］倾向于忽视文学批评家和学者所做的工作"，"认知科学家似乎将文学研究视为科学研究的边缘领域，不可能为重要问题的探讨提供帮助，就如同前言中的开场白或者题外话"（Bizup & Kintgen，1993：842）。另外，相比于人文学科的理论观点，科学知识仍然占据着话语优势，因为我们普遍地倾向于相信科学。

即便受这些因素的影响，认知文学研究仍然被认为有助于拓展文学叙事研究的范围，赋予文学经典更多的灵活性。运用认知理论对原有批评的工具进行更新和升级将为文学研究带来新的活力。

---

① 艾伦·理查森和弗朗西斯·斯蒂恩（Richardson & Steen，2002:6）热情地将这些"新的理论方向"称为"跨学科研究的一个有前途的新领域"。关于更多致力于文学研究与认知科学的学者名单，可参见 M. T. Crane & A. Richardson（1999：123-140）。

② 参见 N. Chevassus-au-Louis（2016：109-121）。西尔万·普鲁德霍姆（Sylvain Prudhomme，2005:93-97）认为，文学的文学性经常被对读者心理过程的评论掩盖。

③ 神经人文主义是一个带有讽刺意味的新词。参见 Wojciehowski & Gallese（2011）文中的脚注 7。

④ 特伦斯·凯夫（Cave, 2016:15）最近观察到："［……］认知方法和解释性框架还没有进入文学研究的常规话语体系；事实上，他们经常遭到那些仍然信奉传统文学史和批评模式的人以及那些追求 20 世纪晚期多样性文学理论的人的抵制。"

3 重塑文学批评与小说感知

在过去50年里，感知、语言、记忆、意识、情感和原动力先后轮流登上了认知科学研究舞台的中央。今天，心理过程（多元智能、清晰的记忆、多层感知、注意子类别等）[1] 的复杂性已经逐渐得到了确认和充分的讨论，心理过程的丰富性需要更多研究者投入认知科学领域，同时也促使其他学科，比如文学研究，结合认知科学的最新发现重新审视它们一直以来所坚持的假设的合理性。作为这一背景的衍生物，认知文学研究致力于引导我们洞悉小说创作、理解和赏析背后的复杂性，通过重新定义概念、研究目标和研究重心来重塑文学批评传统。借用认知理论重新定义文学批评的概念，必然要求文学理论研究者自身首先认识到科学概念的价值，然后创造性地将这些所谓的"神经泡沫"（the neurobabble）运用到革新文学面貌的实践中。因此，有必要构建一个系统的方法论框架，逐渐建立一套专业术语体系。[2] 当然，基于科学术语的讨论也可能使那些具有文学情怀的学者疏远认知文学研究。但是，这些关于人类身体和生理的科学知识对于认知文学研究者来说是不可或缺的。加布里尔·斯塔尔（Gabrielle Starr，2015：247–268）在讨论读者的审美反应时涉及的大脑皮层区域知识就足以说明认知文学分析的技术含量。也许有人会说，普通读者绝不会为了获得对作品更好的理解而这样大费周折，但是这些术语是认知文学研究走向成熟的重要标志之一，认知文学批评家只有掌握了这些术语，才算熟悉了这一研究领域。[3] 事实上，那些想在写作中运用认知理论的主流学者应该使用通俗易懂的表达，这样读者才能够更好地理解人类心智的工作机制，从而领会所提论点的深刻含义。下一步就是要构建新的文学概念和理论来解释说明新发现的方法、机制和现象。

---

[1] 关于多智能、不同的记忆、多面感知、注意过程等方面的论述，请分别参见：H. Gardner (1993), F. Eustache (2016), L. Otis (2015: 505–524) 以及 M. Sarter (2001:146–160)。

[2] 会话含义、凸显、涌现理论、可供性和认知模仿，是特伦斯·凯夫在《文学思考：走向认知批评》中讨论的一些词汇和概念，而正如托尼·杰克森（Jackson,2005:525）指出的一些概念，如"图形／背景；原型；认知指示语；认知语法；脚本与图式；语篇世界；概念隐喻；寓言；文本世界；理解"，在彼得·斯托克韦尔的《认知诗学导论》中有详细介绍。

[3] 托尼·杰克森（Jackson, 2005:519）将相关教科书的出现看作这一领域成熟的证据："在文学研究的新方法的历史中，导论性质的教科书的出现标志着一种里程碑，因为它表明该方法已经达到了学术使用的重要门槛。"

从逻辑上来说，通过这种方式提出的大多数文学概念都源于人类大脑的特点，无论是其构造（激发的概念如模块性）①，还是其新发现的可塑性（引发的概念如流动性和灵活性）② 或者各种认知过程的重叠交错性（被翻译成复杂性）。 有些概念来自认知主义（cognitivism），如心智理论、认知警戒（epistemic vigilance）、认知流动性、模块理论等）；而另外一些概念则产生于认知科学与文学研究的交互，如认知灵活性、认知模仿（cognitive mimesis）、社会认知复杂性（sociocognitive complexity）和情感灵活性）。至于新文学理论，认知诗学、文学达尔文主义和移情阅读已经分别被鲁文·楚尔（Tsur，1983）、约瑟夫·卡罗尔（Joseph Carroll，1995、2004）和皮埃尔–路易斯·帕特因（Pierre–Louis Patoine，2015）等人实现了理论化。

尽管这种"新瓶装旧酒"③ 的做法有其合理性，但还是有可能只带来一些表面的变化，正如阿尔德和格罗斯（Alder & Gross，2002：197）所说：正如他们在其他领域（艺术、服装、建筑等）一样，各种新的范式你追我逐、抢夺地盘；新崛起的范式倾向于激进地批判（如果不是坚决地反对的话）现有的范式，有时候，这些新范式只不过对现有理论范式重新贴个标签或者美化一下，因此新知识仅仅是数量上的增加。

但是有时候，这些美化对于保持一个新理论框架的术语规范性是必不可少的。在文学研究和认知科学交会的路口，文学话题如想象、现实主义描写、意象和修辞、文学理解和接受、认同、副文本、情感、小说阅读——"语言、心理行为和语言制品"（Richardson &Steen，2002：1）——正在接受来自认知科学视角的详细审视，并以更精确的方式得到重估，这意味着与人类生理保持一致。这种对文学及其产品和心理过

---

① 参见艾伦·斯波斯斯基（Spolsky,1993:9）的基于模块的理论，该理论解释了意义的不稳定性，更具体地说，是"描述文学解释的变化"。

② 例如，特伦斯·凯夫（Cave,2016:20）提到"认知流动性"，这是史蒂文·米特恩 (Steven Mithen,1996) 在 *The Prehistory of the Mind: A search for the Origins of Art, Religion and Science* 一文中提出的概念。苏珊·费金（Susan Feagin，1996：238）在 *Reading with Feeling: The Aesthetics of Appreciation* 中讨论了"情感弹性"。斯波尔斯基（Spolsky,1993:93）在 *Gaps in Nature: Literary Interpretation and the Modular Mind* 中也提出了"认知流动性"。

③ 这是托尼·杰克森对认知文学研究的无情批评的一部分，尽管她声称她并不反对这个领域，而只是吹毛求疵，参见：T. Jackson（2005：526）。更重要的是，认知研究中提出的许多新奇的主张，只不过是对人文学科中已经提出的观点的重新发现。"尽管施克特和其他人将一个用来记忆和展望可能未来的单一系统的概念描述为一种新奇事物，但实际上是对浪漫主义时代所理解的联系的重新发现。"（Richardson，2015：232）

程的重新审视是一种全新的视角，赋予了文学研究以新的价值。在认知文学研究出现以前，文学被当作一种剧场表演来观赏，专业的和业余的读者仅仅是享受这场表演，或在环形座位上随性参与。认知文学研究则更进一步，带领读者参观剧场后台并向他们展示表演背后的各种机制及其身体和心理效果。

在认知批评的影响下，一本从商业角度来说没什么价值但是读者喜欢的书就变成了一个感官和情感体验的工具，它几乎可以模拟读者的所有感官（视觉、嗅觉、触觉和听觉）并诱发情感。至于语言，它被认为是整个生理系统的一部分，成为"增强可供性的关键，使基于语言的次要可供性如由语言构成的产品或工具，如隐喻、文学体裁、诗歌和叙事形式以及具体文学作品得以存在"（Cave，2016：52）。认知文学研究将读者分为两类，第一类是神经典型性读者，第二类是神经异化读者（比如自闭症患者，一些研究把他们作为研究对象主要是为了与通过对比推演出神经典型读者的认知过程）。同时，阅读本身也不再被视为一种静态活动。在人物方面，我们使用"虚构表型"（fictitious phenotypes）来取代人物，其在特定语境下受进化驱动力作用而演变。文学最终被重新打包成一种"认知可供性"（cognitive affordance），"一种思维工具，同时承认它也可能是或被当作思想甚至知识的载体"（Cave，2016：150）。以上这些只是对认知文学学者关于小说的新认识的粗略勾勒。

认知科学的引入使得文学批评的目标和地位得以重新定义，继而引起文学批评的重心从传统的内生性问题（主要是文本特异性问题，比如美学表征、韵律，人物刻画，叙述诗学等）转移到外源性问题：讲故事的起源、小说的影响效力、文学的价值与功能、人物的本体地位、阅读感知与技巧（比如沉浸、心智阅读、移情智能、具身认知），以及大脑构造和工作机制（如记忆、注意力、奖赏系统等）。如此强调与读者反应相关的认知机制的复杂性，在深入讨论的时候，认知文学研究者就不得不区分不同类型的读者（专业读者和非专业读者）。除了提醒我们关注人脑的认知机制以外，认知范式也鼓励我们关注情感对文学加工的作用，从而导致一种悖论：情感使得一种习惯以目标为导向的、以科学为基础的研究意识到文学分析的高度主观性和非科学性。[①]

认知文学研究者不是要取代认知科学家，也绝不是要把文学放进实验室、摆在

---

① 在《小说的诱惑》一书中，笔者请求恢复在文学接受中对主观性的支持。参见 Vernay（2016：63-64）。

实验台上，尽管其中一些人偶尔将读者变成被试（分成实验组和控制组）并在严格控制的实验室环境下进行实验（Otis，2015：505–524）。而其中一小部分人，即文学达尔文主义者，致力于推动一种科学的文学赏析，另外一些人的研究鼓吹一种更具人文主义的视角，强调虚构作品的有用性。在我们当前这个由市场驱动的社会中，文化和知识都被按照商品价值来衡量，在此种情境下强调虚构文学作品的价值，这一策略可以说是难能可贵的。

4 修补虚构作品的一个定义特征

按照凯夫的说法，"文学的价值多重性，包括审美价值、伦理价值和文化价值，是文字文化（也包括口头文化）的普遍特征；其根源于一种认识，即小说、诗歌、戏剧及其他同类物同时具有潜在的益处和潜在的危害，因此根据更广泛的文化价值对文学价值进行校正是一个迫切需要关注的问题"（Cave，2016：147）。但是笔者感觉对虚构作品的认知可供性[①]或对小说工具性和目的导向价值的探求可能源于一种存在主义的担忧，这种担忧是由科学家和文学研究者关于各自研究的有用性的不公平比较所导致的。传统上，科学家的研究成果因为其对整个社会具有广阔的应用价值而受到赞赏，尽管文学研究者也一直致力于发现人文学科的社会价值。

在认知文学研究领域，虚构作品因此被重新定义为一种内涵丰富的认知产品，其文学手法被当成一套确保人类生存繁衍的适应性认知过程。这种"多因素决定的和未细分的"（Cave，2016：142）进化作用主要但不完全是由文学达尔文主义者提出的。在人类进化心理学影响下，他们甚至荒诞地认为，文学最终可以被还原成"更新世"故事（Pleistocene Stories）、硬件性倾向以及适应性策略，从而抄自然选择或性别选择的捷径。[②] 尽管如此，适应主义者的论点仍然具有优点，它至少揭示了一个事实：人们喜欢阅读小说并不是毫无根据的。众所周知，非虚构作品具有一种明确的实用功

[①]《用文学思考：走向认知批评》的第四章标题为"文学可供性"："根据吉布森的定义，可供性是物体或环境特征对于生物的潜在用途。"（Cave, 2016：48）

[②] 文学的生存价值主要是由文学达尔文主义者提出的，其进化论观点并不符合每个人的口味。关于对这一分支领域的彻底批判，可参见 J. Kramnick（2011:315-347）以及对该文的回应 (Starr, 2012:418-25)。

能，所以其工具性不存在问题：我们购买食谱是为了做美味佳肴；买某人的自传，比如奥巴马的自传，是为了了解这个人的生平事迹；买一本字典是为了扩充词汇量和查找单词释义。所有这些非虚构物品都满足了购买者的特定需求，但是绝对不会有人为了想要了解卡里姆（Karim）的虚构生活而购买汉尼夫·库瑞什（Hanif Kureishi）的《郊区佛陀》（*The Buddha of Suburbia*，1990），也没有人会希望通过读菲利普·德莱姆（Philippe Delerm）的《第一口啤酒和其他微小的快乐》（*La premi è re gorg é e de bi è re et autres plaisirs minuscules*，1997）而从作者那里学会怎样放纵生活，更不会有人会理性地希望从弗兰科伊斯·戈尔德（François Garde）的《那个白人野人后来怎么样了》（*What Became of the White Savage*，2015) 中获得可靠的人种学知识。然而，所有这些虚构作品都毫无疑问地对读者具有影响，从而使它们具有了价值和功能。在考虑到世界各地当地人的口头文化遗产后，虚构作品被重新定义为包括书面和口头文本在内的具有一定虚构性、模糊性和审美性的一类终极产品，毫无实用主义功能（bereft of pragmatic function）。根据这一经典描述，小说很难被当作一种需要在科学视野下仔细审视的东西，甚至算不上服务于某种功能的工具。有人甚至会说，认知文学研究将小说当作实验材料，歪曲了小说的本质，小说和其他形式的艺术一样都是无目的的。然而，这些对认知文学研究的控诉是站不住脚的，因为认知文学研究者对文本的这种用法是从其基本本质衍生出来的。因此，将非本质功能或价值附加到文学文本身上与文学作品本质上不具有实用功能这一事实并不冲突。正如特伦斯·凯夫所说："审美想象与实用性和功能性原则上是不相干的，但是这并不意味着审美想象就没有别的价值或功能。同样的，（广义上的）愉悦是审美领域的一个成分特征，但是这并不意味着阅读文学作品或观赏画作或听音乐就只有愉悦感。"（Cave，2016:149）

尽管特伦斯·凯夫是在回应古典的文学传统主题，即艺术应该不具有实用功能，但是一个物体是否可以没有任何功能，这一点是存在巨大争议的。首先，人们不会无缘无故地去读一本虚构作品：它们可能是寻求一种自我放纵、逃避或是了解异国风情，抑或仅仅为了打发时间，等等。因此，即使艺术作品没有像其他工具（比如开瓶器）那样具有物理功能，它们或多或少也具有某种心理功能，比如提供审美愉悦或模拟他人心智。所以，文学艺术的内在功能不止其自然功能一种。其次，即便所有物体实际上只有一种内在功能，虽然这种情况极有可能不存在，文学艺术仍然拥有一种外在功能，即正如认知科学家所希望的那样，小说可以作为他们的实验材料，一种诱导手段、一种锻炼认知能力的方式（类似于"认知健身操"）或者减轻社交迟钝性的方法（基于心智阅读）、一种集中注意力的对象、一种检验民间心理学的场所、一种思维工具等。因为它们是由外部条件决定的，这些衍生性功能不会影响虚构作品的本质。

5 结语：沟通两种文化？

用认知的方法或阐释框架为文学批评话语着色，通过视角的转变重构整个文学研究领域，认知文学研究正在一步步证明它与当下认知科学时代的适配性。文学如果不是作者和读者两个大脑／心智的交互，还能是什么呢？

诞生于后现代主义觉醒时代的这种文学观念，试图通过探讨各种心理过程的复杂性进而调整我们对小说的科学—人类学感知。其既是一种开阔眼界的工具又是一种边界黏合剂。文学研究与心智科学的交叉融合可以帮助缩小这些古老的学科鸿沟，并为近距离审视虚构作品提供无数的视角，随着虚构作品被赋予更多的实用功能，虚构作品与非虚构作品（后者又被进一步分为历史小说、自传体小说、创造性纪实小说、半实半虚小说、纪实小说等）之间的边界很可能会变得更加模糊。其中一个最主要的好处也许就是为文学研究者解决了身份上的烦恼，因为他们的研究会因此而具有目的感。无论认知文学研究的主张多么具有争议性，它至少已经引发了对虚构作品阅读价值的探索，让读者相信阅读虚构作品对他们有好处。

译者注：衷心感谢本文原作者澳大利亚认知文学研究领军人物 J.F. 维尔奈（J. F.Vernay）博士授权笔者翻译并发表此文。原文注释较多，译者在不影响文章内容理解的前提下对原文注释进行了适当删减。

参考文献：

[1] Alder, H. & S. Gross. Adjusting the Frame: Comments on Cognitivism and Literature[J].*Poetics Today*, 23(2),2002: 195-220.

[2] Bizup, J. M. & E. R. Kintgen. The Cognitive Paradigm in Literary Studies[J]. *College English*, 1993, 55(8): 841-857.

[3] Bruhn, M. Introduction: Exchange Values: Poetics and Cognitive Science[J].

Poetics Today, 2011,32(3) :403-460.

[4] Caracciolo, M. Cognitive Literary Studies and the Status of Interpretation: An Attempt at Conceptual Mapping[J]. *New Literary History*, 2016,47(1) :187-207.

[5] Carroll, J. *Evolution and Literary Theory*[M]. Columbia/ London: University of Missouri Press, 1995.

[6] Carroll, J. *Literary Darwinism: Evolution, Human Nature and Literature*[M]. New York/ London: Routledge, 2004.

[7] Cave, T. *Thinking with Literature: Towards a Cognitive Criticism*[M].Oxford: Oxford University Press, 2016.

[8] Chevassus-au-Louis, N. Le Nouvel Impérialisme Neuronal : Les Neurosciences à l' Assaut Des Sciences Humaines [J]. *Revue du Crieur*, 2016(3):109-121.

[9] Crane, M. T. & A. Richardson. Literary Studies and Cognitive Science: Toward a New Interdisciplinary[J]. *Mosaic*, 1999, 32(2):123-140.

[10] Dortier, J. F. Histoire Des Sciences Cognitives [M]// J. F. Dortier (ed.), *Le Cerveau Et La Pensée: La Révolution Des Sciences Cognitives*. Paris: Sciences Humaines Éditions, 2rd, 2003:15-30.

[11] Eustache, F. (ed.). *Mémoire Et Émotions*[M].Paris : Le Pommier, 2016.

[12] Feagin, S. *Reading with Feeling: The Aesthetics of Appreciation*[M]. Ithaca: Cornell University Press, 1996.

[13] Gardner, H. *Frames of Mind: The Theory of Multiple Intelligences*[M]. New York: Basic Books, 1993.

[14] Gross, S. Cognitive Readings; Or, the Disappearance of Literature in the Mind[J]. *Poetics Today*,1997, 18(2) : 271-297.

[15] Hart, E. F. The Epistemology of Cognitive Literary Studies[J]. *Philosophy and Literature*, 2001,25(2):314-334.

[16] Jackson,T. E. Issues and Problems in the Blending of Cognitive Science, Evolutionary Psychology, and Literary Study[J]. *Poetics Today*, 23(1), 2002:161-179.

[17] Jackson, T. E. Literary, Interpretation and Cognitive Literary Studies[J]. *Poetics Today*, 24(2), 2003: 191-205.

[18] Jackson, T. Explanation, Interpretation, and Close Reading: The Progress of Cognitive Poetics[J]. *Poetics Today*, 2005,26 (3):519-533 .

[19] Mithen. S. *The Prehistory of the Mind: A Search for the Origins of Art, Religion and Science* [M]. London: Thames and Hudson, 1996.

[20] Ortega, F. & F. Vidal. Brains in Literature/Literature in the Brain[J]. *Poetics*

Today, 2013 ,34 (3): 327 – 360.

[21] Otis, L. The Value of Qualitative Research for Cognitive Literary Studies[M]//L. Zunshine (ed.), *The Oxford Handbook of Cognitive Literary Studies*. New York: Oxford University Press, 2015:505-524.

[22] Patoine, P. L. *Corps/texte. Pour une théorie de la lecture empathique. Cooper, Danielewski, Frey, Palahniuk*[M]. Lyon : ENS Éditions, 2015.

[23] Prudhomme, S. Littérature Et Sciences Cognitives[J]. *Labyrinthe*,2005, 20: 93-97.

[24] Richardson, A. Imagination: Literary and Cognitive Intersections[M]// L. Zunshine (ed.), *The Oxford Handbook of Cognitive Literary Studies*. New York: Oxford University Press, 2015.

[25] Richardson, A.& F. Steen. Literature and the Cognitive Revolution: An Introduction[J]. *Poetics Today*, 2002, 23(1):1-8.

[26] Sarter M., B. Givens &J. P. Bruno. The Cognitive Neuroscience of Sustained Attention: Where Top-Down Meets Bottom-Up[J]. *Brain Res Brain Res Rev*. 2001,35(2):146-160.

[27] Snow, C. P. *The Two Cultures: And a Second Look*[M]. Cambridge: Cambridge University Press, 1964:1-21.

[28] Sperber, D. Rudiments de Rhétorique Cognitive[J]. *Poétique: Revue de Théorie et d' Analyse Littéraire*, 1975, 23:389-415.

[29] Spolsky, E. *Gaps in Nature: Literary Interpretation and the Modular Mind* [M]. Albany: State University of New York Press, 1993.

[30] Starr, G. Theorizing Imagery, Aesthetics, and Doubly Directed States[M]// L. Zunshine (ed.), *The Oxford Handbook of Cognitive Literary Studies*. New York: Oxford University Press, 2015:247-68.

[31] Stockwell, P. *Cognitive Poetics: An Introduction* [M]. London: Routledge, 2002.

[32] Tsur, R. *What is Cognitive Poetics?*[M].Tel Aviv: The Katz Research Institute for Hebrew Literature, 1983.

[33] Vernay, J. F. *The Seduction of Fiction: A Plea for Putting Emotions Back into Literary Interpretation*[M]. New York: Palgrave, 2016.

[34] Wojciehowski, H.& V. Gallese. How Stories Make Us Feel: Toward an Embodied Narratology[J]. *California Italian Studies*, 2(1) (2011).

[35] Zunshine, L. Introduction to Cognitive Literary Studies[M]// L. Zunshine (ed.), *The Oxford Handbook of Cognitive Literary Studies*. New York: Oxford University Press, 2015.

理论综述与学术热点

国内外认知诗学研究前沿热点与演化分析
——基于科学知识图谱的可视化研究

高旭宏[1]；雷　茜[2]

（1.西安外国语大学研究生院，西安 710128；2.西安外国语大学英文学院，西安 710128）

摘要：

认知诗学研究自 20 世纪 80 年代以来迅速发展，本文利用可视化知识图谱技术手段对中国知网（CNKI）以及 Web of Science 核心数据集所收录的认知诗学相关研究及其参考文献展开科学计量与可视化分析，以揭示认知诗学领域的研究热点与演化进程。研究表明，现阶段国外认知诗学研究的主要力量集中在美国、德国等国家，形成了语言学和文学主导的心理学、教育学等多学科交叉的复合型学科群，研究热点主题包括隐喻、图形背景理论、文本世界、指示转移理论等，近年研究热点逐渐开始向神经认知诗学倾斜，雅各布斯（Jacobs）、斯托克威尔（Stockwell）等人的文献共同构成了丰富的共被引网络。国内认知诗学研究热点与国外基本类似，但在作者合作、学科交融尤其是认知神经科学领域的交叉探索上还有很大发展空间。

关键词：

认知诗学；前沿热点；知识图谱；CiteSpace5.8.R3；VOSviewer1.6

Frontiers and Evolution of Cognitive Poetics Researches at Home and Abroad：
A Scientometric Analysis Based on CiteSpace and VOSviewer

Gao Xuhong [1](Graduate School, Xi'an International Studies University, Xi'an 710128，China)；
Lei Qian [2] (School of English Studies, Xi'an International Studies University, Xi'an 710128，China)

基金项目：本文系国家哲学社会科学基金项目"多模态语篇文体分析综合理论模型的建构与应用研究"（项目编号：19BYY198）的阶段性成果。

作者简介：高旭宏，西安外国语大学研究生院在读博士研究生，研究方向：文体学；雷茜，西安外国语大学英文学院教授，博士，博士生导师，研究方向：系统功能语言学、文体学、多模态话语分析。

Abstract:

Cognitive poetics has developed rapidly since the 1980s. This paper conducts a scientometric analysis of the cognitive poetics researches included in CNKI and Web of Science, aiming to reveal the research hotspots and evolution of cognitive poetics. The results show that the United States and Germany are the main forces of cognitive poetics researches, and cognitive poetics researches have formed a compound disciplinary structure composed mainly of linguistics and literature as well as many other disciplines such as psychology and pedagogy. Metaphor, figure-ground theory, text world theory and deictic shift theory are the main focuses within cognitive poetics researches, and neurocognitive poetics has been becoming an increasingly promising field in recent years. The literature of Jacobs, Stockwell and other scholars constitute a rich co-citation network. Though the research hotspots in cognitive poetics at home are largely in line with those abroad, wide gaps exist in respect of author collaboration and interdisciplinarity especially the exploration of neurocognitive poetics.

Key words:

cognitive poetics; frontiers; scientometrics; CiteSpace5.8.R3; VOSviewer1.6

0 引言

20 世纪 70 年代以来，文学和语言学研究出现了认知转向，认知诗学也应运而生。"认知诗学"一词最早由鲁汶·楚尔（Reuven Tsur）于 1983 年提出，斯托克威尔（2002）的《认知诗学导论》和塞米诺（Semino）和库珀（Culpeper）（2002）编辑的文集《认知文体学》的问世则标志着它作为一门学科得到广泛的承认和重视（张德禄，等，2021：27）。

自 2006 年刘立华、刘世生评介《认知诗学实践》一书以来，认知诗学在国内迅速发展。目前，国内已有不少研究对认知诗学的学科界定、发展脉络和理论体系进行了梳理和综述。蒋勇军（2009）探讨了认知诗学的定义，分析了认知诗学与相邻学科的关系，将其发展大致分为三个阶段进行了梳理。封宗信（2017）探讨了诗学和认知诗学的多面性、认知诗学的科学性及存在的问题，指出认知诗学是文学理论和批评实践由经典诗学到后经典诗学发展过程中文学科学的一次革命，也是认知转向其他艺术研究的参照范式。苏晓军（2009）认为认知诗学的研究重点从早期关注文学作品的意义研究转向了文学阅读中涉及的审美和情感效果。刘文和赵增虎（2014）在《认知诗学研究》一书中论述了认知诗学的基本概念、理论依据、主要内容、理论体系和主要方法。这些系统性的研究阐释了认知诗学的概念，梳理了认知诗学的理论渊源和发展脉络，为本研究提供了概念支撑和理论指导。

科学知识图谱技术作为领域分析和可视化的利器，可以突出某研究领域潜在的模式和趋势（Chen，2017：3），在文献计量领域发挥着越来越重要的作用。目前，已有学者利用科学知识图谱对国内认知诗学相关研究进行了可视化分析，对国内认知诗学研究的年度分布、作者与期刊情况、关键词共现网络等信息进行了分析，发现了国内认知诗学研究数量自 2006 年以来呈不断上升的良好势头，指出了赵秀凤、蒋勇军、熊沐清是国内认知诗学领域发文量及合作最多的作者，呈现了国内认知诗学"概念隐喻""图形背景"和"意象图式"等研究热点，为未来国内认知诗学的研究提供了参照，此外还对认知诗学的理论体系建构、研究范式和本土化问题进行了讨论（刘翠莹，2018；张之材，2018）。但依然存在以下空白，一是主要关注国内研究，没有对国外认知诗学领域的脉络进行厘清；二是忽略了认知文体学这一重要概念与认知诗学之间的关联与重叠，文献的检索显示出不全面性；三是利用科学图谱技术手段进行分析时仅关注关键词、作者合作网络等基础图谱，对于参考文献、共被引等重要信息所折射出的学科特点及演化趋势缺少关注；四是解读分析部分不够深入，对可视化结果所呈现的深层内涵挖掘不够。

基于上述研究现状，本研究拟以国内外认知诗学相关文献为研究对象，利用文献计量分析手段对该领域进行可视化回顾和综述，以更直观真切地了解国内外认知诗学学科发展的轨迹脉络和前沿热点。

1 研究设计

本文拟对国内外认知诗学研究展开可视化对比分析，以下将从数据来源、工具与研究方法、研究问题三个层面来陈述本文的研究设计。

1.1 数据来源

本文数据来源分别为中国知网和 Web of Science 核心数据集中的认知诗学相关文

献。中国知网检索式为"认知诗学（主题）"或者"认知文体学（主题）"或者"'认知神经'并含'诗学'（主题）"或者"'认知神经'并含'文体学'（主题）"，共检索到文献 978 篇，时间跨度为 1991—2021 年。筛选其中的中文文献并人工剔除其中的图书和会讯、通知、启事等不相关文献后，共余文献 691 篇。Web of Science 核心数据集检索式为"cognitive poetics（TS）"OR"cognitive stylistics（TS）"OR"neurocognitive poetics（TS）"OR"neurocognitive stylistics（TS）"，共检索到文献 549 篇，时间跨度为 1984—2021 年。利用 CiteSpace 除重并筛选其中的文章、辑刊论文和综述后，共余文献 487 篇。

1.2 工具与研究方法

本研究主要采取基于科学知识图谱工具的文献科学计量和可视化分析方法，根据研究需求选取 CiteSpace5.8.R3 和 VOSviewer1.6.16 两种软件，CiteSpace5.8.R3 展示国家合作、学科分布、引文突现等图谱，VOSviewer1.6.16 展示作者合作、关键词共现等图谱。在获取文献数据后，运用 CiteSpace5.8.R3 和 VOSviewer1.6.16 对其进行除重和可视化呈现，对比分析国内外认知诗学研究在学科分布、合作网络、来源期刊、关键词共现网络、引文突现及共被引网络等方面的异同，阅读其中的重要文献以拓展可视化结果的解读，最终发现认知诗学领域的研究热点和演化趋势以及国内外差异，获得对未来研究的启示。

1.3 研究问题

本文以中国知网和 Web of Science 核心数据集上的文献数据为研究对象，解析认知诗学领域的科学合作网络、学科分布网络、关键词共现网络、共被引网络等图谱，探讨国内外研究的整体脉络，提取关键议题与文献，厘清国内外认知诗学研究现状并展望未来研究趋势。本文拟回答以下四个问题：（1）国内外认知诗学领域研究的整体趋势分别有何特点和异同？（2）国内外认知诗学领域的科学合作展现出什么特点和异同？（3）国内外认知诗学领域主要来源期刊有哪些？有何特点？（4）国内外认知诗学相关研究的知识体系结构（即学科分布、研究热点、学科基础等）有哪些特点和异同？

2 结果与分析

针对上述四个研究问题，本文将从整体趋势、科学合作网络、来源期刊分布、知识体系结构这四个方面展开讨论。

2.1 整体趋势

对各年度文献数量进行计量统计后发现，国内外认知诗学相关研究基本上均呈现出增长的趋势（见图 1）。

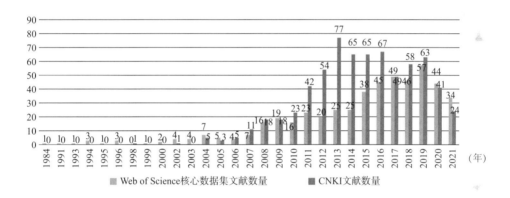

图 1　认知诗学相关文献各年度数量

国内认知诗学相关研究以 2006 年刘立华、刘世生评介《认知诗学实践》一书为标志开始了快速发展期，文献数量在 2013 年达到了顶峰，随后进入了平稳发展期，于 2020 年开始文献数量有所下降。国外认知诗学研究自 20 世纪 90 年代起平稳上升，研究数量于 2019 年达到顶峰，同样于 2020 年起有所下降。

对比来看，国内外认知诗学相关研究的整体发展趋势有一定的重叠性，但国外认知诗学研究起步早，到达研究数量顶峰的时间略晚于国内，研究数量平稳性较强；国内认知诗学研究的研究数量呈现出一定的不平稳性，增减波动较大。

2.2 科学合作网络

了解某研究领域的科学合作网络有助于掌握该领域的专业知识和重要成果，缺乏合作是研究领域生产力低下的表现（Hosseini et al.，2018：242）。以下将基于作者、国家/地区以及机构的发文数量和合作网络对国内外认知诗学研究情况进行分析。

首先，在作者发文数量方面，由表1、2可见，国内认知诗学领域发文量最高的学者是赵秀凤、熊沐清、李金妹等人。国外发文量最高的学者是雅各布斯、斯托克威尔和路德特克（Luedtke）等人，同时，雅各布斯、斯托克威尔和康拉德（Conrad）等人的文献引用次数最高，体现了这些学者在认知诗学领域具有一定的权威性。

表1　中国知网中认知诗学领域主要作者

作者	发文量	总关系强度
赵秀凤	17	8
熊沐清	11	0
李金妹	8	5
刘珊珊	7	0
冯　军	6	3
蒋勇军	6	2
邹智勇	5	6
邵　璐	5	5
马菊玲	5	3
王　怡	5	2
安立冰	5	0
高　原	5	0

表2　Web of Science 核心数据集中认知诗学领域主要作者

Author	Documents	Citations	Total Link Strength
Jacobs, Arthur M.	22	539	41
Stockwell, Peter	11	120	6
Luedtke, Jana	7	111	20
Pirnajmuddin, Hossein	7	7	10
Whiteley, Sara	7	26	4
Aryani, Arash	6	111	15

续表

Author	Documents	Citations	Total Link Strength
Tsur, Reuven	5	9	2
Conrad, Markus	4	115	17
Gavins, Joanna	3	34	2
Gibbons, Alison	3	5	1
Kinder, Annette	3	50	4
Mahlberg, Michaela	3	55	7
Menninghaus, Winfried	3	80	10

　　在作者合作方面，由表1、2可见，赵秀凤和雅各布斯分别是国内外认知诗学领域作者总关系强度最高的学者。总关系强度（total link strength）反映了节点与其他节点总的共现次数（Eck & Waltman，2013：7），作者的总关系强度大体现了该作者合作广泛，往往具备更高的影响力。对比表1、2可见，国内认知诗学领域作者总关系强度总体低于国外学者，作者合作相对较弱。由图2可见，国外认知诗学领域学者中，

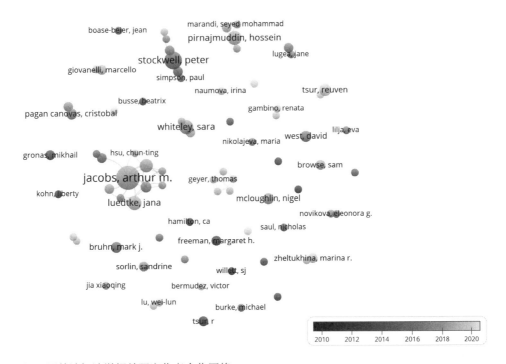

图2　国外认知诗学相关研究作者合作网络

雅各布斯、格耶（Geyer）和斯托克威尔各自的合作网络较为明显，其中以雅各布斯为核心的学者合作最为紧密。

　　亚瑟·M.雅各布斯（Arthur M. Jacobs）是柏林自由大学教育与心理学系教授，以他为代表的认知神经科学中心（CCNB）是一个致力于人类思维研究的跨学科研究中心，在神经认知诗学领域取得了丰硕成果，利用fMRI（功能性磁共振成像）、MR（神经成像）、EEG（脑电图）、NIRS（近红外脑功能成像）、Eye-tracking（眼动追踪）等认知神经科学技术探索文学阅读背后的认知机制。托马斯·格耶（Thomas Geyer）是德国慕尼黑大学心理学系教授，主要研究领域是视觉选择、视觉搜索和知觉学习等。彼特·斯托克威尔（Peter Stockwell）是英国诺丁汉大学文学语言学院教授，致力于文体学、认知诗学、文学语言学等方面的研究，与迈克拉·马尔贝格（Michaela Mahlberg）、保罗·辛普森（Paul Simpson）等学者合作紧密，著有《文体学手册》（剑桥版）（*The Cambridge Handbook of Stylistics*）、《文学中的认知语法》（*Cognitive Grammar in Literature*）、《科幻小说的诗学》（*The Poetics of Science Fiction*）、《认知诗学导论》（*Cognitive Poetics: An Introduction*）、《当代文体学》（*Contemporary Stylistics*）等，与马尔贝格等学者在认知诗学研究方面引入了语料库研究方法，致力于研究文学作品如狄更斯作品的读者认知构建。从图2的节点色谱可以看出，相对于以斯托克威尔为首的合作网络，雅各布斯和格耶在认知诗学领域的研究起始较晚，均专注于认知神经科学方法在认知诗学领域的应用和探索，这一现象从侧面反映了认知诗学领域的热点趋势是神经认知诗学。

　　其次，从国家/地区发文量和合作网络上来看，美国、英格兰和俄罗斯的认知诗学相关研究数量最大，德国、美国、英国展现出了强有力的合作关系（见图3）。

　　从表3可以看出，美国和德国分别是认知诗学相关研究数量和中介中心性（Betweenness Centrality）最高的国家，美国的研究数量高于德国，但中介中心性却低于德国。

表3　Web of Science核心数据集认知诗学相关研究国家分布

Country	Count	Centrality	Year
USA	74	0.10	1994
ENGLAND	62	0.06	2007
RUSSIA	58	0.00	2012

续表

Country	Count	Centrality	Year
GERMANY	50	0.14	2008
PEOPLES R CHINA	29	0.00	2012
SPAIN	24	0.02	2006
ENGLAND	14	0.00	1999
ITALY	12	0.00	2010
ISRAEL	10	0.00	2016
IRAN	10	0.00	2012
FRANCE	10	0.02	2014

中介中心性这一概念是根据伯特（Burt，2004）的结构孔理论衍生出来的，发现位于结构孔附近的节点往往与创造力、独创性和跨学科有关，中介中心性是衡量节点在学科网络中重要程度的关键值，中介中心性高的节点一般被认为是学科网络中重要的、具有变革性和桥梁作用的节点（Chen et al.，2009：12）。德国的高中介中心性主要得益于雅各布斯团队遍布全球的强大的合作网络。

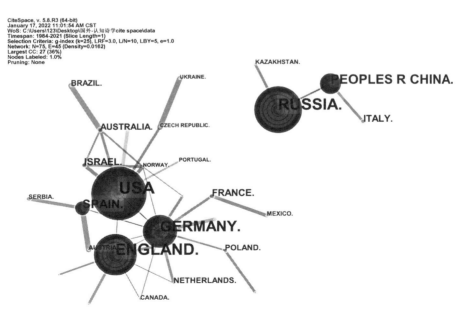

图 3　认知诗学相关研究国家合作网络

最后，从机构的发文量上看（见表4），国内认知诗学领域发文量最高的五个机构分别是熊沐清和蒋勇军所在的四川外国语大学、赵秀凤所在的中国石油大学、刘玉红所在的广西师范大学、邹志勇所在的武汉理工大学以及马菊玲所在的宁夏大学，其中四川外国语大学的认知诗学研究数量展现出了很大的优势。国外认知诗学领域发文量最高的五个机构分别是雅各布斯所在的德国柏林自由大学、斯托克威尔所在的英国诺丁汉大学、鲁汶·楚尔曾经所在的以色列特拉维夫大学、艾莉森·吉本斯（Alison Gibbons）所在的英国谢菲尔德哈莱姆大学以及萨拉·惠特利（Sara Whiteley）和乔安娜·盖文斯（Gavins Joanna）所在的英国谢菲尔德大学。这些学府有着深厚的认知诗学研究历史，出现了许多领域内极富影响力的研究者，在学科融合和广泛合作上均体现出了很强的实力。

表4 国内外认知诗学领域发文量最高的五个机构

排名	国内机构	发文量	国外机构	发文量
1	四川外国语大学	74	Free University of Berlin	25
2	中国石油大学	22	University of Nottingham	18
3	广西师范大学	16	Tel Aviv University	11
4	武汉理工大学	16	Sheffield Harlem University	9
5	宁夏大学	14	University of Sheffield	9

从机构合作上看，柏林自由大学在认知诗学领域研究中展现了最强的合作能力，这依然得益于雅各布斯团队遍布全球的强大合作网络。

综上所述，对比国内外认知诗学研究的科学合作网络，国外认知诗学研究在作者合作、国家/地区、机构合作等方面均较强，国内认知诗学领域有必要继续加强跨学科的广泛作者合作，提升国内认知诗学领域研究的生命力。

2.3 来源期刊分布

对学科领域内的学术期刊进行分析能够帮助读者快速找到学科的重要信息来源并更有针对性地发刊。表5、6分别展示了认知诗学相关研究主要来源期刊。

表 5　CNKI 认知诗学相关研究主要来源期刊

rank	source	documents
1	外国语文	51
2	语文建设	19
3	青年文学家	15
4	认知诗学	14
5	名作欣赏	11
6	外语研究	8
7	外语学刊	8
8	海外英语	8
9	兰州教育学院学报	7

表 6　Web of Science 核心数据集认知诗学相关研究主要来源期刊

rank	source	documents	citations	latest IF
1	Language and Literature	48	255	0.677
2	Poetics Today	20	219	0.371
3	Journal of Literary Semantics	14	24	0.625
4	Style	13	57	0.06
5	Enthymema-International Journal of Literary Criticism Literary Theory	11	5	—
6	Tomsk State University Journal	10	6	0.226
7	Frontiers in Psychology	8	175	2.988
8	Journal of Literary Theory	8	114	—
9	Neohelicon	6	5	0.163
29	Frontiers in Human Neuroscience	3	140	3.169
36	Psychology of Aesthetics Creativity and the Arts	3	103	4.439

可见，国内认知诗学相关研究来源期刊主要为文学、语言学类普通期刊，核心期刊较少。《外国语文》是认知诗学研究发文量最高的期刊，为双核心期刊，影响因子为 0.409，其上刊登的认知诗学相关论文中，既有理论、综述类论文，也有认知诗学视角下的文学作品分析。国外认知诗学相关研究的来源期刊同样主要为文学、语言学期刊，大多位于 SCI（科学引文索引）或 SSCI（社会科学引文索引）的 2—4 区。其中，发文数量和被引用量最高的期刊均为《语言与文学》(*Language and Literature*)，该刊是 JCR 语言学类别下的期刊，位于 SSCI 3 区，影响因子近五年来有所下降。由表可知，认知诗学研究发文数排在前 50 名的来源期刊中，《心理学前沿》(*Frontiers in Psychology*)、《人类神经科学前沿》(*Frontiers in Human Neuroscience*)、《审美、创造及艺术心理学》(*Psychology of Aesthetics Creativity and the Arts*) 三个期刊的发文数量均在 10 篇以下，但有很高的被引用率，可见神经认知诗学领域下的研究由于其前沿性和跨学科属性，具备了更强的学术影响力。

对比可见，与国内相比，国外认知诗学相关研究的来源期刊除文学、语言学类期刊外，还包括一些认知神经科学类期刊，体现了认知诗学同神经认知科学的交叉发展。

2.4 知识体系结构

认知诗学自 20 世纪 80 年代发展至今形成了较为成熟的知识体系结构，以下将从所属学科分布、主要研究热点、学科基础三方面对认知诗学的知识体系结构展开可视化分析。

2.4.1 所属学科分布

图 4 展示了国外认知诗学相关研究的主要所属学科。

可见，国外认知诗学研究主要从属于语言学、文学、心理学、教育学等艺术人文学科，文学与语言学范畴下的认知诗学研究差别不大，但由图 4 色谱和节点大小可见，语言学范畴下的研究规模略大于文学，文学范畴下的研究起始则略早于语言学。国内认知诗学研究学科分布与国外基本一致，体现了认知诗学多学科交叉融合的特点。

从学科归属上看，认知诗学具有鲜明的跨学科属性，符号学、修辞学、叙事学等都对认知诗学产生了影响。鲁汶·楚尔（1992）在著作《走向认知诗学理论》

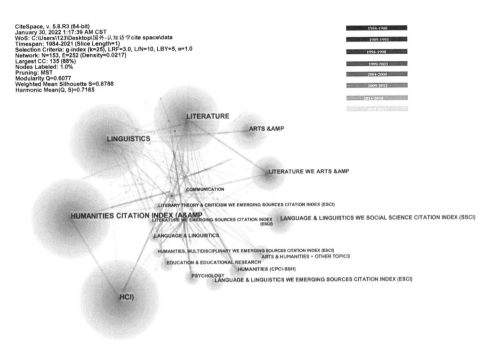

图 4　Web of Science 核心数据集认知诗学相关研究学科分布网络

（*Toward a Theory of Cognitive Poetics*）中提出，认知诗学是一种跨学科的理论方法论，用以阐释诗歌语言和文学形式（Gavins & Steen，2003：11）。盖文斯和斯蒂恩认为虽然认知诗学是直接基于认知语言学和认知心理学建立起来的，但认知诗学与认知语言学之间却是一种"结盟"而非统属的关系。认知诗学应该被视为文学理论中新的篇章，同时，它接受了认知语言学以及更为广泛的认知科学理论的输入，包括心理语言学、话语心理学、认知心理学和社会心理学，因此认知诗学不能被单纯地被看作认知科学的一个分支，而是一种跨学科的、独立的"新的诗学"。

2.4.2　主要研究热点——关键词共现网络分析

分析关键词共现网络对发现领域研究热点并厘清其在学科中的关系和结构具有重要作用。科学知识图谱可视化网络通常由节点和连线组成，连线不仅表示节点之间存在联系，还表示关系的强度或权重（Eck & Waltman，2014：239）。在 VOSviewer 关键词共现网络中，总关系强度（total link strength）反映了关键词与其他关键词总的共现次数（Eck & Waltman，2013：7），体现了关键词在学科中的重要节点作用。

本研究将中国知网和 Web of Science 核心数据集上的认知诗学相关研究关键词

利用 VOSviewer 进行同义词合并、无关词排除后展开科学计量和可视化呈现。（见表7、8）

表7　CNKI 认知诗学相关研究主要关键词

keyword	occurrences	total link strength
认知诗学	422	1005
图形背景理论	104	268
认知文体学	73	192
概念隐喻	43	150
意象图式	34	106
文本世界	32	105
意象	28	92
认知	28	83
隐喻	27	84
概念整合	26	98
前景化	18	52
认知语言学	17	69
心理空间	13	40

表8　Web of Science 核心数据集中认知诗学相关研究主要关键词

keyword	occurrences	total link strength
cognitive poetics	102	125
cognievie stylistics	30	47
metaphor	27	57
conceptual metaphor	18	29
text world theory	18	42
emotion	17	38
neurocognitive poetics	16	24
cognitive linguistics	12	17
aesthetics	11	16

keyword	occurrences	total link strength
deixis	9	23
foregrounding	9	22
rhetoric	9	16
cognitive grammar	8	18
reader response	8	18
attention	6	11
blending	6	12
memory	6	8
neuroaesthetics	6	13

可见，国内认知诗学主要研究热点有图形背景理论、概念隐喻、意象图式、文本世界、前景化等，国外主要研究热点有概念隐喻、文本世界理论、神经认知诗学、情绪、读者反应等。值得注意的现象如下。

第一，国内文献中关键词"认知诗学"的出现频率远高于"认知文体学"，分别为 422 次和 73 次。为进一步厘清这两种表述的使用背后是否存在内涵和研究偏向上的差异，用 VOSviewer 进行单个关键词节点的观察，将节点间最小关系强度设定为 2，可视化结果见图 5。

可见，关键词"认知诗学"的共现关键词数量明显更多，且基本涵盖了"认知文体学"的共现关键词。"认知文体学"的共现关键词相对较少，主要共现关键词有"图形背景理论""意向图式""心理空间""文本世界""前景化"等，在关注点上体现出了细微的不同。

关键词"认知诗学（cognitive poetics）"的使用频率高于"认知文体学（cognitive stylistics）"现象也存在于国外文献中，二者的共现网络分布特点也与国内文献趋同（见图 6）。

由此可见，"认知诗学"和"认知文体学"的使用频率存在差异，但关注点差异不大，二者的差异和联系尚待学界的进一步界定或规范。

第二，隐喻、图形背景理论、图式、文本世界、指示转移、前景化等关键词是

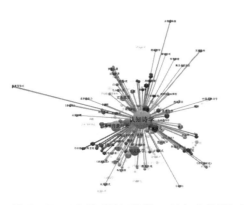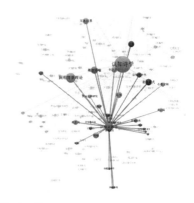

图 5　CNKI 文献"认知诗学 vs 认知文体学"关键词共现网络

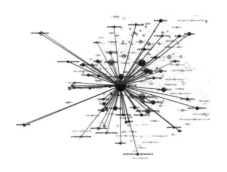

图 6　Web of Science 核心文件集中"'cognitive poetics' vs 'cognitive stylistics'"关键
词共现网络

国内外认知诗学领域共同关注的研究热点。

　　隐喻是认知语言学的核心概念之一，同样也是认知诗学的一个核心范畴。斯托克威尔（2002：112）认为，从认知诗学角度考察隐喻，应该考虑"该隐喻是否创造了一些新的概念，还是仅仅具有某种诗学效果"。传统的文体研究和修辞研究主要关注隐喻造成的艺术效果，而认知诗学视域下的隐喻研究还应该在两个维度深入探究，即"相对于非隐喻的表达而言，该隐喻是否创造了一些新的意义，以及该隐喻是否对读者产生了不同的影响"（熊沐清，2008：304）。

　　图形背景理论源自心理学，与文学批评理论中的"前景化"概念有很强的对应关系。斯托克威尔（2002：14）认为在文学作品中，人物相对于环境而言是图形，更有可能是叙述的焦点，而环境是背景。有时被突出展示的环境要素也可能会变成"图形"。前景化则是指文学语篇中的某些方面比其他一些方面更重要或者更突出。以往的文学批评与分析主要关注于被前景化的部分，图形背景理论提供了一种新的视角，除"前景"外，关注文学作品的背景环境也能产生新的解读。

图式在认知心理学中是指在认知过程中通过对同一类客体或活动的基本结构的信息进行抽象概括，在大脑中形成的结构框图。斯托克威尔（2002：79-80）认为文学图式分为三类：世界图式、语篇（文本）图式、语言图式。图式有三个特性，即增长性、调节性和重构性。文学图式是组织我们的文学阅读的更高水平的概念结构，是一种建构性的图式（constitutive schema）。图式诗学能够解释为什么不同的读者对同一文本会做出不同的解读。

指示转移理论是用以解释文学语篇连贯性的感知和创造一个主要概念，主要探讨作者在作品中如何创造指示中心，这个中心如何通过语篇模式的认知理解而得到确认，它又是如何转移，并作为阅读过程的一部分被运用的（Stockwell，2002：47）。

文本世界理论的基石是哲学概念"可能世界"。它不同于我们日常经历的世界，是由描述状态的一系列命题所组成的。文本世界是可能世界在文本中的投射，被用来描述读者"沉浸于"某一小说、头脑中构建起像真实世界一般的虚拟世界的感受，参与者的不同信念会影响到文本世界的建构（Stockwell，2002：136）。

第三，"读者反应（reader response）"是国外研究中出现频率较高的研究热点，有较高的总关系强度。读者反应研究是基于实验室或自然阅读的文学阅读实证研究，始于20世纪六七十年代的美国和德国，将文学批评的重点从作品的创作过程转移到读者身上。文体学中的读者反应研究的特点是致力于采用严格的、基于证据的方法来研究读者与文本及其周围的互动，并将这些数据集应用以促进文体学文本分析或更广泛地讨论文体学理论和方法（Whiteley & Canning，2017：71）。国内认知诗学研究较少涉及读者反应研究，说明研究主要停留在理论和主观分析层面，在实证方面依然存在一定的欠缺。

第四，国外认知诗学相关研究中，"神经认知诗学（neurocognitive poetics）""记忆（memory）""神经美学（neuroaesthetics）"等有较高的出现频率，体现了心理学和认知神经科学与认知诗学相结合的这一前沿研究热点，但在国内研究中较少被关注。20世纪90年代以来，国外认知诗学研究者开始关注前景化的读者感知及其在认知加工中的作用机制，并展开了基于心理学和认知神经科学的文体学探索。前景化在读者头脑中的感知程度的问题逐渐受到了很多学者的关注（Emmott，1996，2002；Gibbs et al.，2003；Miall & Kuiken，1994；Van Peer et al.，2007；Peer，2002），例如凡·皮尔（Van Peer，2002）在实证研究中证实读者注意力会被偏离的语言特征吸引，即前景化确实可以被读者感知；当文本具备前景化特征时，它们的加工过程更慢，读者的情感反应也会增加。除此之外，认知神经科学实验方法的应用也在起步，眼动追踪、事件相关电位、近红外脑成像、功能性磁共振成像等各种方法被应用到了语言学领域，各语言层次特征在读者认知加工过程中的神经机制正在被渐渐揭示，虽然这些研究很少是完全归属于文体的或诗学的（Hogan，2014：520），但不可否认的是，文学和语言学同认知神经科学的交叉已经为认知诗学研究提供了大量借鉴和证据，有助于认知诗学研究者在以往研究成果的基础上有条不紊地展开探索。神经认知诗学（neurocognitive poetics）这一崭新学科应运而生，关注大脑处理文学文本的过程，应用各种认知神经科学方法来探索各语言层次特征在读者认知加工过程中的神经机制，从而揭示大脑构建自身和周围世界的更深层机制。

对比可见，国内对神经认知诗学的关注存在空白，有待更多探索。随着国内诸多高校开设认知神经实验室，认知神经科学领域学者与认知诗学领域学者逐步展开了合作，有望在不久的将来提升国内神经认知诗学研究的活力。

2.4.3 学科基础——引文分析及共被引分析

引文突现展示了在特定时间段内文献中被爆发性引用的关键词，体现了学科领域内快速增长的热点主题。本研究利用 CiteSpace 识别出了国外认知诗学研究中七个最突出的引用突现。（见图 7）

由突现时序可见，最早出现的两个引用文献突现是盖文斯等（2003）编撰的书著《认知诗学实践》（*Cognitive Poetics in Practice*）以及斯托克威尔（2002）的《认知

Top 7 References with the Strongest Citation Bursts

References	Year	Strength	Begin	End	1984 - 2021
GAVINS J, 2003, COGNITIVE POETICS PR, V0, P0	2003	5.02	2004	2008	
STOCKWELL Peter, 2002, COGNITIVE POETICS IN, V0, P0	2002	3.66	2004	2006	
Bohrn IC, 2013, BRAIN LANG, V124, P1, DOI 10.1016/j.bandl.2012.10.003, DOI	2013	3.95	2013	2018	
Ludtke J, 2014, PSYCHOL AESTHET CREA, V8, P363, DOI 10.1037/a0036826, DOI	2014	4.36	2015	2018	
Jacobs AM, 2015, COGNITIVE NEUROSCIENCE OF NATURAL LANGUAGE USE, V0, P135	2015	4.04	2015	2018	
Jacobs AM, 2015, FRONT HUM NEUROSCI, V9, P0, DOI 10.3389/fnhum.2015.00186, DOI	2015	6.38	2016	2021	
Jacobs AM, 2015, FRONT PSYCHOL, V6, P0, DOI 10.3389/fpsyg.2015.00714, DOI	2015	4.5	2015	2019	

图 7　Web of Science 认知诗学研究参考文献最强的七个突现

诗学导论》(*Cognitive Poetics: An Introduction*)，突现时段分别为2004—2008年以及2004—2006年。前者通过12个主题章节展示了认知诗学方法和技巧在文本分析中的应用，后者则系统地介绍了认知诗学中重要的理论和概念，例如图形背景理论、原型理论、文本世界理论等。这两本书成为了解认知诗学领域理论和实践的经典文献。2013年之后出现的五个引文突现均为神经认知诗学领域研究，体现了神经认知诗学研究的前沿性和热度。

从突现强度来看，雅各布斯（2015）的"Neurocognitive poetics: methods and models for investigating the neuronal and cognitive–affective bases of literature reception"以6.38的突现强度居于首位，突现时段也从2016年延续至今。雅各布斯在这篇文章里完善了他于2011年提出的神经认知诗学模式（NCPM: neurocognitive poetics model），依据神经科学、修辞学、诗学和美学的实验数据和理论，探索文学文本与专注、情绪、审美等主观阅读体验之间的关系，为语言的具体运用，如小说和诗歌阅读提供了一个更现实和自然的方法。自此，神经认知诗学作为一种文学的认知神经批评研究已经初具雏形，神经认知诗学领域的学者也在不断对这一模型展开讨论、扩充、修正和更深层的探索。

共被引网络展现参考文献的共现关系，节点大小代表单个文献总被引次数高低，网络中的连线代表两个文献有被同时引用的记录，被同时引用的次数越多，关系强度也就越大，连线就越粗。关注共现网络中关系强度较高的文献有助于研究者快速发现领域内经常被共同引用的权威论文。图8展示了国外认知诗学领域的共被引网络，图中三种颜色分别代表共引关系最近的三个聚类。聚类1内文献主要涉及概念隐喻等主题，聚类2内文献主要涉及认知语法、文本世界等主题，聚类3内文献主要涉及神经

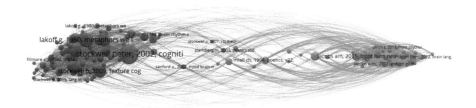

图8　Web of Science核心数据集认知诗学领域的共被引网络

认知诗学主题。

可见，聚类 1、2 之间的联系非常紧密，聚类 3 即神经认知诗学相关被引文献虽然与另外两个聚类内的被引文献共现相对较少，但也存在很强的联系，体现了神经认知诗学的跨学科属性以及与认知诗学之间不可分割的归属关系。

为了发现认知诗学领域内最权威和有价值的参考文献组，将关系强度阈值提高为 10 对共被引网络进行简化，剩余的共被引网络中的连线代表连线两端的两个文献被共同引用超过 10 次，辐射出多条连线的节点则往往代表了学科理论知识基础，这些节点是进行该领域研究时应当集中关注的一组经典文献。提高关系强度阈值后发现，关于隐喻、文本世界、文本肌理以及对认知诗学展开综合介绍和梳理的多部专著脱颖而出（Lakoff，1980；Stockwell，2002；Stockwell，2009；Zunshine，2006；Semino & Culpeper，2002；Gavins，2007），囊括了认知诗学领域的基础理论和基本概念，是经常被研究者共同参考的经典文献。而在神经认知诗学领域，关于词汇情感特征、认知诗学模型、神经美学的多篇文献（Bohrn et al.，2013；Jacobs，2015；Vo et al.，2009；Willems，2015）具有活跃的共被引关系，是展开神经认知诗学研究的学者应当重点学习的一组经典文献。

3 结语

本文利用科学知识图谱工具对国内外认知诗学研究脉络进行了梳理和对比分析，有以下发现与启示。

第一，在整体趋势方面，国内外认知诗学相关研究的发展脉络基本重叠，整体呈现出稳步增长的趋势。国外认知诗学发展相对较早，自 20 世纪 80 年代就有初步萌芽，且年度数量波形较平稳。国内研究最早始于 20 世纪 90 年代，数量起伏较大，体现了国外认知诗学研究的相对成熟。

第二，从科学合作网络上看，国外认知诗学领域研究在作者、国家 / 地区、机构之间都展开了广泛、稳定的长期合作，形成了如分别以雅各布斯和斯托克威尔为首的学术合作团队，在各自的领域展现出了很强的活力。这体现了科学合作在学术领域生命力上的重要作用。国内也应增强领域内以及跨领域的科学合作，取众人之长，整合资源，提升国内认知诗学研究的生命力。

第三，从主要来源期刊上看，国外认知诗学相关研究的主要来源期刊为 SCI（科学引文索引）和 SSCI（社会科学引文索引）2—4 区的语言类、文学类期刊，国内认知诗学的主要来源期刊则大多为语言学和文学类的普通期刊，随着认知诗学学科的成熟以及神经认知诗学活力的提升，认知诗学领域研究有望获得更权威的展示平台和更强的学术影响力。

第四，从知识体系结构上看，首先，国内外认知诗学相关研究的所属学科结构类似，主要为语言学、文学、心理学、教育学等，呈现多学科交叉融合发展的局面，尤其是心理学和认知神经科学近年来的发展以及与人文学科的融合促进了认知诗学的转型，提升了认知诗学的生命力。其次，从研究热点上看，国内外研究热点存在很大的重叠，但"读者反应研究""神经认知诗学"等关键词在国内的缺位体现了国内研究在实证方法的应用以及诗学现象背后神经机制的探索上还存在很大的差距，国内学者应继续加强跨领域作者合作并积极发展神经认知诗学，探索文学阅读背后的大脑机制，为认知诗学乃至文学和语言学的发展提供强有力的科学支撑，也为进一步解释人类认知机制提供佐证。最后，从引文突现和共被引网络所反映的学科基础上来看，经过 30 多年的发展，认知诗学领域内的研究已经形成了丰富而稳定的学科基础，雅各布斯、斯托克威尔等人的著作和论文共同构成了丰富的共被引网络，在理论和应用上为研究者进行认知诗学的探索起到了强有力的规范和指导作用。

本文通过对国内外认知诗学相关研究进行科学全面的检索以及深入的可视化分析，更直观地展示了国内外认知诗学学科发展的轨迹脉络和前沿热点，为研究者了解学科概况及最新发展趋势提供了参考。

参考文献：

[1] Bohrn, I., et al. When We Like What We Know – A Parametric fMRI Analysis of Beauty and Familiarity [J]. *Brain & Language*, 2013, 124(1):1-8.

[2] Burt, R. Structural Holes and Good Ideas [J]. *American Journal of Sociology*, 2004, 110(2): 349-399.

[3] Chen, C. Science Mapping: A Systematic Review of the Literature [J]. *Journal of Data and Information Science*, 2017, 2(2):1-40.

[4] Chen, C., et al. Towards an Explanatory and Computational Theory of Scientific Discovery [J]. *Journal of Informetrics*, 2009, 3(3):191-209.

[5] Eck, N. & L. Waltman. Visualizing Bibliometric Networks.//*Measuring Scholarly Impact: Methods and Practice* [M]. Berlin: Springer International Publishing, 2014: 285-320.

[6] Eck, N. & L. Waltman. VOSviewer Manual [J]. *Leiden: Univeristeit Leiden*, 2013, 1(1): 1-53.

[7] Emmott, C. Real Grammar in Fictional Contexts [J]. *Glasgow Review*, 1996, 4: 9-23.

[8] Emmott, C. Responding to Style: Cohesion, Foregrounding and Thematic Interpretation [M]//Louwerse, M. & van Peer, W. (eds.), *Thematics: Interdisciplinary Studies. Series: Converging Evidence in Language and Communication Research (3)*. Amsterdam: Benjamins, 2002:97-117.

[9] Gavins, J. & G. Steen (eds). *Cognitive Poetics in Practice* [M]. London: Routledge, 2003.

[10] Gavins, J. *Text World Theory: An Introduction* [M]. Edinburgh: Edinburgh University Press, 2007.

[11] Gibbs, Jr. R., Leggitt, J. & E. Turner. What's Special about Figurative Language in Emotional Communication?//*The Verbal Communication of Emotions* [M].Psychology Press, 2003: 133-158.

[12] Hogan, P. Stylistics, Emotion and Neuroscience.//*The Routledge handbook of stylistics* [M]. East Sussex: London: Routledge, 2014: 516-530.

[13] Hosseini, M., Martek, I., Zavadskas, E. K., et al. Critical Evaluation of Off-site Construction Research: A Scientometric Analysis [J]. *Automation in Construction*, 2018, 87: 235-247.

[14] Jacobs, A. Neurocognitive Poetics: Methods and Models for Investigating the Neuronal and Cognitive-affective Bases of Literature Reception [J]. *Frontiers in human neuroscience*, 2015, 9: 186.

[15] Lakoff, G. & M. Johnson. *Metaphors We Live by* [M]. Chicago: University of Chicago press, 1980.

[16] Miall, D. & D. Kuiken. Beyond Text Theory-Understanding Literary

response [J]. *Discourse Processes*, 1994, 17(3)：337-352.

［17］Van Peer, W. Where do Literary Themes Come From [J]. *Thematics: Interdisciplinary Studies*, 2002, 3: 253-263.

［18］Vo, M., Conrad, M., Kuchinke, L., et al. The Berlin Affective Word List Reloaded (BAWL-R)[J]. *Behavior Research Methods*, 2009, 41(2): 534-538.

［19］Semino, E. & J. Culpeper (Eds.). *Cognitive Stylistics: Language and Cognition in Text Analysis (Vol. 1)* [M]. Amsterdam : John Benjamins Publishing, 2002.

［20］Stockwell, P . *Cognitive Poetics: An Introduction* [M]. London: Routledge, 2002.

［21］Stockwell, P. *Texture：A Cognitive Aesthetics of Reading* [M]. Edinburgh: Edinburgh University Press, 2009.

［22］Tsur, R. *Toward a Theory of Cognitive Poetics* [M]. North Holland, 1992.

［23］Willems, R. *Cognitive Neuroscience of Natural Language Use* [M]. Cambridge: Cambridge University Press, 2015.

［24］Whiteley, S. & P. Canning. Reader Response Research in Stylistics [J]. *Language and Literature*, 2017, 26(2).

［25］Zunshine，L. *Why We Read Fiction: Theory of Mind and the Novel* [M]. Ohio：Ohio State University Press, 2006.

［26］封宗信.认知诗学：认知转向下的后经典"文学学" [C].认知诗学第 4 辑.四川外国语大学人文社科研究基地外国语文研究中心, 2017: 7-20.

［27］蒋勇军.试论认知诗学研究的演进、现状与前景 [J].外国语文, 2009, 25(02): 23-27.

［28］刘翠莹.国内认知诗学研究进展的科学知识图谱分析 (2006—2017) [J].科教文汇（中旬刊）, 2018, (02): 182-183.

［29］刘文,赵增虎.认知诗学研究 [M].北京：中国文史出版社, 2014.

［30］苏晓军.国外认知诗学研究概观 [J].外国语文, 2009, 25(02): 6-10.

［31］熊沐清.语言学与文学研究的新接面：两本认知诗学著作述评 [J].外语教学与研究, 2008, (04): 299-305+321.

［32］张德禄,贾晓庆,雷茜.文体学新发展研究 [M].北京：清华大学出版社, 2021.

［33］张之材.2006—2016 年国内认知诗学研究的文献计量可视化分析 [J].重庆交通大学学报（社会科学版）, 2018, 18(05): 137-142.

中西学术交流的使者
——纪念认知诗学之父瑞文·楚尔教授

肖　谊（四川外国语大学英语学院，重庆 400031）

摘要：

在辉煌的学术人生中，瑞文·楚尔实现了一次令人难忘的中国之行，即他本人的中国之旅与文本之旅。楚尔教授对中国认知诗学的理论探索具有推波助澜的贡献，为我国的认知诗学研究，特别是广义认知诗学理论的探索提供了强大的理论基础。笔者曾经向楚尔教授求教关于认知诗学的问题，深感先生在学术领域的魅力。虽然先生已乘鹤西去，但给后学留下了一座理论宝库。今特撰此文，谨向楚尔先生致敬。

关键词：

楚尔；认知诗学；认知诗学之父；纪念；书信

An Academic Communicator Between East and West:
In Commemoration of Reuven Tsur, the Founding Father of Cognitive Poetics

Xiao Yi（School of English Studies, Sichuan International Studies University，Chongqing 400031, China）

Abstract:

In his glorious academic life, Reuven Tsur accomplished an unforgettable travel to China, including his personal trip and textual journey. Professor Tsur has made a great contribution to the acceleration of the theoretical exploration of cognitive poetics, providing a strong theoretical foundation for China's research on this branch of study, especially for the construction of a generalized cognitive poetics. I once exchanged emails with Professor Tsur asking for advice about cognitive poetics and felt that he was extremely enchanting in the academic arena. The master has passed away notwithstanding, he has left behind a treasure house of

作者简介：肖谊，四川外国语大学英语学院教授，博士生导师，研究方向：英美文学、认知文学及莎士比亚研究。

theories for scholars of younger generations. For an homage to Professor Tsur, this article is hereby written in particular.

Key words:

Reuven Tsur; cognitive poetics; the founding father of cognitive poetics; commemoration; letter

0 引言

以色列著名学者瑞文·楚尔（Reuven Tsur，1932—2021）因在学术上的巨大成就而蜚声国际学术界。他的母语是匈牙利语，但他却用英语撰写了多部学术研究的扛鼎之作。同时他还精通多种欧洲语言，特别是在希伯来语文学研究领域颇有贡献，曾获得以色列文学奖（Israël Prize in Literature，2009）。最重要的是，楚尔教授是最早提出"认知诗学"（cognitive poetics）这一概念的学者，他也为认知诗学的推介与理论建构做出了重大的贡献。在他的努力下，再加上中国学者积极参与认知诗学的理论建构，认知诗学最终成为一种重要的研究范式，楚尔也被誉为"认知诗学之父"。楚尔教授与中国学界结下了不解之缘，曾经来中国讲学并参加学术活动，其著作备受我国外语学界瞩目。笔者曾经就认知诗学的问题求教过楚尔教授，深感先生既是一位学识渊博的理论家，也是一位和蔼可亲的良师益友。现在，先生虽然已经离开我们，但他的著作仍然像一盏明灯闪烁在认知诗学海洋的上空，照耀着后辈的理论探索。

1 瑞文·楚尔的中国之行

2007 年 5 月，瑞文·楚尔应湖南大学刘正光教授的邀请来中国参加全国第五届认知语言学研讨会。在本次研讨会之前，2007 年 5 月 9 日至 10 日，会议主办方中国认知语言学研究会与湖南大学外国语学院联合举办了讲习班，分别由吉布斯（Gibbs）、楚尔（Tsur）、兰卡格（Langacker）、徐盛桓、束定芳、刘正光等教授主讲。楚尔教授的讲座《声音象征、通感与最终的限制》(*Sound Symbolism, Synaesthesia, and the Ultimate Limit*)，深入细致地讨论了声音象征和通感之间的相互关系。事实上，这次的讲义也是他的认知诗学理论建构的部分重要内容，后来收录在他出版的著作中。

楚尔的认知诗学理论是建立在应用语言学理论，特别是认知语言学理论探索文学作品的规律这一基础上的理论。有不少语言学研究者将认知诗学视为语言学的一个分支，但从实质上看，认知诗学是一种跨学科性质的探索文学生成规律的理论。因此，从严格意义上说属于文学研究。

在 2007 年 5 月 11 日的会议上楚尔做了《认知诗学与不可言说的言说》(*Cognitive Poetics and Speaking the Unspeakable*) 的主题发言，对诗歌的意义、感情、无以言表的经验以及声音结构进行了综合分析。这篇论文用英文撰写，被当作认知语言学的重要文献发表在上海外国语大学主办的《外国语》杂志 2008 年第 2 期。论文提出的方法涉及诗歌的意义、情感、不可言说的体验和声音结构。语言本质上是概念性的。诗歌用文字来表达感觉、情感、经历。它本应使用概念性语言来传达非概念性的体验，而不仅仅是那些体验的概念。诗歌形式对语言产生一定作用，文本与情感体验在结构上有相似之处。楚尔在这篇论文中探讨的是诗歌中概念性语言转化为体验性语言的技巧。探索的技巧有：凝聚的与发散的诗歌；平行实体与情绪；诗歌中的抽象名词与具体名词；抽象加指示语；"具体"中的"抽象"；通感 (Tsur, 2008：2)。楚尔的发言同样也是他构建认知诗学理论的内容之一。因此，他也成为第一位在中国介绍认知诗学理论的外国学者。

会议结束后，楚尔教授和夫人一起游览了湖南的自然风光，参观了张家界及中国的其他景点，他们十分欣赏湖南的自然景观，并且感到度过了一次令人愉悦的中国之行。

此后，楚尔教授还实现了认知诗学在中国的文本旅行。随着认知诗学在中国的推广，越来越多的学者开始关注楚尔对认知诗学的理论建构。楚尔的理论著作在中国认知诗学研究领域被确定为必读书目，甚至有人以楚尔的认知诗学理论为研究对象撰写博士学位论文。楚尔的《建构认知诗学理论》(*Toward a Theory of Cognitive Poetics*，1992)，汇集了他早年认知诗学研究与实验的重要成果，体现了他认知诗学理论的核心观点，其思想影响深远。后来这本书又于 2008 年在苏塞克斯大学出版社出版了增订版。该书现已经由我国著名认知诗学理论家熊沐清教授翻译成中文版本，即将由外语教学与研究出版社出版。熊沐清教授翻译并策划出版的《建构认知诗学理论》将为我国的广义认知诗学理论建构提供坚实的理论基础。

楚尔的论著在我国语言学研究领域的引用率颇高，如《认知诗学与不可言说的言说》一文的总被引量多达 26 次，下载次数 577 次。楚尔在长沙会议宣读这一篇论文实际上是在对中国学者推介认知诗学理论。这篇论文发表的时间是 2008 年 4 月。无独有

偶，我国学者也是在 2007 年开始推介并对认知诗学理论进行重构的。次年 11 月 9 日
至 22 日，熊沐清教授组织并召集了全国各地的相关专家，在广西南宁召开第四届中国
英语研究专家论坛暨首届全国认知诗学学术研讨会。会议以"文学与认知"为议题，
就认知诗学的相关话题进行了研讨，参加会议并提交与认知诗学相关话题论文的学者
有熊沐清、申丹、杨金才、蓝仁哲、束定芳、文旭、刘世生、赵秀凤、唐伟胜、肖谊
等人。熊沐清教授就认知诗学的文学功用观进行了阐述，申丹教授就认知文体学的几
个重要问题进行了分析，杨金才教授分析了斯坦贝克小说中伤残与怪诞书写的意义。
蓝仁哲教授探索了诗性语言的认知过程。束定芳教授以汶川地震诗歌现象为例，探析
了诗歌研究的认知语言学视角，将会议推向了高潮。文旭教授从诗歌隐喻的角度探索
认知诗学，指出认知诗学可以分为广义的认知诗学与狭义的认知诗学。赵秀凤教授探
索了叙事语篇视角化的机制。唐伟胜教授论述了叙事语言学与认知叙事学的区别与联
系。在这次会议上，楚尔的作品也受到了特别的关注，刘世生教授梳理了认知诗学的
主要理论，特别提到了楚尔于 2003 年发表的《论虚无的海岸：认知诗学研究》(*On the
Shore of Nothingness*：*A Study in Cognitive Poetics*，2003）和更早的《建构认知诗学理论》。
《论虚无的海岸：认知诗学研究》收集并巩固了楚尔过去 30 多年对宗教诗歌、密宗诗
和冥想诗语言与风格的探索（Millward，2005：371）。笔者根据楚尔"认知诗学考察大
量的不同过程"（Tsur，2008：4）的理论对纳博科夫小说创作中涉及的认知过程以及因
此而激发的读者反应进行研究。从此以后，楚尔的论著引起了我国学界的注意，《建构
认知诗学理论》等著作是我国认知诗学研究者的必读著作，也是具有高被引频次的理
论参考资料。因此，楚尔教授的著作也在中国实现了文本旅行。《建构认知诗学理论》
中文版出版以后，楚尔教授在中国的文本旅行将会产生更为深远的影响。

2 关于认知诗学的书信来往

楚尔教授是一名十分和蔼的学者，他思维敏捷，总是以严谨的思维方式进行学
术研究，他的语言学研究与认知诗学探索都是基于他进行的一些实验。他善于从经典
文学文本中寻找规律。为了更好地探索认知诗学理论，笔者冒昧地给先生发了一封邮
件，向先生求教，结果很快就得到了先生的回复。现将笔者与楚尔教授的部分通信翻
译成中文，以便大家参考引用。

信件译文一

日期：2010 年 4 月 2 日 10:58

尊敬的瑞文·楚尔教授：

　　我是来自中国重庆的四川外国语大学的肖谊（英文名是 Yee Shaw）。我是一名英美文学专业教授。近年来，我阅读了一些关于"认知诗学"的著作，知道您是第一位提出这个新理论的学者。在中国，一些学者正开始介绍该理论。我和我的一些同事打算把您的理论介绍给中国的研究生，并发表一些关于该理论的论文。这是我给您写的第一封信，我真诚地希望您能与我通信。要是能向您了解您的研究和理论的最新进展就好了。

　　谨致以最美好的祝愿！

您诚挚的肖谊

信件译文二

日期：2010 年 4 月 2 日　星期五　12:30:09 +0300

尊敬的肖谊教授：

　　我对您的邮件非常满意。我很高兴，认知诗学正在传播，我的作品在越来越多的地方和文化传统中被人知晓。几年前，我应刘正光教授的邀请，在长沙参加了湖南大学举行的认知语言学会议。我妻子和我享受这次访问的整个过程。这也是一个机会，让我们看到了湖南的自然景观，以及后来参观的中国最重要的一些景点。如果我没弄错的话，我在湖南宣读的论文已经在上海的《外国语》上发表了，但他们还没有寄给我。

　　事实上，我非常感兴趣，想听听在这种跨文化背景下，我的研究结果（已在西方文学传统中得以证实）中的哪些部分可以应用到中国文学。我在认知诗学方面的最新工作涉及对诗歌节奏表现的工具性研究（分析电脑上的诗歌朗读录音）。除此之外，我正在修补我早期作品总体结构中的空白。我刚刚完成了一篇关于诗歌规约作为认知化石的论文，认为诗歌规约起源于通过反复的社会传播过程而形式化了的认知过程。在某些传统中，诗歌惯例会经历更多的石化。

　　我最近完成了一篇论文，论述了霍普金斯（Gerald Manley Hopkins）的《风鹰》（*The Windhover*）中的绕口令如"受斑斓黎明引诱的茶隼"①（"dapple-dawn-drawn

① 译文援引曹明伦译《风鹰》，原载北京师范学院出版社 1991 年版《外国抒情诗赏析辞典》第 573—574 页。（参见：https://www.poemlife.com/index.php?mod=transhow&id=74413&str=1765）

falcon"）对令人欣喜若狂的音质的贡献。在这篇论文的最后一节中，通过工具性研究，我探讨了朗诵者如何通过求助于某些声音线索来增强或减少这种贡献，这些线索增强或模糊了语言和诗律的界限。

您在认知诗学方面致力于什么样的研究?

谨致以最美好的祝愿!

瑞文·楚尔

信件译文三

日期：2010 年 4 月 2 日　16:44

尊敬的楚尔教授：

很高兴收到您的信。我很高兴，您认识刘正光教授，他是我的朋友和老乡。我的家乡也在长沙市的宁乡县。我们经常在不同的场合见面。至于您在信中提到的那篇论文，如果是那份杂志发表的，我会查到的。如已出版，我会给您邮寄几本。

我所在大学的专长是外国语言文学研究，引进认知诗学是我们的策略和计划，因为我们认为中国在文学研究中需要一些新的方法或理论，但我们才刚开始研究这种新的理论。在文学研究领域推广认知诗学还任重道远。我们的另一个目的是展示我们大学的研究能力。这是中国的大学经常做的事情，以此得到政府机构的重视和资助。您可能会觉得这是一件有趣的事情。

2008 年，我们在广西壮族自治区召开过会议，这是一个有点松散的会。今年夏天，我们将在中国西北的青海省举办关于认知诗学的另一个会议。如果可以的话，我将请会议组织者（《外国语文》杂志的主编）邀请您参加会议。我将陪您参观重庆市和青海省的一些美丽的景点。

我的文学研究兴趣主要包括纳博科夫和后现代主义文学。我在我的大学研究生院教授"19 世纪美国小说"和"美国早期后现代主义文学批评"两门课程。认知诗学对我来说是一个新的理论，但我会逐步地深入研究。

谨致以最美好的祝愿!

肖谊

信件译文四

日期：2010 年 4 月 8 日 星期四 16:23:07 +0300

尊敬的肖谊教授：

我为我的回信耽搁了而道歉。

去参加您的会议，然后由您当我的向导游览您所在的城市，是非常诱人的。但是，今年我已定要去匈牙利和挪威参加两个会议，即使在日程安排上没有冲突，我如再去中国，对我来说就太多了。

无论如何，非常感谢您的建议！

谨致以最美好的祝愿！

瑞文

信件译文五

日期：2010 年 4 月 16 日 13:30

尊敬的楚尔教授：

我为回信耽搁了而抱歉。我最近一直在为在我的大学举办的语言教学会议做些事情。

我们计划于 2012 年再举办一个认知诗学国际会议，会议地点仍在审议中。主编告诉我，我们将邀请一些学者，包括一些来自英国和美国的学者。当然，您会作为重要的嘉宾被邀请。至于机票费用和在中国的费用，我们将为您支付，因为一位国外学者来中国并不容易，也不便宜。我希望我们能在那个会议上见面。

关于您在上海发表的论文，我已经从数据库下载了，现已附在附件中。您可以通过 PDF 阅读器打开它。如果我能找到那份杂志，我会给您邮寄一两本。

最美好的祝愿！

肖谊

信件译文六

回复：您好！楚尔教授！

尊敬的肖谊教授：

非常感谢您的来信，包括我的文章的附件！的确，是时候看到我 2008 年的文章了。

至于您邀请我来参加 2012 年的会议，我本很乐意，但为了安全起见，我想指出，到那时我已 80 岁，我将不得不考虑体力上是否允许此行。

谨致以最美好的祝愿！

瑞文

楚尔教授将信中提到的已经完成的论文命名为《传统作为认知化石》（"Convention as cognitive fossils"），发表在《文体》（*Style*）2010 年冬季号上。后来又以此为标题，增加了很多新的成果，结集成专著于 2017 年出版，出版后得到了学界的高度评价，如罗布·哈勒（Rob Harle）指出："这是一本知识的力作：翔实、有深度且具有开创性。"（Harle，2019：202）楚尔教授为人谦逊，他对自己的理论被广泛地接受感到十分欣慰，他在这篇文章的结语中写道："由于某种原因，我 2002 年的文章被误认为是在阐述一种文学普遍性的理论。我从来没有想过要那样做，也没有资格对任何类型的普遍性提出主张。尽管我的《什么使语音模式具有表现力——言语感知的诗意模式》已被翻译成日语，而且中国学者对我的作品表现出越来越大的兴趣，我所能坚称的是，虽然在许多文化中可以找到某些传统技巧和类型的反应，但这与普遍性风马牛不相及。"（Tsur，2010：518）楚尔教授最终还是没有再来中国参加认知诗学国际会议，但是他的认知诗学理论在中国受到了密切的关注，甚至被运用到我国文化背景中，就像是智慧的火花在中国语言学领域与认知诗学领域绽放。

3 楚尔给我们的启示

楚尔教授知识渊博，其学术研究跨越了语言学与文学之间的界限，并吸收了哲学、心理学以及人工智能技术进行研究，开创了认知诗学的先河。楚尔教授的研究与贡献是语言学与文学研究的一份宝贵的财富，他的学术思想与研究方法为语言学领域、文学领域，特别是认知诗学研究领域提供了很多启示。

第一，进行人文社会科学研究的学者必须要有充足的知识储备。楚尔教授的母语是匈牙利语，他同时还精通英语、法语、德语、西班牙语、意大利语等欧洲的主要语言及希伯来语。他熟谙西方的文化传统、文化史、文学史、文学理论、经典文学作品，特别是各种西方语言中的诗歌经典。这样就为他的认知诗学研究提供了必不可少的研究素材。例如，在《传统作为认知化石》一文中我们可以看到，在探索诗学传统的起源时，楚尔如何从文学史与文化史中发现问题。楚尔认为："诗学传统从一种文化中心迁移到另一种文化中心；更为古老的文化传统影响后来的文化传统；更为主导的文化传统影响相对不是主流的文化传统。"（Tsur，2010：498）为了探寻诗学常规的起源，楚尔以彼特拉克爱情诗的常规为例进行溯源，发现这一常规是16世纪传入英国、法国和其他欧洲国家，同时发现彼特拉克又是从普罗旺斯的吟游诗人那里获得的这种常规，吟游诗人是10世纪或11世纪从居住在西班牙的穆斯林和希伯来诗人那里传承来的，最后发现10世纪或11世纪诗人是从阿拉伯沙漠诗中获得的常规。在对问题进行溯源后，楚尔还从认知的视角解决了最初的传承者对诗歌传统的反应以及某些语言技巧是如何成为传统的。楚尔认为："诗歌涉及创作而不是控制的过程，而且诗歌常规源于为了采用的认知与深度心理过程。因此，对诗歌常规的最早的反应可能是尚未被教的或被学习的知识。"（Tsur，2010：498）从楚尔对诗歌常规溯源的过程中可以看到，只有在丰富的知识储备的情况下，才能真正深入地开展研究。

第二，楚尔的认知诗学研究为学界树立了跨界研究的典范。"楚尔将认知诗学定义为一种诗歌语言与文学形式是怎样成形并受人类认知过程限制的理论方法。"（Tsur，2017：préface vii）事实上，从结构、特征、研究方法上看，认知诗学既是一种跨学科的研究范式，又是一种独立的进行性的文学理论。

　　维基百科上写道：楚尔1971年在自己的博士学位论文中就发展了一种他后来称为"认知诗学"的研究方法。这是一种结合文学理论、语言学、心理学与哲学的跨学科方法。它探索文本结构与其中被感知的人类素质之间的关系，以及发生在读者心智中的调节过程。（Wikipedia）

从维基百科的文字中可以看出，楚尔心目中的认知诗学所关注的研究对象是文学作品、认知的过程以及读者的心智状况，而他采用的研究方法是在文学理论话语的基础上，结合语言学、心理学与哲学的批评话语对文本结构与读者认知过程的互动关系进行研究。楚尔认为："认知诗学探索的是诗歌语言与形式是如何形成并受认知过程限制的。"（Tsur，2012：272）然而，文学理论、语言学批评话语、心理学批评话语以及哲学之间本身在一定程度上存在互涉的关系，也就是说，这些学科分支之间具有界面性，楚尔的认知诗学研究是充分调动了界面性，生成了新意。这也是其创新性的体现。楚尔的研究不仅是巴布斯所说的"认知诗学运用修辞学、文体学和认知理论，并与认知文学研究一起，致力于考察文学意义在接受者心中产生的方式"（Barbus，2010：17），而且还涉及了更多其他学科的理论。

为了记录读者在阅读作品过程中的心智状况，楚尔采用了人工智能设备将认知过程转换成图像进行分析，这种方法在多种场合被他称为"工具性研究"（instrumental study）。例如，在《建构认知诗学理论》的第七章"朗诵风格与听众的反应"中，楚尔录制了不同风格的朗诵者朗诵诗歌文本的声波，进行对比分析。楚尔称之为"一项对诗歌有节奏演诵的审美事件的实证研究"（Tsur，2008：181）。楚尔的研究方法是一种具有开拓性的实证研究方法，属于经验主义研究范式。他不仅探索了文学与语言学、心理学、哲学等学科之间的界面性，而且开创了最早的人工智能诗学研究，无疑是跨界研究的典范。

第三，选题具有普遍性意义。从楚尔的论著可以看到，他是以文学经典为研究对象的，其论著中包含西方文学史上的主流作家作品。他论及的有英国作家斯宾塞、密尔顿、莎士比亚、亚历山大·蒲柏、科勒律治、华兹华斯、约翰·济慈、丁尼生等著名诗人的作品，也涉及希伯来诗人耶胡达·哈勒维，匈牙利诗人密哈伊·巴比特，法国诗人皮尔·德·龙沙、弗朗索瓦·维庸、波德莱尔，意大利诗人彼得拉克，奥匈帝国德语作家卡夫卡，美国诗人爱伦·坡等欧美作家的作品。这些作品都是举世公认的经典，体现了楚尔研究的广度。楚尔的研究是从诗歌发展的形式与规律中提炼出来的具体问题，他以英国传统诗歌经典为分析的语料与研究对象，兼涉欧洲的经典作品，对诗歌的内部运行机制进行阐述，并对读者阅读与欣赏诗歌过程中产生的认知机制进行深入的研究。

学界有人认为楚尔是在探索文学普遍性也并非不无道理，楚尔之前对此表示的不认同完全是他的一种谦逊与谨慎。他的选题大多数聚焦在对诗学传统的探索中，具有普遍性。他探索的诗学问题是在传统诗学中已经提出来的问题的基础上提出来的，与传统诗学不同的是在研究过程中植入了新的方法与新的视角。传统诗学中押韵的模式、联觉、格律、空间结构等，都是传统诗学中所关注的具有普遍性的问题。这些问题在植入了认知视角之后，诗学的内涵就得到了极大丰富，显而易见的是楚尔认知诗学产生的实质也是传统诗学的发展与创新，楚尔的研究是对传统诗学研究中文学普遍性问题的升华。

4结语

　　瑞文·楚尔是一位集语言学家、文学批评家、文学史家、翻译家及文化史学家于一身的优秀学者。他在认知诗学领域取得的成果开辟了学术研究的新篇章，在奠定认知诗学理论基础的过程中所取得的成就为后学指引了方向。楚尔在这一学术领地辛勤耕耘，著述如林，以严谨求实的学风向学术界展示了他的个人魅力，用勤勤恳恳的探索精神编织了无限美好的学术人生。无论是在文学世界，还是在语言学探索的领域，人们在参与各种批评认知转向的过程中，正在沿着楚尔教授走过的路，朝着更加深远的领域不断地探索前行。

参考文献：

[1] Harbus, A. Cognitive Studies of Anglo-Saxon Mentalities[J].Parergon, 2010,27(1):13-26.

[2] Harle, R. Poetic Conventions as Cognitive Fossils by Reuven Tsur[J]. Leonardo, 2019, 52(2): 202-202.

[3] Millward, J. On the Shore of Nothingness: A Study in Cognitive Poetics by Reuven Tsur[J]. Style, 2005,39(3): 370-373.

[4] Tsur, R. Toward A Theory of Cognitive Poetics[M]. Brighton, Portland and Toronto: Sussex Academic Press, 2008.

[5] Tsur, R. Cognitive Poetics and Speaking the Unspeakable[J]. Journal of Foreign Languages. 2008:31(4)2-21.

[6] Tsur, R. Poetic Conventions as Cognitive Fossils[J]. Style, 2010, 44(4):496-523.

[7] Tsur, R. Poetic Conventions as Cognitive Fossils[M]. New York: Oxford University Press, 2017.

[8] Wikipedia. Reuven Tsur[EB/OL]. https://en.wikipedia.org/wiki/Reuven_Tsur.

[9] [9]Tsur, R. & T. Sovran. Cognitive Poetics[M]//The Princeton Encyclopedia of Poetry and Poetics. Princeton and Oxford: Princeton University Press, 2012.

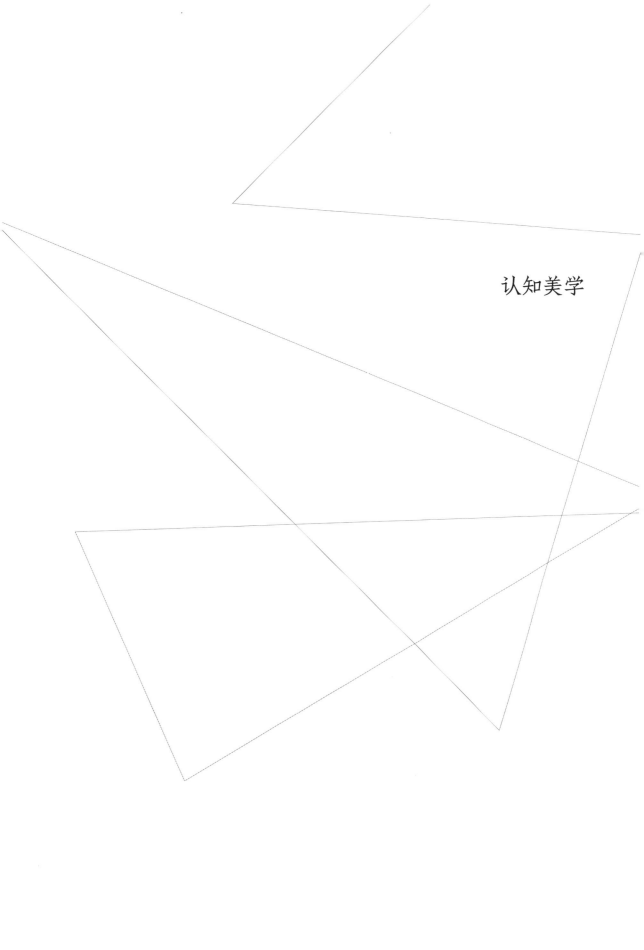

认知美学

具身心智：傅中望雕塑艺术的身体经验、物感叙事与时间意识

支　宇（四川大学艺术学院，成都 610207）

摘要：

作为中国当代雕塑家的代表人物之一，傅中望近 40 年来的雕塑生涯表明，他的艺术最经常处理的是"物"，他最擅长打交道的也是"物"。从"束缚""焊接"到"交织与嵌入"，傅中望通过一系列"具身之物"集中而深入地呈现了当代中国人独特的具身心智、审美经验和时间意识。

关键词：

具身心智；傅中望；雕塑；身体经验；物感叙事；时间意识

Embodied Mind: The Bodily Experience, Material Narration and Time Awareness in Fu Zhongwang's Sculpture

Zhi Yu (Art College of Sichuan University, Chengdu 610207, China)

Abstract:

As one of the representatives of contemporary Chinese sculptors, Fu Zhongwang deals with material for nearly 40 years. From bondage, welding to interweaving and embedding, Fu Zhongwang's series of "embodied things" intensively and deeply present the unique embodied mind, aesthetic experience and time consciousness of contemporary Chinese people.

Key words:

embodied mind; Fu Zhongwang; sculpture; bodily experience; material narration; time awareness

基金项目：本文系 2020 年度国家社会科学基金重大招标项目"认知诗学研究与理论版图重构"（项目编号：20&ZD291）的阶段性成果。

作者简介：支宇，博士，四川大学艺术学院教授，博士生导师，研究方向：文艺美学、比较诗学与认知文化。

身体形成了我们感知这个世界的最初视角。或者说，它形成了我们与这个世界融合的模式。它经常以无意识的方式塑造着我们的各种需要、种种习惯、种种兴趣、种种愉悦，还塑造着那些目标和手段赖以实现的各种能力。所有这些，又决定了我们选择的不同目标和不同方式。当然，这也包括塑造了我们的精神生活。

——［美］理查德·舒斯特曼（Richard Shusterman）

0 引言

"具身"（Embodiment，又译为"亲身""涉身"和"体验"等）这个术语，并非我的生造，而是来自西方当代前沿学科领域——认知科学和认知文化研究的一个关键概念。根据著名认知文化学者乔治·莱考夫（George Lakoff）的观点，人的心智与心理能力的发展从来离不开身体。"人类心智并非只是一面反映自然的镜子或一个处理符号的机器。同时，对心智来说，我们拥有的身体不是次要的。人类的理解力以及进行有意义的思维的能力，要远远超越任何机器能够做到的一切。"（莱考夫，2017：63）认知科学与文化研究学者们深信"具身性"可以深入揭示人的包括审美、概念、判断和推理等所有心智活动的根本属性，是人与物之间、人与世界之间、人与人之间基本关系的重要心智环节。这对于中国当代视觉认知与观看方式的理解也具有奠基性意义。"1980 年代以来，中国当代艺术架上绘画实践多有变迁，从乡土写实到 85 新潮，从古典主义到新生代，从超级写实主义到表现性绘画，从波普艺术、卡通趣味到重大历史题材创作，所有成功的艺术创造都有意无意地呼应着身体知觉经验的重现与回归。"（支宇，2020：22）

作为中国当代雕塑家的代表人物之一，傅中望近 40 年来的雕塑生涯表明，他的艺术最经常处理的是"物"，他最擅长打交道的也是"物"。不过，傅中望的"物"，无论是眼中之物、手中之物，还是胸中之物，都不是普普通通的寻常之物或自然之物，而是饱含着艺术家个人身体经验、情感倾向、人生感悟和 20 世纪社会主义中国历史进程和社会思想氛围，以及人和人之间相互关系的复杂之物——也就是我所说的"具身之物"。从认知美学"具身性"理论角度看，我想讨论的问题是，傅中望"雕塑艺术"（广义，还包括装置、行为和影像等）为我们呈现了什么样的身体经验？这些身体经验是如何通过他对形形色色的"物"的处理来呈现的？同时，这些"具身之物"又蕴含着什么样的时间意识与历史感觉？进而，作为成长于 20 世纪中国社会主义革命与建设语境中的艺术家，傅中望有没有通过这些"具身之物"所蕴含的身体经验和时间意识透露或传递出什么既不同于西方当代雕塑又区别于中国传统雕塑的文化信息或精神内涵？一句话，在这篇文章中，我最终想探究的问题是：我们有没有可能通过"具身之物"的分析，重新勘定并阐释傅中望在中国当代艺术领域中独特的艺术史意义与价值？

1 疼痛的身体：傅中望雕塑的物性与身体经验

2018 年以来，傅中望创作了一批集观念艺术、行为艺术和社会雕塑多种艺术思潮和观念于一身的作品——"楔子"系列。这些作品单纯、简洁而具有极大的精神震撼力。艺术家把"木楔子"这个极为简单的中国传统木作技艺和构件作为艺术语言，将它们楔入大地、城市、乡村、家具、电器等日常生活中，新奇而怪异、简单而又复杂，在一种类似于禅宗般的机智行为与过程中包含着无尽的精神智慧与思想内涵。如果还原到身体感受的经验层面上来细加品味，一种切身的、难以言传的巨大疼痛感扑面而来，痛彻心扉。在《楔子 4 号》（2018）和《楔子 5 号》（2019）中，傅中望让一段楔子直接楔入一根原木。而在其他作品中，有的楔子直接楔入书架、岩石、海滩，有的楔入人行街道的砖块地表、阶梯和路沿石，还有的楔子甚至楔入打印机、复印机等现代电子设备中……

所有这些强行楔入物体的楔子都包含着一股外部异物强行入侵的暴力意味。楔子当然是物、被楔入者当然也是物，然而，从"具身性"角度看，这些"具身之物"乃是"疼痛身体"之隐喻。作为生命经验的创伤书写，傅中望雕塑中的物性经验与身体经验无疑是一体两面的东西。综观傅中望的雕塑作品，我们可以从这些具身之物中分解出束缚、压抑、焊接、切割、嵌入等不同疼痛程度的身体经验。我把它们归纳为三大类型与形态。

1.1束缚经验：身体的压抑与呼喊

因为 2020 年新冠肺炎疫情的突然暴发，《美术研究》杂志在 2020 年第 3 期开设了一个名为"新中国抗灾主题美术作品"的栏目。其中，期刊编辑重新刊登了现属于湖北美术馆藏品之一的傅中望雕塑作品《生命使者》(1984)。这件作品用玻璃钢制作而成，体积并不大，仅有 37cm×51cm×60cm。不得不说，编辑部将它用于这一期，确实相当应景。毕竟，这件雕塑作品表现的正是一位戴着口罩的女医务工作者（既可能是医生，也可能是护士）。2020 年年初开始的疫情一直持续到现在，通过大众媒体的广泛传播，人们对白衣天使在抗击新冠肺炎疫情中体现出来的爱心、责任与使命深受感动。在这样的阐释学氛围中，傅中望的这件雕塑作品《生命使者》被选为"新中国抗灾主题美术作品"的代表作之一，顺理成章。不过，换一个更为"具身性"的知觉视野，被口罩严密笼罩、掩盖和束缚，这何尝不是一种非常压抑和令人窒息的身体经验？将这件作品置入 20 世纪 80 年代中期的社会语境和艺术家前后的上下文中进行理解，我们不难发现，傅中望对束缚与压抑身体经验的关注已经深深地埋藏在其艺术生涯的初始阶段。

紧接着，1985 年傅中望创作的两件作品《生命的呐喊》（见图 1）和《天地间》持续性地呈现出他对受控身体的关注与兴趣。《生命的呐喊》以变形和半抽象的造型语言刻画了三个呼喊的主体，那些沉重的方块与其说像帽子不如说像石板，压在人物的头顶。而在面部，傅中望集中雕刻出他们因愤怒和痛苦而声嘶力竭和大声呐喊而扭曲的表情和容貌。作品《天地间》则将人体的手和足强行切割之后重新拼贴到一起，围绕在主雕塑四周支离破碎的金属构件，让作品的气势更加恢宏、更加摄人心魄。不过，从身体经验的角度讲，隐藏在这两件作品材质与形象后面的其实是不屈的抗争与挣扎的苦痛。

从 80 年代中期到 90 年代，再到 2000 年以后，受束缚和压抑的不自由的身体一直蛰伏在傅中望雕塑作品的具身之物当中。这条线索即使在最近的作品中也非常明显。2016 年和 2017 年，傅中望先后创作了装置作品《被捆绑的物体》和《封存》，虽然艺术语言从榫卯结构延伸而来，隐喻性的外在因素（绳索）对原木（被压抑者）或者木框（控制者）对于鞋（被束缚者）的抑制性关系昭然若揭。装置作品《控》(2017)同样如此，四根经过理性工具切割与打磨之后的光滑的柱子牢不可破地从四周紧紧地钳制着处于中央部分的粗糙的原木，这样简单的结构隐藏着巨大的精神内

图1 《生命的呐喊》，59cm×82cm×50cm，1985（注：本篇图片来源皆出自黄立平主编《楔子：傅中望》，河北美术出版社2020年版）

涵和疼痛感觉。当代艺术批评家鲁虹提出了一个非常重要的观点：1979年前的美术史对于理解新时期以来的中国艺术史极为重要，"因为1979年以后出现的新生美术创作现象其实是为了反拨它才出现的。此后又引发了一系列新生艺术现象的出现。如果不理解这一基本前提，我们对于后来出现的美术创作变化将会感到莫名其妙"（鲁虹，2006：2）。的确，如果不联系"'文革'美术"这段受极左主义思想控制的非常时间，我们很难理解傅中望作品隐匿性的身体经验和心理感受。

1.2焊接经验：身体的切割与嫁接

在"榫卯结构"系列之前，傅中望还创作过一个受到西方现代雕塑艺术强烈影响的作品系列——"金属焊接"系列。这是傅中望从革命现实主义具象雕塑传统语言中真正挣脱出来的重要作品。中国当代雕塑史家孙振华据此将傅中望确定为"中国最早的一批从事金属焊接的雕塑家之一"。"他的金属焊接作品的实验，使他成为中国最早的一批从事金属焊接的雕塑家之一，《金属焊接系列 A3 号》是不同色彩和造型的空间组合，形成了比较丰富的空间形态；《金属焊接系列 A4 号》则是一种象征的方式，用金属的材料表达了原始艺术的某种意味；《天地间》创作于 1985 年，这在当时应该算是比较大胆了，他竟然选用人的肢体的局部进行夸张创造，产生了十分具有震撼力的效果。"（孙振华，2002：34）正如孙振华所指出的，傅中望这批"金属焊接"系列作品的"震撼力的效果"不仅来自空间形态、金属材料和夸张变形等造型手法，也不仅来自他对西方结构主义金属材质雕塑语言的接受与学习，从造型语言层面讲，孙振华的分析相当深入："这批金属焊接作品的出现，不仅对傅中望个人创作有意义，更重要的是对整个中国雕塑的形式探索有非常重要的引领作用。它最重要的影响是打破了传统学院雕塑以泥塑为主的一统天下，使雕塑艺术在材料和创作方式上出现了多元化的方向。金属焊接雕塑的意义不再是传统的雕塑造型方式，而是对天经地义的雕塑方式的挑战。"（孙振华，2002：34）进一步从身体经验看，我们不难发掘出傅中望"金属焊接"系列作品所蕴含的与当代中国文化境遇及精神氛围同步的艺术史意味。《金属焊接系列 A1 号》(见图 2) 人物的怪异形体和痛苦表情、《金属焊接系列 A2 号》张牙舞爪的锈蚀钳子、《金属焊接系列 A3 号》荒诞不经的结构形态以及《金属焊接系列 A4 号》那些从四面八方飞射而来的穿心万箭……所有这些具身之物的语言与物性都暗示和言说着身体遭受切割、迫害与打击的创伤性体验。批评家彭肜认为："在中国当代艺术传达的多种生存感觉与生命经验中，伤害、委屈、愤懑、无奈、焦虑等等隐痛体验极为引人注目。……中国当代艺术的'蔑视体验'不仅具有'屈辱的肉身'这样的视觉讽喻性表征图像，更具有'权利剥夺'和'尊严丧失'的社会性意涵。"（彭肜，2012）从这个角度看，我们不难体会出傅中望作品对身体创伤性书写的艺术史与思想史内涵。

图2 《金属焊接系列A1号》，
89cm×37cm×16cm，1986

1.3嵌入经验：自我与他者的身体交接

"谈起傅中望，一个绕不开的话题还是《榫卯结构》（见图3），这个被艺术界誉为傅中望的成功之作，而围绕《榫卯结构》系列的叙事，傅中望也的确给我们制造了一个又一个视觉谜题。"（冀少峰，2011）批评家冀少峰不仅将"榫卯结构"系列称为"视觉谜题"，而且还多次强调过"榫卯结构"系列作品之于傅中望的意义。"在艺术界榫卯无人不识，而且它已然成为傅中望的一个代名词，谈论榫卯就要谈论傅中望，说起傅中望就不可避免地要谈论榫卯，因为榫卯背后，不仅贯穿的是傅中望的知识结构和话语谱系，更是当代雕塑在融入全球化进程中的一个文化标识，因为榫卯散发出的是一种艺术原创的品质和带有民族根性和中国精神的文化母题和基因。"（冀少峰，2016）的确，直到今天，傅中望在中国当代雕塑界最有影响和受关注度最高的作品系列仍然是"榫卯结构"系列。从这个意义上看，如果我们从物性与创伤书写的角度来梳理和阐释傅中望雕塑的身体经验，那应该有可能获得一些更有艺术史深度与新意的看法。

图 3 《榫卯结构·合》，
10cm × 90cm × 35cm，
1989

　　傅中望最早在创作谈《榫卯的启示》中并没有明确提及自己雕塑语言与身体疼痛经验的密切关系。"当榫头与卯眼在外力的作用下构合时，一种强烈的冲击力、穿透力和契合状态，完全超越了自身形态的审美性，而是行为的感受与力的体验，人的情感在矛盾力的抗衡中得到震动和升华，进而达到客体与主体的融合境界。"（傅中望，1990）也就是说，最开始，傅中望在主观上曾经将"客体与主体"（更准确地说，应该指的是"主体与他者"）之间的"融合境界"作为"榫卯结构"系列作品的观念性内容。"榫卯"诚然是一种物与物的相互关系，不过，它们何尝又不是一种人与人的关系？一种主体与他者的关系？若将这种关系具体化，它可能喻示着文化关系（东方与西方）、性别关系（男性与女性）、种族关系（白人与黑人）、时间关系（古代与现代）、历史关系（传统与现代）……诸如此类，不一而足。正是在这个意义上，傅中望与批评家一样热衷于陈述"榫卯结构"系列中这些有关和谐和整合的文化寓意或生命意味。尽管我们可以从各种各样的抽象的"关系"和形而上学意义的层面上来解读"榫卯结构"系列作品的意义与内涵，但在这里，我更愿意根据现象学美学"面向事情本身"的思想指引将"榫卯结构"还原到身体与身体的关系来理解与阐释。从这个角度,我们将发现挤压经验、嵌入经验和相互交织与容纳过程中的疼痛、融洽与欣喜才是傅中望雕塑艺术具身之物所真正想传达的基本内容。

紧接着,经过一段时间的演进与发展,傅中望于 20 世纪 90 年代中后期开始进入他雕塑艺术创作的第四个时期——"异质同构"系列时期。在这里,"榫卯结构"系列中身体的嵌入经验发生了一些变异与深化。首先,异质之物或者说物与物的异质性特征通过雕塑材料的选择而得到了强化。比如,《异物连接体 1 号》(1998)和《异质同构 8 号》(1999)就分别采用了"石材与金属构件""木块与钢丝"这两种物感与性质差异巨大的材料来进行创作,突出呈现了两种张力巨大的物料共存于同一时空的矛盾性关系。《异物连接体 1、2、3、4》(1999)则更为复杂。除了木块与钢网,它还采用了其他一些综合材料和现成品来构建更为开阔和更富有张力的语义空间。其次,与"榫卯结构"系列相比,"异质同构"系列的连接方式更加突兀、生硬和强制。这样,"榫卯结构"系列中相对柔缓、温和与和谐的连接关系消失了,不同来源与性质的材料和物性被简单、直接和粗暴地连接在一起,给人留下无论经过多长时间这些异质之物都无法真正彻底融合的奇特印象。

从"束缚""焊接"到"交织与嵌入",傅中望通过一系列具身之物集中而深入地呈现了 80 年代中国人独特的身体经验、生存感觉与精神状况。这些融合了压抑、焦虑、强制和痛苦而又不得不承受和接纳的身体经验从根本上改变了人们对 1978 年改革开放之前中国革命现实主义艺术尤其是"'文革'美术"的审美认知与物感经验。如果联系到身体的移动和时间意识的转变,傅中望雕塑在中国 20 世纪美术史上的意义与价值将可能得到进一步理解与阐释。正如当代美学家理查德·舒斯特曼的理论所揭示的,傅中望雕塑中的身体经验与身体意识与我们的精神生活其实是一体两面的东西。"身体形成了我们感知这个世界的最初视角。或者说,它形成了我们与这个世界融合的模式。它经常以无意识的方式塑造着我们的各种需要、种种习惯、种种兴趣、种种愉悦,还塑造着那些目标和手段赖以实现的各种能力。所有这些,又决定了我们选择的不同目标和不同方式。当然,这也包括塑造了我们的精神生活。"(舒斯特曼,2011:13)这样,从静态的身体经验到动态的身体运用、知觉方式和精神内涵,成为我们深入理解傅中望雕塑艺术的一个新的思想进路。

2 身体的运动与不断到来的时间

对于自己的艺术探索，傅中望曾经提出一个术语——"关系的艺术"来加以概括。他曾说过这样一段话："榫卯艺术的意义不在于是否继承传统，也不在于能否区别于西方文化的物质构造方法，而在于自身与这种方法在当代文化情境中获得了某种对应关系，以致成为自己内心真实和个人经验的符号。榫卯在我的作品里不仅是一种语言符号，而且是观念形态。榫卯的构合、分享、楔接、插入，引发了我对生命意义与生存关系的思考。不同的榫卯结构是不同关系的确立，凹凸关系、阴阳关系、社会关系、生态关系，在我的作品中都是榫卯关系。"（傅中望，2002）从关系美学或者关系的艺术角度来看，傅中望的作品诚然直观地呈现了蔚为大观的人际关系和万物之关系，包括艺术家自己在内的人，也往往能够直观地理解与感受傅中望艺术作品的结构样式及其文化内涵。但是，如果联系到身体，尤其是联系到运动的身体或身体的移动，"关系的艺术"这个概念就不够用了，它显然无法开掘与呈现出傅中望艺术更为深远和原初的意义感受。特别是 2000 年起在越来越多地介入公共空间和公共雕塑以后，傅中望艺术对身体经验的关注重心日益从静态的身体感受转向动态的身体运动。身体运动经验的呈现意味着主体纯视觉关系的消解和时空关系的活化。在认知科学家看来，"我们对时间的所有理解都是与反映运动、空间和事件的其他概念有关的"（莱考夫，等，2018：135）。在梳理傅中望雕塑的身体经验和时间意识过程中，我们必然要将身体的运动、空间的呈现以及事件等因素综合起来理解。时间意识，尤其是突破传统具象写实主义雕塑"空间化的时间意识"之后的一种全新的时间感受和空间组合关系成为傅中望后期创作生涯与风格的重要特征与内涵。

2.1 时间的断裂与瞬间化

傅中望的艺术实践一直暗含着一条重要的动机与线索，那就是对 20 世纪中国占有主导地位的具象写实主义雕塑时空连续体的反抗。如果说 2000 年以前，傅中望对具身之物的运用还侧重于表达身体经验中那些被长期忽视的基于强制而形成的复杂身体感受与经验的话，那么，傅中望后期的作品则越来越关注通过身体的运动来揭示具象雕塑艺术"固化时间"或者说"空间化的时间"对艺术创作与审美知觉的制约作用。

当然，这并不是说傅中望早期的雕塑作品就完全缺失了时间意识。比如说，在"榫卯结构"系列中，傅中望其实也很注意通过不同的材质来呈现不同历史时间条件的身体经验，特别是在"异质同构"这个系列作品中，傅中望将木材、石材和钢铁等现代工业产品强行嫁接于一体，从而让一种时间意识的共时性结构很充分地体现了出来。对于傅中望的大漆装置作品，我们如果理解到这一点，就不会将他对大漆元素的运用简单地理解为"对中国传统优秀文化的继承与发展"或者机械地阐释为"武汉博物馆大量楚国漆器文化遗产的深刻影响"。事实上，傅中望在 2010 年创作的大漆装置作品题为《时空之面》，这已经透露出艺术家通过不同材质的运用来重构雕塑时间与空间及其相互关系的创作意图。

不过，傅中望对此并不满足，他不仅需要彻底突破具象写实雕塑艺术观念深处隐匿着的传统形而上学的时间意识，而且需要通过身体的运用、物与空间的重新组合来将时间折叠、弯曲和重构。2000 年以来，傅中望创作了不少公共雕塑。无论是《四条屏》《遥望紫禁城》，还是《人体改良方案》《群英会》，这些作品都将空间、环境、距离等因素纳入艺术创作领域，从而使身体的移动与时间因素更为直接与鲜明地呈现在美感活动的过程中。在《四条屏》（钢板切割，350cm×150cm×90cm×4，2001）这件作品中，如果没有 4 块镂空钢板的空间组合关系，如果没有审美主体身体不断的移动，那么，人们不可能移步换景地体会到这 4 块钢板与外部景观相重叠相呼应的、不断变幻的审美效果。《遥望紫禁城》（花岗岩，高 300cm，2002）这件作品，一般人会简单地将其理解为对中国传统文化和历史的一种重温和致敬。事实也正是如此。如果不考虑作品的安放位置（北京国际雕塑公园开阔的草坪），如果没有审美主体身体的移动与空间的重组，那么凝固的历史感、现代主体与时间、大地、天空和历史的对话所唤起的雄浑与肃穆之感就会大打折扣。同样，在《人体改良方案》（钢板切割，2002）中，傅中望安排了 41cm、35cm、58cm、150cm、180cm、290cm 等不同尺寸的人体形态，他所期待唤起的当然也是受众在欣赏同一件大型抽象雕塑作品时所可能产生的多样化的空间关系与身体经验。

为了让现场性和时间化因素更充分地进入艺术创作，傅中望后来的作品越来越强调人与物的互动以及人与人的互动。如果说，创作于 1996 年的作品《操纵器》还保留着比较强烈的身体受控的沉重感觉和批判意识的话，那么，"镜子"系列则更加和平与单纯地将主体身体移动与空间距离的转化作为审美活动的主体内容。《面镜》

（2001）用铸铜、铁和椅子作为雕塑语言将中国观众的身体从沉睡的静观状态中唤醒。而《面镜 6 号》（2013）和高达 4.5m 的《镜鉴》（2015）则用反光效果很好的不锈钢将习惯于远距离审美的观看主体拉近到雕塑作品跟前。这些装置作品在中国的意义与价值显然不仅意味着对西方当代公共雕塑的学习、模仿与移置，也不仅仅意味着景观营造与环境美化，而应该被理解为傅中望对 20 世纪中国现实主义雕塑艺术话语体系知觉方式缺陷的自觉，以及对新时期中国人审美知觉的重新塑造。

2.2 物聚集：当前化时间的折叠与交织

傅中望深知，在雕塑与空间艺术中，身体的移动、位置的摆放与空间的营造并不是艺术创作的终极目标，艺术创作更为重要的目标在于时间意识的导入与重构。近年来，傅中望的艺术创作对此越来越明确和聚焦。

受西方文化的影响，20 世纪中国人崇拜西方理性主义的时间观。什么是理性主义的时间观？根据孙周兴对海德格尔（Martin Heidegger）的研究，这种时间观奠基于亚里士多德（Aristotle），而集大成于笛卡尔（Rene Descartes）和康德（Immanuel Kant），其要义在于："时间就是'现在'。过去只是逝去的'现在'，将来也只是未来的诸'现在'。……海德格尔认为，这种'现在时间'观也并不是空无来由的，自有其实存论上的根源，它源自沉沦着的此在的时间性。格物求'知'，固执于知性眼界中'现在的'东西，这是此在之'沉沦状态'的显著表现，也是'现在时间'观的根源。"（孙周兴，2011：59）从现成因素和现在状态来理解时间，中国当代雕塑家在历史叙事与现实再现过程中对这一观念完全深入骨髓。当代雕塑当然必须在这一根本观念上重新开辟出一条全新的时间经验。傅中望显然走在这条现象学美学的道路之上。

作为木工的后代，傅中望对中国传统家具与木作的兴趣一以贯之。"椅子"系列是傅中望多次创作的题材。如果说《椅子·位置》（1999）还隐含着 80 年代中国启蒙思想运动中"东方与西方"文化论争的思想痕迹的话，那么《长寿椅》（2010）和《椅子 2 号》（2015）就已经将古代与现代、传统与当下、东方与西方的二元对立消解得相当充分了。当一棵树重新从已然固化为实用家具的椅子的靠背中欣欣向荣地生长，傅中望显然不是简单地在为植物强悍的生命力唱出一首廉价的颂歌，也不仅仅是试图用生态意识来感化与呼吁人们爱护树木和保护自然。毋宁说，傅中望的艺术动机其实在于"时间"，在于反思现代人执着于现在、沉沦于现成的流俗的时间意识。让逝去之物复活（树木）、让未来之物提前到来（新发的枝条）、让现在之物（可坐可靠可用之家具：椅子）发生存在形态与性质的断裂、差异与突变——这才是傅中望寓于这个系列作品的至深的思想内涵。

如何唤回那些已然逝去之物？傅中望在 2000 年以来创作的两个系列作品："铝铂拓型"和"遗存墨迹"（见图 4）特别值得关注。自 2000 年开始，傅中望出人意料地使用日常生活中十分常见的现成物品——饭盒和冰箱储存盒上的"铝铂盒盖"来进行创作。"铝铂盒盖"是典型的现代消费社会物品，它隐喻的正是海德格尔所深恶痛绝的现代工业制品所代表的那种满足某一特定目的而存在的"现成状态"。然而，当傅中望用"铝铂盒盖"来拓印其他物件时，表面上当下永恒的现在状态发生了双重突变。首先，铝铂由日常之物转变为了艺术之物，它从毫无意义与价值、用过即扔的垃圾变成了艺术媒介，实现了阿瑟·丹托（Arthur C. Danto）所谓的"寻常物的嬗变"。其次，不在场的"改刀""钳子""叉子""筷子"等已经逝去之物以踪迹与印痕的方式呈现在审美活动的现在此刻。这样，作品巧妙地将过去与现在的时间进行了交织与重组。2018 年开始呈现的"遗存墨迹"系列则更为巧妙，通过增添艺术媒介（宣纸、墨汁）和延长创作过程（宣纸墨汁对铝板的第二次拓印）将"现在 / 当下 / 在场""过去 / 缺席 / 不久之前"和"过去 / 历史 / 遥远的过去"三重时间叠加在一起，更有力地解构了流俗的线性理性主义时间意识。

进一步来讲，如何呈现当前时间的直接绵延？为了解决这个问题，傅中望变得更加激进，他直接将行为艺术引入雕塑创作，也就是说，傅中望的雕塑实践进一步向着互动性的装置艺术或公共雕塑艺术方向向前发展。2011 年，在"轴线——傅中望艺术展"上，傅中望大胆推出了几件极有冲击力的装置—行为作品：《全民互动·手机》（手机、玻璃钢、绸布）和《轴线 1 号》（椅子）。同属一个创作阶段的装置—行为作品还有《手机回收网》、"物以类聚"系列（见图 5）和装置—影像作品"在场引力"系列等。在这些作品中，傅中望创造性地呈现着直接的时间意识和不断绵延与断裂的时间体验。活生生的时间的流逝、消逝、轮回和不规则、无秩序、偶然性等独特的存在性质在傅中望的作品中得以直观地与观众照面。

与 20 世纪中国传统具象写实主义雕塑相比，傅中望装置—影像作品给当代中国带来的震惊与冲击格外猛烈和强劲。而这显然需要联系作为艺术史的前文本才能深刻地体会与感受。从 20 世纪中国"社会主义雕塑"到中国"当代雕塑"的转变，这是

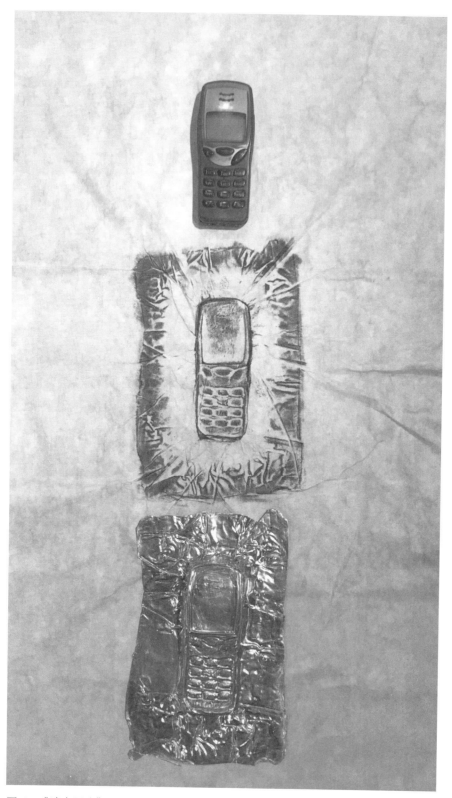

图 4 《遗存墨迹》，54cm×98cm×8cm，2018

图 5　《物以类聚 3 号》，60cm × 50cm × 45cm，2012

我们理解傅中望的艺术史语境，也是我们理解中国当代雕塑的艺术史语境。孙振华曾经在解释"当代雕塑"概念时，"为了论述问题的方便，不得不舍弃前面所说的装置、行为、影像作品，将这些雕塑家所创作的'非雕塑'的作品排除在论述之外"（孙振华，2009：15）。显然，作者明确承认这完全是无奈之举。换句话说，他事实上承认傅中望等雕塑家所创作的装置、行为和影像作品其实从根本上仍然属于"当代雕塑"这个概念范畴。究其原因，其实不难理解，因为"当代雕塑"的实质在时间意识的突破与聚变方面体现得最为鲜明。事实上，傅中望在中国当代雕塑史上的艺术史意义与价值也得从这个角度来理解。

3 结语

当然，作为从 20 世纪中国具象雕塑话语体系中走出来的雕塑家，傅中望不可能没有留着具象写实主义雕塑语言和主题性创作方式的痕迹。在近年来的"楔子"系列作品（见图 6）中，傅中望压抑不住地要从巨大和宏伟的效果出发制作一些楔子横空出世揳入城市、桥梁、山峰和摩天大楼等巨型物体的作品。这明显承继着 20 世纪中

图 6 《楔子》,
尺寸可变, 2018—
2020

国崇高美学的精神余绪并带着具象写实主义雕塑艺术宏大叙事的话语尾巴。从驯良的
身体到狂欢的身体,从空间化的时间到断裂的碎片化时间,如何在艺术探索的过程中
把握好身体经验重构和时间意识再建的尺度与分寸?显然,这对所有的艺术家来说都
是一个很大的挑战。

　　2011 年 7 月 8 日,傅中望在西安华侨城当代艺术中心"轴线——傅中望艺术展"
的开幕式上曾经提到过自己的艺术创作有着一条"潜在的逻辑性"。"我的所有创作,
其间都有潜在的逻辑性:小而言之,是艺术创作的轨迹;大而言之,是生命的主线。"
(傅中望,2011)对此,艺术家语焉不详。在我看来,身体经验,尤其是身体的疼痛
经验和时间意识的重构正是傅中望艺术之路的"中轴线"。从"物性"到"身体"、从
"线性时间"到"交织繁复的时间",傅中望近 40 年的艺术创造一直沿着这条"潜在的
逻辑性"展开。通过它,我们踏上了一条理解作为中国当代社会发展与精神文化史变
迁同步镜像的傅中望雕塑艺术的理论道路。当代艺术史家鲁虹多次说过:"(傅中望)
这位艺术家的创作历史简直就是一部压缩版的中国当代艺术史。"(鲁虹,2018)如果大
家对此没有异议,那么,我们对傅中望雕塑艺术具身之物及其身体经验和时间意识的
分析,也许能展开些许中国当代艺术史的内在逻辑与隐性秘密。

参考文献：

［1］乔治·莱考夫.女人、火与危险事物 [M].李葆嘉，等，译.北京：世界图书出版公司 , 2017.

［2］支宇.具身的进路：中国当代艺术的视觉认知与观看方式 [M].北京：中国社会科学出版社 , 2020.

［3］鲁虹.越界：中国先锋艺术 1979—2004[M].石家庄：河北美术出版社 , 2006.

［4］孙振华.雕塑空间 [M].长沙：湖南美术出版社 , 2002.

［5］彭彤.隐痛：中国当代艺术的蔑视经验 [J].文艺研究 , 2012(4):121-126.

［6］冀少峰.有限中寻求无限：傅中望艺术的意义 [J].美术文献 , 2011(4):84-89.

［7］冀少峰.再论傅中望 [J].美术研究 , 2016(5):6-7+2.

［8］傅中望.榫卯的启示：《榫卯结构系列》创作思迹 [J].美术 , 1990(1):16-17+38.

［9］理查德·舒斯特曼.身体意识与身体美学 [M].程相占，译.北京：商务印书馆 , 2011.

［10］傅中望.榫卯结构：艺术家手记 [J].上海艺术家 , 2002Z1:104.

［11］乔治·莱考夫，马克·约翰逊.肉身哲学：亲身心智及其向西方思想的挑战 [M].李葆嘉，等，译.北京：世界图书出版公司 , 2018.

［12］孙周兴.语言存在论：海德格尔后期思想研究 [M].北京：商务印书馆 , 2011.

［13］孙振华.中国当代雕塑 [M].石家庄：河北美术出版社 , 2009.

［14］傅中望.我的艺术路线 [J].中国艺术 , 2011(3):22-24.

［15］鲁虹.傅中望：从"去中国化"到"再中国化" [J].东方艺术 , 2018(7):60-69.

阿恩海姆早期电影认知美学思想刍论

李天鹏（成都大学文学与新闻传播学院，成都 610106）

摘要：

作为 21 世纪美学研究的新趋向与潮流，加快各方面认知美学研究的意义是重大的。从认知美学视野重新审视阿恩海姆（Rudolf Arnheim）早期的电影理论，不仅可以推进阿恩海姆研究，而且是开拓当代认知美学研究的路径之一。本文将从"作为艺术的完形认知基础"以及"作为审美活动过程中的审美认知注意"两个方面对阿恩海姆早期认知美学思想进行初探，同时指出阿恩海姆早期电影认知美学思想的单一性，对电影而言，滑向了一种"视觉专制主义"。

关键词：

阿恩海姆；早期电影理论；完形倾向；审美认知

Rudolf Arnheim's Early Film Cognitive Aesthetics

Li Tianpeng (College of Literature and Journalism of Chengdu University, Chengdu610106, China)

Abstract:

As a new trend of aesthetic research in the 21st century, it is of great significance to accelerate the research of cognitive aesthetics in all aspects. Reviewing Arnheim's early film theory from the perspective of cognitive aesthetics can not only advance Arnheim's research, but also open up one of the ways of contemporary cognitive aesthetics research. This paper will make a preliminary discussion on Arnheim's early cognitive aesthetics from two aspects: gestalt cognitive basis and aesthetic cognitive attention; At the same time, it points out that Arnheim's early film cognitive aesthetic thought of the single, for the film, slide to a kind of visual despotism.

作者简介：李天鹏，博士，成都大学文学与新闻传播学院讲师，研究方向：主要从事认知诗学。

Key words:

Rudolf Arnheim; early film theory; gestalt tendency; aesthetic cognition

0 引言

认知科学是研究人的认知过程和认知规律的科学。认知心理学作为认知科学的主要学科之一，是一门研究心理是如何被组织而产生智能思维以及心理是如何在脑中实现的科学，涉及对人的注意、知觉、记忆、语言等问题的认知研究。信息加工法是认知心理学中占据支配地位的研究人类认知的方法，它认为人的认知是其知觉和大脑通过对信息的接收、处理加工、输出等一系列的步骤来完成的。"我们的认知加工必须是对什么信息需要注意，什么信息需要忽略做出选择。一个相关的研究问题是我们如何选择要注意什么。"（安德森，2012：69）在认知科学的影响下，当代社会科学发生了一次认知转向，形成了一种新的研究范式。认知美学就是这一新的研究范式的产物。胡俊指出认知美学"有助于我们科学认识人的大脑是怎么进行审美活动的，即审美过程中人类大脑究竟是怎样运行和发挥作用的"（胡俊，2014）。本文将从"作为艺术的完形认知基础"以及"作为审美活动过程中的审美认知注意"两个方面对阿恩海姆（Rudolf Arnheim）早期认知美学思想进行初探。

1 阿恩海姆早期美学中的完形认知

在《视觉思维——审美直觉心理学》一书中，阿恩海姆从艺术与视知觉完形关系的研究转入视觉思维的研究。他强调视觉是一种思维，认为视觉与思维并不是二元对立的，而是你中有我，我中有你。他批评道："时至今日，人们仍然还在把知觉和思维区分成两大互不联系的领域。在哲学和心理学中这种例子更俯拾皆是。我们的整个教育系统仍然建立在对词语和数字的研究上。"（阿恩海姆，1998：3）基于格式塔心理学对知觉及其整体性的强调，他提出了完全不同的知觉观，即知觉之中本身就包含思维、理性、逻辑、推理行为，知觉具有理解力，提出"意象无思维则盲，思维无意象则空"的观点。"我认为，被称为'思维'的认识活动并不是那些比知觉更高级的其他心理能力的特权，而是知觉本身的基本构成成分。我所说的这些认识活动是指积极的探索、选择、对本质的把握、简化、抽象、分析综合、补足、纠正、比较、问题解决，还有结合、分离、在某种背景或上下文关系之中做出识别等。"所有这些活动都是人的视觉（知觉）所进行的观看活动。"一个人直接观看世界时发生的事情，与他坐在那儿闭上眼睛'思考'时发生的事情，并没有本质的区别。""视知觉并不是对刺激物的被动复制，而是一种积极的理性活动。"（阿恩海姆，1998：18）

1.1 视知觉完形倾向即完形认知

阿恩海姆论述视知觉的抽象、简化、选择等理性活动，从认知科学角度来看，就是一种视觉认知活动。由于阿恩海姆把视知觉活动看作一种"完形倾向或完形意志"，因此，视觉认知在阿恩海姆理论中即（视觉）完形认知。视知觉完形认知构成了阿恩海姆格式塔心理学美学理论中的认知基础，也是视觉形式的动力机制。 主体在视知觉的观看活动中，观看即完形认知，是主体在其完形的先验本能下对物体进行的"完形"理解的认知活动。根据阿恩海姆的理论，完形认知活动的发生是主体生理电化学场受到外力的入侵后失去平衡，产生的一种为了恢复力的平衡而做的信息加工。 作为视知觉完形认知，其具体表现是多方面的，如简化倾向、抽象、补足、问题解决、纠正、对本质的把握等。 阿恩海姆早期电影理论对电影作为艺术的合法性进行了辩护。他提出一个重要理论，即"部分幻觉理论"。随着认知科学、认知电影理论的发展，笔者拟从当代前沿认知研究视野重访阿恩海姆早期电影理论，激活阿恩海姆早期电影理论的当代价值。

1.2 阿恩海姆早期部分幻觉理论

部分幻觉理论是阿恩海姆在探讨电影时空非连续性时提出的。他认为电影与戏剧"所造成的幻觉只是部分的"，比如戏剧舞台上的房屋总由三面墙构成，面对观众的墙是不可能存在的，如果那面墙存在，观众的观看本身就被阻挡了。电影和戏剧一样造成部分的幻觉，电影的幻觉比戏剧更为强烈，因为电影"还能在真实的环境中描绘真实的生活，因而这个幻觉更强烈"。在电影蒙太奇中，电影画面不断地切换，可以对同一时间中不同空间发生的事情交叉剪辑，形成交叉叙事，如格里菲斯（D. W. Griffith）著名的"最后一分钟营救"，通过平行蒙太奇表现了救援行动的紧张与刺激。电影与戏剧不同，戏剧总是坐在观众席上被观看，有固定的视角。电影就不同了，电影的摄影机会代替观众的视角，随着摄影机的运动，视角不断地转换，如主客观镜头来回变换，如机位不断变化，俯拍、仰拍、摇拍、跟拍等。虽然摄影机不断地转换方位与视角，观众却无须跟着摄影机东奔西跑，也不会被弄糊涂，把电影中的画面与多维视野当成真实存在。这些例子说明，观众在观看戏剧、电影时，看见了戏剧与电影中存在的不真实的现象，但观众并没有对这些现象感到不快，或难以理解。"我们把那场戏说得仿佛真有其事似的。但实际上它却不是真实的，而最重要的是，观众对它的真实性并不产生（完整的）幻觉。因为，正如上文所说，电影所引起的幻觉只是部分的。它的效果是双重的：既是实际事件，又是画面。"（阿恩海姆，2003：22）

阿恩海姆的电影部分幻觉理论，既把电影当真，又当假，目的是支持他的电影技术缺陷论：电影技术无法完整复制现实，但构成了一种与现实的本体论差异——电影的立体感、时空断裂、黑白、银幕边缘的限制、以视觉为中心的影像、深度感的缺乏，这些缺陷让电影世界区别于现实世界。正是技术的特性既造成真实的感觉又突出了虚构幻觉的一面。电影既复制了部分的现实，又运用其技术特性对现实进行了改造。阿恩海姆认为电影的这种特性构成了电影作为艺术的基础。如论述物体在平面上的投影时，他指出摄影机不是机械地照搬现实，而是要选择一定的机位。不同的机位让物体呈现不同的效果，因此现实立体物在平面上的投影绝不是现实的，而是艺术地加工、有选择地创造。我们在看电影时，电影中的画面因为电影技术的局限使画面看起来与现实不同，但电影描述捕捉到的影像是以捕捉物象部分真实为手段的。正是这个部分的真实让人产生了部分的幻觉。在部分的幻觉中，观众把电影画面看作真实的，同时又看作假的。

之所以观众能够从部分之中见出整体的幻觉，是因为观众的视觉观看是一种格式塔倾向，一种完形意志。"这也就是说，在现实生活中，我们满足了了解最重要的部分，这些部分代表了我们需要知觉的一切。因此，只要再现这些最重要的部分，我们就满足了。我们就得到了一个完整的印象。"（阿恩海姆，2003：23）

1.3 完形认知在电影艺术中的作用

认知心理学是 20 世纪 50 年代在西方兴起的一种新的心理学思潮。它是认知科学和心理学的一个重要分支，主要"对一切认知或认知过程进行研究，包括感知觉、注意、记忆、思维和言语等"（刘勋，等，2011：620—629）。认知心理学经历了两次认知革命。在第一次认知革命中，认知心理学主要把人脑比作电脑，认为"思维就是计算，认知过程有如计算机的表征和运算过程。认知心理学的这种符号加工模式由于无法反映认知过程的灵活性，因而从理论和实践两个方面陷入困境"（叶浩生，2020）。在第二次认知革命中，认知心理学开始关注认知的具身性，开始把身体活生生的经验纳入认知心理学研究当中，强调情境性、具身性、动力性成为第二代认知科学的首要特征。从认知心理学的学科视野来看，在阿恩海姆的格式塔心理学美学理论著作中对视知觉、视觉思维及其与艺术的色彩、形状、构图、张力等分析包含着一种认知过程。在前文中，笔者把阿恩海姆格式塔心理学美学著作的视觉格式塔倾向或完形倾向命名为"完形认知"。阿恩海姆根据他的格式塔心理学在《电影作为艺术》一书中提出了部分幻觉理论，为电影做了辩护。在此，笔者继续深化，提出完形认知在电影中的两项重要功能，即完形认知构成了阿恩海姆部分幻觉理论的认知基础，没有完形认知，部分幻觉的产生将不可能；完形认知构成了电影观众观看的认知基础，并在此基础上构成了电影作为艺术的认知基础，以此激活阿恩海姆早期电影理论当代认知电影研究的理论价值。

完形认知构成了部分幻觉理论的认知基础。阿恩海姆的部分幻觉理论说明，电影画面只需再现部分真实，再现事物的最重要的、关键的部分，观众就可以了解事物的全部真实。观众对这种部分真实产生幻觉，并以这个部分的真实幻觉代替整体的真实幻觉，正是这个事实才使电影艺术成为可能。"在现实生活中，我们满足了解最重要的部分；这些部分代表了我们需要知道的一切。因此，只要再现这些最重要的部分，我们就满足了，我们就得到了一个完整的印象——一个高度集中的，因而也就是艺术性更强的印象。同样地，无论在电影或戏剧中，任何事件只要基本要点得到表现，就会引起幻觉。银幕上的人物只要言谈举止、时运遭际无不跟常人一般，我们就会觉得他们足够真实，既不必再让他们当真出现在我们面前，也不想看见他们占有实在的空间了。"（阿恩海姆，2003：23）我们把这些电影画面中的人物、景象既可以当作真实的实物，又可以看作银幕上的简单图形。部分幻觉理论的提出，阿恩海姆的依据是格式塔心理学的完形倾向，即主体具有把混乱、不完整、复杂的图形组织成一个整体的简单的式样的能力。从认知心理学的视野来看，主体在观看活动中，对完形倾向的需要与满足其实质是一个完形认知的加工过程。简单、整体的图形式样是完形认知加工的结果。按照格式塔心理学的观点，"即便是最简单的视觉过程也不等于机械地摄录外在世界，而是根据简单、规则和平衡等对感觉器官起着支配作用的原则，创造性地组织感官材料"（阿恩海姆，2003：2）。在完形认知加工过程中，主体的完形认知遵守着简化、邻近性、封闭性、相似性、平衡等原则。部分幻觉理论得以形成的认知基础也就是主体在完形认知的信息加工过程中，遵行简化、平衡、邻近性、相似性等原则，把部分补全为一个完形整体，从而得到一个整体的幻觉的认知过程。部分幻觉理论存在的合法性就存在于人人具备的完形认知能力当中。

完形认知构成了电影作为艺术的认知基础。现在问题逻辑地进展到电影作为艺术的认知基础这个问题。既然电影要以部分的幻觉抵达整体的幻觉，以电影与现实的差异构成其艺术的基础，而这种差异之中，又始终存在着主体完形认知的参与，那么电影要作为艺术的可能性就必须要得到观众的观看，而观众的观看总是完形认知式的观看。以此推论，则得出这样一个结论：电影作为艺术的认知基础是完形认知。阿恩海姆在《电影作为艺术》一书中，为电影作为艺术辩护时，只从电影表现手段与现实的差异角度出发。这一角度是技术性的外在角度，是他自称"物质主义"的视野。也就是说从外在的物质的方面来说，电影作为艺术的基础来自他的技术表现手段呈现出来的画面与现实的差异，恰恰是这种差异构成了电影作为艺术的基础与可能。但是这并不是电影作为艺术的唯一条件。从内在的观众认知角度出发，我们发现构成电影作为艺术的另一个基础是认知基础，即完形认知。倘若没有观众的完形认知，那么观众的观看活动本身就无法进行，对一个电影作品无法进行观看，那么电影如何成为电影呢？从读者接受论的观点来看，作品的完成需要读者的阅读，作者与读者共同完成了艺术作品的创作。可见，对于电影要成为艺术而言，观众的观看尤其是观看的完形认知能力对电影构成艺术十分必要。对这一必要性的表达，即完形认知构成了电影作为艺术的认知基础。

2 早期美学中的审美认知注意

审美认知注意是阿恩海姆早期电影认知美学的主要内容之一，是紧紧围绕着艺术作品形式展开的。不管是电影的黑白色彩、摄影机的角度、深度感的渐弱、特写等形式要素，还是无线电广播的音调、强度、节奏、语气等形式要素，都引导着观众的审美认知注意。笔者主要以电影视觉形式为例，对形式与审美认知注意的关系进行简单的探讨，其中涉及视角、特写、深度感的减弱、距离等艺术形式。阿恩海姆认为艺术形式增强了观众的认知注意，加强了观众的审美体验，提升了观众的审美认知水平。

2.1 摄影机角度与审美认知注意

观看之所以能够正常运行，是因为我们的眼睛只能从一个角度看东西，而且只是在物象反射的光线被投射到一个平面（网膜）之上的时候，此时眼睛才能感受到它，如图1所示。

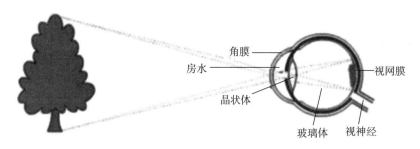

图1　物体在视网膜上成像图，图片来源：http://www.163.com/dy/article/HEBD52RV0511A3AQ.html

视觉的观看及其注意要以大脑视觉神经系统为基础。视觉认知发生于人的大脑视觉神经系统。其大概流程是，起始于人的视觉对物象的注意，然后物理信息传输到视网膜形成影像，再传输到大脑皮层形成"心像"。可见注意在人的认知信息加工的初始阶段。电影影像是视觉艺术，人的视觉及其注意始终在观影过程中引导着我们的观影体验与审美认知。摄影机拍摄的角度或方位的不同在很大程度上影响着人类的视觉注意，从而造成不同的艺术效果和审美认知体验。阿恩海姆认识到这一点：为了取得特殊的效果，电影绝不是永远选择那些最能显示出某一特定物象的特征的方位。阿恩海姆讲述了亚历山大·罗奥姆（Alexander Rohm）拍摄的《一去不复还的幽灵》里的一个场面：一个刑满释放的因犯背对着观众，在一条长长的两边石墙高耸的道路上走出监狱。之后，他在路边发现了一朵绽放的小花。这朵小花象征着他多年来失去的自由与美好时光。之后，他摘下这朵小花，手握着拳头，对着监狱大门愤怒地挥舞起来。就在这个时候，摄影机的方向不变，却往后移动了几米，移动到监狱栅栏的后面。这时候，暗淡而粗粝的铁栅栏占满整个画面。此时，观众依然可以看见之前囚犯愤怒地对着监狱大门挥舞拳头的镜头。从这个画面可以看出，在两个实际的物体中（囚犯与栅栏），导演能够移动摄影机的位置，从而改变了不同的观看角度，让观众注意到它们之间的相互联系。导演在拍摄这个镜头的时候，巧妙地使用了从监狱栅栏往前看的视角，产生的艺术效果实际上是使囚犯与监狱（强权）成为两个对峙的主体。那个视角的观看，好像是有某个人（监狱长）在栅栏背后偷窥一样，又或者是监狱本身在观看他囚禁了多年的犯人的离去。在这种两个主体的对峙中，囚犯多年被剥夺的自由与仇恨的积怨在这个镜头和构图中被表达得淋漓尽致。对此，阿恩海姆也有阐释："正是摄影机的特定位置使犯人与狱门之间产生了有意义的关联……由此可见，电影艺术家是多么明确地引导着观众的注意力，给予观众以方向，并指明他赋予各个物象的意义。"（阿恩海姆，2003：2）可见，通过摄影机角度的选择构成不同形式的画面构图直接引导着观众的审美认知注意。

2.2 对深度感的减弱与审美认知注意

深度感的减弱构成了电影影像与现实影像的差异之一，艺术地使用这一特性就使电影成为艺术，这是阿恩海姆的观点。在"艺术地运用深度感减弱的现象"这一节中，阿恩海姆谈及了深度感的减弱与观众审美认知注意的问题。阿恩海姆认为，在现实的肉眼观看中，物象的体积和形状是不会发生改变的。但是用摄影机观看时，这种体积和形状不变的现象消失了，比如当我们观察远处两个人物 A、B 时，假设 A 距离我们 5m，B 距离我们 10m，当我们放眼观察 A 和 B，我们并不会觉得 B 比 A 小。但是当我们从摄影机拍摄出来的影像来看他们时，他们在现实生活中体积大小、形状不变的现象就消失了。我们会看见 B 比 A 小的现象。这是由在摄影影像中空间感或深度感减弱所造成的。这也是因为电影既是平面的，又是立体的。在日常生活中，我们的视觉观看，事物与事物之间的立体、空间的关系是很强烈的，并不会减弱。阿恩海姆认为只是因为空间感极为减弱，才使观众的注意力转移到了线条和光影的平面构图上。艺术家可以利用电影画面深度感的减弱，让某些物象朝着观众迎面而来，随着物体的迎近，它的体积也会变得越来越大，直到充满整个银幕。观众在观看这种画面时，会感觉到"银幕上的黑影以巨大的速度朝四面八方扩展"，此时视觉会高度集中，甚至会产生一种害怕而往后逃的倾向。这是因为深度感减弱后，物象在银幕里的体积、形状的膨胀造成了一种视觉动力的效果。阿恩海姆以德莱叶（Dreyer）在拍摄《圣女贞德的受难》电影中的一个镜头为例，对此进行了说明。德莱叶在表现一个僧侣突然从座位上跳下来的动作时，把摄影机放在了离僧侣非常近的地方。因此，当僧侣从座位上一跃而起时，观众看见的一个巨大的身体迅速地占满了银幕。在这里某种同摄影机有关的东西（突然地、迅速地扩大平面的投影），又一次加强了实际的动力所产生的效果。可见，深度感的减弱可以引起观众的视觉认知，把目光的审美认知注意投注于画面的线条、平面、构图等形式因素。

2.3特写与审美认知注意

特写镜头是银幕框架有限性优点的最直接体现。因为银幕框架本身就可以被看作一种"大特写镜头"。这个"大特写镜头"就是把观众的注意力集中于某处。同样如此，电影画面中的特写镜头也用于集中观众的视觉审美认知注意，从而突出某些物象、细节，起到增强画面表现力和视觉惊奇的效果、推动情节叙事等审美认知功能。特写镜头可以强调某些部分，从而引导观众去揣摩这些部分的象征意义，使观众特别注意某些重要的细节。 在伯斯特（Baester）的电影《失踪女郎的日记》中，表现了特写镜头对观众视觉注意和审美认知的引导功能。电影画面首先给出一个残酷、凶狠的女教师的头部特写，她有节奏地敲打着锣鼓。然后，镜头慢慢后移，直到看见一群女孩跟着女教师敲打的节奏进食。这是一个从特写镜头逐渐移动为全景的镜头。开始的特写镜头在这里是非常重要的，因为它能将观众的注意力引向正确的道路，同时也造成了某种惊奇的效果。在观看这一画面中，观众跟随着从特写镜头到全景镜头的变动，他的视觉认知注意也跟随着变动，与之同时进行的是，他的视觉信息的接收、输入、加工也随之变更，而随着视觉信息的变更是观众的审美认知及其审美体验的变更。可见，特写镜头不仅仅是表层次的视觉注意力以及视觉信息容量的分配的问题，而且也是更深层次的审美认知与审美体验的问题。

2.4摄影机距离与审美认知注意

阿恩海姆根据戏剧与电影和观众之间的距离差异来论述摄影机的距离与审美认

知注意的关系。他认为观众在观看戏剧时，其座位是固定的，观众与戏剧场面中的人物、物体的距离也是不可变动的。那些远距离的观众，除非借助望远镜，不然他无法让视觉集中注意某些重要的细节或物品。但是电影就不一样了，电影的放映由于是通过摄影机拍摄出来的，摄影机是活动的，它可以被摄影师随心所欲地安排各种方位或角度，能够随意改变它与拍摄对象的距离（也就是改变了观众与观看对象的距离），从而就"能最有效地支配观众的注意力"。可见，摄影机距离的变换也调节着观众的审美认知注意。

以上主要讨论的是电影艺术形式对观众审美认知注意的引导与加强，从而对观众审美认知水平的影响。阿恩海姆在《无线电：声音的艺术》一书中还讨论了音调、节奏、语气等广播艺术形式对观众听觉审美认知注意的影响，限于篇幅，不再一一赘述。从形式与审美认知注意的关系来看，我们发现，在早期认知美学中，阿恩海姆认为形式是影响审美认知的重要因素。而形式对审美认知的重要性表现在形式因素是审美认知主体首要接触的审美认知要素，它通过对主体认知注意的引导与强调，影响着接受者的审美认知，增强了接受者的审美认知水平与审美体验。

3 单一知觉的审美知觉

早期阿恩海姆的审美认知的一个特征是纯粹性或单一性，即把审美认知看作一种纯粹的单一知觉的审美认知，如在电影艺术审美活动中，把电影的欣赏看作纯粹的视觉审美认知活动，排除听觉审美认知的参与；在《无线电：声音的艺术》中又排除视觉的参与，把广播艺术的审美活动看作纯粹单一的听觉审美认知活动。这种单一知觉的审美认知当然具有片面性，而且与格式塔心理学知觉理论精神相悖，这表明阿恩海姆在审美认知上再一次与格式塔心理学分道扬镳，走向了形式主义美学，使其早期美学呈现出矛盾性与多元性。笔者将对阿恩海姆的单一知觉的审美认知进行批判性研究。

认知心理学认为，听觉注意是人对听觉信息进行搜索、过滤完成信息加工的重要认知功能。研究表明，人的 20% 的信息来自听觉。人的听觉注意也分为两种，即目标导向注意和刺激驱动注意，前者是主动的，后者是被动的。大脑顶叶区中的听觉皮层负责加工听觉信息。认知心理学家通过做实验表明，人的听觉可以通过音量、音调等物理特征来选择信息进行加工，同时也可以根据语言的意义来进行信息加工。听觉注意影响着人对不同信息的筛选，在美学上，听觉注意还影响着欣赏者的审美认知和体验。阿恩海姆论述了有声电影与听觉注意的问题，把听觉审美认知排除在电影艺术审美认知之外，建立了纯粹的视觉审美认知。在《电影作为艺术》一书中，阿恩海姆开宗明义地反对有声片，把那些认为电影的"无声"是电影缺陷的人看作毫不懂得电影的人，认为"电影正因为无声，才得到了取得卓越艺术效果的动力与力量"。无声电影之所以比有声电影更具有艺术性，是因为无声电影通过间接的手法把声音具体化或形象化。比如卓别林（Chaplin）的《淘金记》、斯登伯格（Sternberg）的《纽约的码头》、费德尔（Fedel）的《新的绅士们》等众多默片都把"它特别希望强调出来的声音转化为可见的形象"，"于是声音就有了形状和含义"。卓别林的《淘金记》中，美女来拜访卓别林，卓别林兴奋不已，但他并没有用有声的言语来表达他内心的喜悦，而是通过表情、无声的肢体语言来表达。他用餐叉叉住两块面包，然后模仿人欢快行走的脚步。观看无声的肢体画面，观众必然会认识到卓别林此时内心的喜悦。因此，阿恩海姆认为在无声电影中，演员的手势、唇语、姿态本身就是表现意义的手段。但在有声片中，这些手势、唇语、姿态动作"几乎完全失去了它作为表现手段的价值"。因为"如果听到笑声，那么张嘴的动作就显得很平常"。阿恩海姆实质上说明了无声电影更能引起观众的视觉注意，"注意人物行为可见的一面"，从而引导观众对视觉信息进行加工的审美认知，得出影像画面所表达的意义。问题在于，对无声电影影像"沉默的形式"的视觉注意的强调，其反面则是对听觉注意的忽视。从视觉与听觉同是作为人的平等的认知器官来说，对视觉的强调就是对听觉的贬低或无视。阿恩海姆实质上在电影艺术中存在"视觉专制主义"倾向，排除听觉审美认知在电影艺术欣赏过程中的合法性。这种做法根源于他对形式主义简化美学原理的信奉。

4结语：阿恩海姆早期电影理论认知价值

阿恩海姆早期电影理论以格式塔心理学为理论基础提出了部分幻觉论，从电影技术表现手段的物质主义视角对电影作为艺术进行了辩护，为电影合法性的建立做出了重要贡献，但此辩护立场缺乏坚实的认知基础。如今电影发展已逾百年，电影理论发展越发完备成熟，阿恩海姆早期电影理论逐渐被遗忘，其研究也出现饱和。当代阿恩海姆早期电影理论研究集中在电影形式主义与电影心理学两个领域，视野陈旧，其理论的当代认知价值被严重地低估。当代电影认知理论家波德维尔（David Bordwell）指出电影认知主义要解决的问题是"观众如何与电影交流互动"的问题，"观众对电影的认知并不是符号表意和象征结果，而是观众与外部环境互动的结果"（李啸洋，2018）。阿恩海姆早期格式塔心理学电影理论与电影认知研究新取向具有亲缘性。把部分幻觉理论与当代认知科学结合起来，重访其早期电影理论，不仅提出阿恩海姆部分幻觉理论的认知基础，还打下电影作为艺术的内在认知基础，即完形认知。这一新的认知视野，将激活阿恩海姆早期电影理论的当代价值，实现其电影理论的认知转化，有利于推进当代电影认知理论的研究。

参考文献：

［1］安德森.认知心理学及其启示［M］.秦裕林，译.北京：人民邮电出版社，2012.

［2］胡俊.当代中国认知美学的研究进展及其展望［J］.社会科学，2014(4): 184-192.

［3］［美］阿恩海姆.视觉思维：审美直觉心理学［M］.滕守尧，译.成都：四川人民出版社，1998.

［4］［德］阿恩海姆.电影作为艺术［M］.邵牧君，译.北京：中国电影出版社，2003.

［5］刘勋，吴艳红，李兴珊，等.认知心理学：理解脑、心智和行为的基石［J］.中国科学院院刊，2011(6): 620-629.

［6］叶浩生.认知心理学：困境与转向［J］.华东师范大学学报（教育科学版），2010(1): 42-47.

［7］李啸洋.重构语义场：大卫·波德维尔电影认知主义理论构造［J］.当代电影，2018(2): 42-46.

奥斯卡·施莱默舞台人物形象设计的具身认知

秦　瑾（四川大学艺术学院，成都 610207）

摘要：

奥斯卡·施莱默 (Oskar Schlemmer) 作为现代设计史上的重要理论家，其贡献不仅是舞台剧人物形象设计在形式上的突破，更重要的是其舞台剧人物形象设计中蕴含着对身体的具身性认知。与现代设计中对身体的结构化认知不同，施莱默的人物形象设计更注重个体性的身体化表达。从具身认知的角度讨论奥斯卡·施莱默的舞台人物形象设计，不仅能够将奥斯卡·施莱默的设计思想研究带入一个新的维度，而且也能为西方设计文化的现代性问题提供一条全新的研究路径。

关键词：

奥斯卡·施莱默；具身认知；舞台人物形象设计

The Embodied Cognition in Oskar Schlemmer's Stage Character Design
Qin Jin (Art College of Sichuan University, Chengdu 610207, China)

Abstract:

As an important theorist in the history of modern design, Oskar Schlemmer's contribution is not only the breakthrough of the form design of the stage characters, but also a concrete cognition of the body. Schlemmer's design of characters' image pays more attention to the individual body expression, which different from the structural cognition of the body in modern design. Discussing Oskar Schlemmer from the perspective of embodied cognition can not only bring the research of Oskar Schlemmer's design thought to a new dimension, but also provide a new approach for the modernity of western design culture.

作者简介：秦瑾，博士，四川大学艺术学院讲师，研究方向：设计文化与设计史。

Key words:

Oskar Schlemmer; body cognition; modern design; stage character design

0 引言

奥斯卡·施莱默（Oskar Schlemmer）的设计思想主要来自两个方面的影响：第一，包豪斯（Bauhaus）理想的影响，包豪斯作为探索现代设计的重要策源地，在现代设计初始阶段发挥了重要作用，其在现代设计中最为重要的是认可了技术发展在现代设计中的重要作用，通过新技术、新材料的运用，可以使大众更好地体会现代生活。第二，尼采（Friedrich Wilhelm Nietzsche）论著中酒神精神的影响，酒神精神象征人的边界被拓宽，人的本能和欲望得到更多知觉上的强调和重视，这影响了施莱默在舞台剧人物形象设计中，对人物形象的视觉语言以及人的边界——身体生成的深刻思考。以上两个方面共同构成了施莱默设计思想中的复杂性，并为其舞台剧人物形象设计中所涉及的身体认知提供了丰富的理论前提。

施莱默对身体问题或身体认知的探索是在技术理性与主体感知间的张力上展开的。包豪斯设计理想、社会现实需要等综合因素的技术理性体现在人物形象设计实践中对于身体的理性计量与计算，通过归纳身体在自然属性上的特点，进而以几何化的视觉语言呈现人物形象设计上的特点。这种几何化的人物视觉形象是建立在共性的逻辑结构分析之上的，而这种方式无疑是将人物形象或身体视觉呈现出一种"透明"化的方式。"不过，人的身体、自我和世界可能完全透明吗？显然不会。如果一切都'透明'了，将不再有晦暗不明和发人深思的东西。"（支宇，2021：162）与此同时，施莱默在人物形象设计上也展开了对于主体感知的探讨，在这一点上主要是来自尼采的酒神精神对其产生的影响，施莱默在日记中曾记录，他于"一战"前线期间，就曾时刻携带尼采的书，并写到尼采的酒神精神对其思想影响很大（施莱默，2019）。也就是说，在几何化人物形象的背后，有以身体作为对象展开的哲学维度上的反思。因此，本文以施莱默设计思想中身体认知为研究重点，反思现代设计与社会结构之间的深层次联系。

1《论木偶》对于人物形象设计的启示

施莱默设计的人物形象在形式语言上呈现科学式理性化的视觉特点，但其理性形式实则是在丰富身体的结构维度和知觉维度，并引入设计的表达。在此意义上，施莱默的设计思想与克莱斯特（Heinrich Kleist）《论木偶》（*Uber das Marionettentheater*）的文章思想一致，施莱默曾在 1926 年 7 月的日记中表达了他对于克莱斯特思想的认可与追随：

> 或许有人会问舞者是否应该变成真的玩偶，由线牵引，或者是由某种精良的机器控制，几乎可以免受人为干扰，最大程度上做到远程控制？是的！这只是时间和钱的问题。这种实验可能产生的结果我们在克莱斯特描述牵线木偶的文章中可得一见。（施莱默，2019：253）

施莱默人物形象设计所展现出的机械化动作，是克莱斯特在《论木偶》中描述的木偶在现实生活中的具体体现。机械化的重复性动作是木偶在运动时的视觉表现，是并未在意识形态控制下的自然体现。相反，人们在理性意识下操控木偶，使木偶呈现机械动作，是人们想借木偶机械化的动作传达理性意识形态，而这样的过程自身受意识控制，也就是说，木偶在意识下的动作并非真正意义上的纯粹动作，理性意识形态与理性视觉在呈现上形成了悖论。因此，施莱默借助人物形象对理性的质疑，是强化了理性形式中非理性的感知层面。从设计意义上说，施莱默的人物形象设计形式不仅在现代设计教育中具有推动作用，还在设计思考分析上跳脱了其理性功能化的视觉表现，使形式具有非理性感知。但不可否认的是，机械化动作虽由人物形象所制约，但其整体依然是具有生命的有机体，从这点上人物形象整体与木偶相似，木偶的动作完全由外力支配（外力由人来发起），而人物形象所展现的机械动作却是由服饰与表演者共同控制所完成的。

《论木偶》中除了以木偶论述人类理性在艺术上并非完全的秀美之外，还涉及熊与 C 先生击剑的故事。熊作为动物，在西方文化语境中，与机械一样属于人类关系结构世界中的底层，是无理性、无思想的符号化事物，但熊自身又与木偶有着本质区别，即熊是具有生命的有机体，对自身及其外界事物具有自我决定性，而木偶的一切均由他人、外界的权力决定。熊与 C 先生从物质属性上看，均是具有生命力的有机体，在二者击剑的时候，作为人类的 C 先生却一直处于下风，毫无取胜的希望。熊似乎能够洞察人类的一切举动，并以一种处变不惊的态度应对人类在击剑时的所有招数。C 先生认为："秀美在这样一种人的身体上体现为纯净的状态，这个身体具有两种可能，要不没有，要不身体中意识无限，即在木偶或上帝身上。"（Heinrich von Kleist，2011：432—433）熊在这里区别于木偶，但同时也不是上帝，是批评人类在理性意志下与身体分裂的形象。在此深度讨论的话，熊在击剑中取胜，完全得益于熊区别理性意识形态的来自身体的直觉观察。

　　施莱默的人物形象设计正是体现了克莱斯特在文章中所提及的熊的特征，人物形象具有与熊一样的有机体性质，在其寓意上来说，人物形象在几何式服装之下的身体达到了理念与重心合一的状态。换句话说，人物形象中表演者与几何式服装完全融合，身体体现出的肢体动作语言不是在意志控制下的展现，而是完全自然的、完整的秀美概念。对于《论木偶》中熊所体现的熊性讨论，更是给观看施莱默设计的人物形象提供了一种新的分析视角。首先，施莱默设计的人物形象是对整一性身体的回返，即人物形象在舞台剧艺术形式上展现出具有颠覆性的机械化动作，并不是完全刻意强调其理性特征，也不是一味歌颂技术革新在设计中的变化，而是借助几何形式与机械化动作强调知觉感知。其次，在观看施莱默人物形象设计上体现出的身体形式时，观者需悬置经验并运用直觉的身体，即需要用与《论木偶》中分析熊时的直觉观看方式，直觉式地观看在此具体是对主、客二分观看方式的批判。对木偶、熊、施莱默设计的人物形象之所以会产生无思想、野蛮、机械等一系列判断，都是人站在以自我为主体、观看对象为客体的角度上进行的意识形态判断。人作为主体，以理性武装自己，并在视觉运动中，所观看的一切都是在自身之外的客体，客体通过视觉形象进入主体内，并在主体意识活动中产生对客体的认知。例如，对于熊的认知，我们首先通过熊在视觉形象上的皮毛、形态以及体积进行组合，进而在意识形态中对此物做出了判断，而这种视觉形象拼贴式地认识事物的方式与笛卡尔（René Descartes）"我思故我在"的思想相似，笛卡尔是在意识形态之后产生视看行为，也同样是物、我两分在思维和视看运动上的体现。但主、客二分式的观看方式在对身体问题分析时存在悖论，即身体存在一个难解之谜："我的身体同时既能有所见而又是可见的。这个在观看一切事物的身体又能自己看自己，并且在它所看到的东西里认出它的观察力的'另一面'。"（陆扬，2000：797）由此可以看出，意识与身体之间并没有明确的优先顺序，若按主、客二分式的观看方式看自身，所看与所思都是对自我的躯体认知。

梅洛－庞蒂（Maurice Merleau-Ponty）认为："感知赋予性质以一种生命的意义，并首先在其为我们的身体这个有重量物体意义中把握性质，由此可得出，感知始终在参照身体。"（2001：81—82）这也就是说，感知与身体是一种相互依存的关系，身体成为感知存在的重要容器。梅洛－庞蒂对身体的认知，打破了主、客二分的固定观看模式，并启发我们对身体及施莱默设计的人物形象展开全新的观看方式。梅洛－庞蒂在论述新视觉观看方式时提及了"可见性"这一概念，而"可见性"概念的核心即是对于肉的讨论，他在《自然：法兰西学院讲稿》（*La Nature:Notes cours du collège de France*）一文中讲道：

> 再度考虑这个概念，让身体呈现为运动的主体、感知作用的主体……基本上：肉的理论（théorie de la chair），把身体视为可感知性（Emfindbarkeit），而将事物视为是蕴含其中。它并不是透过意识身体与世界的全面考察概括论述，而是我的身体介入到在我前面以及与在我后面的东西之间……就像是同时拥有一种感知的界面。（梅洛－庞蒂，2007：35—36）

在此，对于肉的讨论已经远离了其作为物质属性层面的分析，肉作为身体的生理存在已经引申至"可见性"中物的存在。"可见性"中的"物"，或者称之为"肉"，是具备感知性的，并且此感知与人对其理性意识形态上经验的认知不同，因为前者中的认知是由自身所体现的，是主动性的，而后者中的认知是经验所赋予的，是被动性的。那么，具体在施莱默设计的人物形象中，人物形象也同属于"肉"的概念，是具备感知的"身体"，不再是由物质材料堆砌而形成的冰冷形象，感知成为人物形象形式语言中的内在力量。施莱默设计的人物形象是大写的身体，需通过直觉式的观看来分析其形式语言，并透过"可见性"来感知其形象内部，跳脱主、客二分才能真正领略人物形象，如克莱斯特所说的那样，不再是意识形态控制下的冰冷视觉，其整体充满着熊性。

2 人物形象设计中的共性身体与个体感知

施莱默曾在 1924 年 12 月致友人的信件中表达了对于布莱希特（Bertolt Brecht）的认可："在柏林国家剧院，我看了一出非常棒的戏剧《英格兰爱德华二世的一生》（*Das Leben Edwards Ⅱ .von England*），这出剧的创作者是一位年轻的新晋剧作家，贝托尔特·布莱希特。"（2019：188）在这一点上，施莱默设计的人物形象满足布莱希特发展美学的观点，施莱默以抽象式的几何外形对舞台剧形象进行革新，最终通向"人民的理念"。

布莱希特作为德国著名的剧作家，其美学思想对当时的舞台剧发展产生了深远影响，他主张现实主义的观念应随着社会革新而发生变化。布莱希特在《大众性与现实主义》一文中说道：

> 现实主义意味着：发现社会复杂性的因果关系；把现今盛行的观点揭露为掌权人的观点；站在能够对人类社会面临的困境提供最广泛的解决办法的阶级的立场上创作；强调发展的因素；把具体变成可能并从具体中使抽象变成可能。（陆扬，2000：651）

显然，布莱希特所强调的现实主义，在发展的观点之上更提出了需要具备社会责任的要求，艺术中能体现发展的因素即是艺术的形式，并且通过形式的革新（由具体变为抽象）达到揭露社会本质和教育大众的目的。

施莱默与布莱希特在艺术上的"人民的理念"，其实质内涵是通过艺术建立一个人与人之间的"共同体"，其"共同体"中含有强烈的社会责任的共性特点，而要达到此共性特点，需满足大众与形式两个方面。首先，在大众方面，"大众"是一个宽泛的概念，在艺术、设计活动中，指代所有的参与者，其中也包含在舞台剧中最重要的表演者。表演者需以自己的思想观点打动观众，而此观点的思想来源则必须来自大众，并与大众保持一定意义上的相似性。当然，这并不意味着表演者要一味地讨好大众，以大众的喜好作为艺术、设计思想的起点与核心，与之相反，真正意义上与大众保持相似性，实则是对大众提出了更高的要求：

我们所谓大众化的概念是指这样的人民，他们不仅在历史发展中充分发挥作用，而且还积极地在其中占有位置，强化它的进程、决定它的方向。我们指的是创造历史改变历史及他们自身的人民。我们指的是一种战斗不息的人民，所以我们所谓"大众化"的概念也是具有攻击性的。（陆扬，2000：650）

这里对于大众的要求在施莱默的人物形象设计活动中来看，实际上是在"共同体"的基础上对表演者与观众预设了双向性假设。对于表演者和观众而言的要求，是预设了表演者与观众是对艺术、设计有积极作用的团体，假设表演者与观众共同满足了此条件，那么表演者所传达的艺术思想或设计目的，观众是否能完全接收？若表演者与观众达成意义一致的传播链条，以此为单位组合起的"共同体"是否承担起了真正具有共性的社会责任感？对于此类问题，我们虽不能全部否定，但可以说明对于舞台剧表演者来说，通过共性达到"共同体"的过程中存在疑虑。

其次，在形式方面。从施莱默的人物形象设计研究来看，他同样以"人民的理念"作为出发点，对形式共性展开了分析，在上述所存在的疑虑问题上，以表演者身体上的形式变化，对意义传播链条上存在的差异性进行了调和。面具是施莱默在人物形象设计上的特点，同时也是意义与共性之间调和的工具。例如，施莱默把人物躯体面部的共性体现在了面具之上，如图 1 所示，图中 12 个面具的大小形态全部一样，并且对于眼睛和耳朵的外观形态概括也全部相同，不同点只体现在每个面具表面的装饰性图案不同。由几何形体构成的面具图案，与人物形象整体的视觉语言相呼应，同时也表示了每一个人物形象在共性研究下的细微差异。面具在人物形象建构中具有重要作用，面具直接阻隔了表演者在表演过程中的面部表情，整体呈现出冷峻的外表，并且是在人物共性之外仅有细微差别的外表。人物的面部表情是身体感知传达的重要途径，根据面部表情的不同，能判定感知、情绪处于什么样的状态，并影响着人与人之间的关系，这样的一个感知系统实则也是在对共性研究的基础上得来的。例如，人的笑容代表了一种开心、愉悦，而眉头紧锁、紧咬嘴唇则代表了悲伤或焦虑，身体中的面部表情此时是一个巨大的符号系统。表演者利用这种符号系统进行表演、传递情绪，并且推动故事叙事的展开。施莱默设计的人物形象虽以面具阻隔了表演者身体面部的表情符号，却用另一种共性的语言达到了现象学的身体。

图 1　奥斯卡·施莱默，面具的种类变化，铅笔水彩，1926（图片来源：施莱默，等：《包豪斯剧场》，武汉：华中科技大学出版社，2019：50）

　　上述两个方面都体现了施莱默对于表演者身体的共性研究，"人民的理念"虽是施莱默设计思想的出发点，但仍在具体意义传播的过程中存在意义对等上的偏差，这也是施莱默设计思想中具有乌托邦色彩的一面。面具的形式改变了表演者原本的表演状态，以新形式的调和方式达到设计活动中"共同体"的目的，阻隔对原身体经验累积式的感知解读，是人物形象最大的革新之处。同时，新形式在人物形象上的革新，也给我们重新思考表演者的身体提供了新的维度。

　　当我们以新的视角去分析表演者的身体时，首先要对身体共性研究有一个正确的认识，如胡塞尔（Edmund Gustav Albrecht Husserl）在《经验与判断》中明确的那样：

　　　　因为任何一种哪怕是最原始的普遍性和多数性都已经回指向对许多个体的概括，因而也回指向或多或少原始的逻辑主动性，而在这种主动性所概括的东西中

就已经含有某种句法的形式、普遍性的形式了。（巴什拉，2021：295）

身体的共性是基于个体的普遍性得出的，这恰恰掩盖了个性在原始本初的性质，所以，我们对于施莱默的人物形象研究，必须回溯到属于表演者隐私的、个体的身体中。在此谈论的身体类似于一个综合体的概念，即每一个个体通过自己的躯体组成去感知到的"可见性"与意识形态之间形成属于自己的独特感知，正如梅洛－庞蒂在《可见与不可见》中所言：

这是个长久被忽略的奇迹，眼睛的每个动作，甚至是身体的每个动作，在我运用它们详尽地探索出来的同一个可见世界（nuivers）里，都有它们自己的位置，反过来看，就好比每个视觉都发生在触觉空间的某个位置。（梅洛－庞蒂，2007：38）

身体中各个组成器官与意识之间对可见世界的共同作用，为身体的交织（entrelace）概念，交织正是每一个个体之间差异与主动性的所在。例如，我们每一个人对于热的感受程度不同，当我们用手去触碰盛满热水的玻璃杯时，所产生的对热的感知会不同，当热超出个体感知承受范围之外，我们则会对此盛满热水的玻璃杯产生热这一感知，并将其视作危险而避开。相反，若热没有超出热感知的承受范围，此时的"热"相对于超出个体感知承受范围之外的热，实则是凉的含义，而此时对该物体则不会产生危险的信号。在施莱默舞台剧人物形象设计中，表演者的身体通过身穿几何式的服饰，在触觉方面给身体提供了一个完全陌生的可感知环境，这就意味着身体中原有的一切感知经验在此陌生环境下变得完全失效。另外，身体面部以佩戴面具的形式掩盖了其面部表情，表演者身体在视觉中是一种信息的缺失状态，因为无法感知观者在通过原面部表情的阅读而表现出的神情，即观者面对无表情的身体时可能在自身面部也体现出一种无表情。这就需要表演者完全舍弃原累积的感知经验，把身体完全置于新人性形象所带来的陌生感知环境之中，激发身体的交织作用，并以个体最独特的感知进行表演。这样的舞台剧人物形象，对于表演者的身体来讲，是使个体真正回归到个体中，对于整个舞台剧人物形象发展来讲，施莱默以独特的形式语言塑造出佩戴面具的几何式视觉语言形式，虽具有视觉上的共性，但却是整个舞台剧人物形象发展历史中的"个体"。

3 观者对人物形象设计的身体化观看

　　观者在艺术、设计中占有非常重要的位置，是艺术、设计活动中解释的终端，在舞台剧形式中，观者更是由人物形象所串联起的整个作品中最直接的参与者与解释者。如巴迪欧（Alain Badiou）所言："戏剧（舞台剧）需要它的观众，观众会发现他们坐在座位上难以抑制自己的躁动，倾向于去发展戏中所缺少的意义，他们反过来成为解释的解释者。"（2021：24）由此可见，舞台剧囊括了观众的在场，并与表演共同结构了舞台剧艺术共在的呈现，具体在施莱默的人物形象设计的分析中，对于观者的讨论同时也成为对人物形象分析的重要维度。在此需要强调的是，对于观者的讨论不能完全脱离观者所处的历史语境，不能以主观的臆断来判断观者在观看作品时的感知，因此本小节对于观者的分析是在与历史背景下的对比形式下展开的，而观者身体层面的探析重点依然是在感知范围内讨论。

　　马歇尔·伯曼（Marshall Berman）曾在《一切坚固的东西都烟消云散了：现代性体验》一书中，借马克思（Karl Heinrich Marx）理论分析了文化与资本主义之间的矛盾。他认为马克思理论揭示了现代社会对人价值观重新判定的现象，并对此"异化"现象进行了批判，同时，伯曼也认为马克思以批判的手段解读了现代社会的发展现状。上述两者为一组相互对应的矛盾，不同的学者对于此问题的态度也不同，如兰波（Jean Nicolas Arthur Rimbaud）认为："'Il faut etre absolument moderne'（完全现代的存在）——认为它是通过并超越这些矛盾的道路。"（伯曼，2015：155）现代社会中所体现出的资本主义与文化之间的矛盾，影响了人对于此社会现象产生不同的认知选择。观者作为历经社会革新变化的体验者，对此现象会产生两种不同的认知态度：一种是在资本席卷一切之下，对价值、真实等概念的不确定，或以最激进的方式持否定态度；另一种是适应社会变化，投身于席卷的洪流之中，以经济生活的动力与压力作为应对社会变化的驱动力。所以，观者在观看活动开始之前，身体内的感知、意识形态已经在大的社会背景之下产生，持一种或否定、或支持，再或者干脆就是游离式的"无感觉"的态度。

　　阿尔都塞（Louis Pierre Althusser）曾这样评价布莱希特的戏剧作品："布莱希特之所以能够同这些明确条件决裂，那仅仅因为他已同它们的物质条件决裂了。他要在舞台上表现的东西，正是对自发意识形态美学的明确条件。"（2006：136）施莱默与布莱希特对于舞台剧的理念是相同的，都是基于"人民的理念"展开对于舞台剧的创作，施莱默正是通过对于人物形象的设计，对现代社会的变革产生批判，人物形象虽是基于一个共性的研究，但实则是对于作为大众的观者在身体认知中对大众性概念的肃清。霍克海默（Max Horkheimer）曾在《现代艺术与大众文化》一文中点明了现代社会中大众性的特质："人们必须参照社会变化，不仅把大众性理解为量的变化过程，而且理解为质的变化过程。大众性从来不是由大众直接决定的，而往往是由大众在其他社会阶层的代表决定的。"（陆扬，2000：705）施莱默设计的人物形象恰恰是采用科学方法展开对人身体的共性研究，以形式警醒观者在意识形态中认为个体理性即为自由的伪身体认知，真正实现"人民的理念"这一设计概念。那么，具有自身感知经验的观者的身体，是否能够理解人物形象中的设计思想，即以形式来抵抗现代社会中大众性的自我沉醉？若能理解，观者在身体内部又完成了怎样的感知转化？

不可否认的是，在资本席卷一切的浪潮下，对观者的价值判断与感知重组产生了深刻的影响，观者的身体除了在工作中表现出为功利可以牺牲一切之外，身体感知也形成了机械化的功能认知系统。对于此类观者，施莱默人物形象的设计思想显然很难对其造成影响，观者的身体类似于一个忠实的主体，对于舞台剧来说，自身功利性的感知结构要求他必须寻求其作品的意义，并且得出的意义是限定在自身结构之中的意义。人物形象在形式上的变革，由此类观者进行解读时，可能表现为一种否定态度，或只被作为一种喜剧形式进行观看。这样的理解方式，在观者身体感知内化中是一种线性的理解方式，即把形式与自身感知结构对应，是一种肤浅的内化。

另一种情况，观者理解或了解了施莱默的设计思想。观者在视觉活动中是对人物形象整体化呈现的观看，虽然在视觉中客观存在的是人物形象的外观，但真正了解施莱默的设计思想，需要在视觉表面化基础上再深入对其本质的观看。此时观者的身体需要与人物形象的身体进行融合，正如学者龚卓军在《眼与心》一书的导读中所言："'我'的存在是以成为第三人称的他人存在为目标，一种以让自己'成为任何人''生活在他方'为目的的分裂生命。"（梅洛-庞蒂，2007：43—44）也就是说，观者身体中眼睛的视看行为，应摆脱意识形态的经验感知对于眼睛视看的制约。视看应作为一种全新的观看，视觉活动与认知活动同属于身体的一部分，并无伯仲之分，在全新的观看角度之下视觉与认知活动共同作用，在观者身体中形成全新的感知，新视角下的视看活动犹如梅洛-庞蒂所说的"第三只眼"。

新视角下所观看的人物形象身体，不再是形式的新颖，抑或有人认为的在形式上的玩弄。例如，从施莱默曾想邀请指挥家赫尔曼·舍尔兴（Hermann Scherchen）为作品《三元芭蕾》谱曲这一事件来看施莱默对人物形象的设计思想。施莱默向舍尔兴递交了他作品的图片，并在图片下方配相应的文字（如图 2 所示）。其中，施莱默写道："从不同的方向，以球的各自推进，交替或同时进行的方式来表达。（expressive anläufe aus verschiedner richtung mit jeweiligem vorstoss der kugeln, wechselnd oder zugleich.）"（Ina Conzen，2014：225）此事件最终因意见不合而终止，舍尔兴认为作品应增加喜剧效果，但施莱默对此却不认同。施莱默在 1927 年 12 月给友人的信件中曾表露了他对于此事件的态度，他写道："那些严肃的经过深思熟虑的场景恰恰是我觉得重要的，它们必须有一种庄严的效果。当让观众发笑成为一个问题时，我就不干了。"（施莱默，2019：274）由此可以看出，施莱默对于人物形象是倾尽了思考的，并以一种严肃的方式进行。同时从施莱默对于作品的文字描述也可以看出，人物形象中

图 2　奥斯卡·施莱默，《三元芭蕾》作品图片及其文字，1927（图片来源：Ina Conzen. Oskar Schlemmer Visionen einer neuen Welt. Staatsgalerie Stuttgart, 2014:225 ）

的几何化视觉元素并不是以一种滑稽、卖弄的方式呈现，每一个人物形象的动作都是其设计思想的体现。施莱默并不否定作品使观者发笑，而是否定作品完全呈现出喜剧形式，若人物形象只引观者发笑，那则又回到了传统舞台剧的单一叙事模式，这恰恰是施莱默极力反对的。施莱默是想以作品使观者的身体真正达到"第三只眼"式的观看，人物形象在视觉形式与表演者共同形成的身体，是梅洛–庞蒂所说的肉的概念，"它使得可见者成为可见者，亦使得不可见者得以有物质条件转化为可见者"（梅洛–庞蒂，2007：41）。

施莱默设计的人物形象，正是通过外在的视觉形式，使设计思想、表演者身体认知等一切不可见成为可见，观者身体在新视角下与上述两者进行了完全融合。观者可能通过人物形象达到身体交换，体会表演者身体在环境空间中的抗争，也可能会通过人物形象达到共情，联想到自身在现代社会中的遭遇，还可能产生新奇、失落、悲伤或亢奋的诸多情绪。人物形象在观者身体中达到了内化，这种内化不再是身体前认知经验结构关系中的一一对应，而是一种全新的、冲破结构的认知，是一种真正的身体化的观看。

4 结语

在施莱默的设计思想中，对身体认知展开的谈论是其人物形象设计思想的重要组成部分，同时又是整个人物形象设计活动的重要参与。因施莱默设计思想中对身体认知的复杂性，促使了施莱默在现代设计中独特的舞台剧人物形象设计的风格，并丰富了现代设计研究的广度和深度。首先，施莱默对于身体感知的强调具有哲学维度。在尼采酒神精神的影响之下，施莱默对克莱斯特的文章《论木偶》中木偶在戏剧中的动作展开了分析。木偶的重复性动作启发了施莱默对人物形象设计的几何化视觉形象，施莱默通过几何化视觉与机械性动作，不断追问其背后的本能（非理性）力量，并以此打破了人物形象在舞台剧中主、客二分的对立观看关系。其次，身体构成了施莱默人物形象设计活动的线索。在以人物形象为纽带的设计活动中，所涉及的身体可分为两类：第一类是人物形象在视觉中的"身体"，从物质属性上进行分析时它是没有生命的；第二类是在整个设计活动中具有生命的身体。其中，第二类具有生命的"人"又包含三个层面，即施莱默本人（设计者）、表演者和观者。第一类与第二类中的"身体"共同形成了施莱默人物形象设计的活动闭环，即人物形象由世界客观存在的人的形象演变而来，但最终观者（具有生命的人）完成了解读。奥斯卡·施莱默设计思想中对身体认知及其观者具身观看的思考，扩充了对现代设计的研究视角，即设计不应单纯走向以技术为导向、科学为核心的现代设计发展之路。或者换一种说法，在现代设计已然挑战传统的思想体系中，施莱默开辟了独属于自己的设计理念和思想。施莱默以舞台剧的人物形象设计作为其实践主体，探索视觉化形象中如何可以调和设计理性和具身的身体感知，使得设计可以寻求对工具理性的超越。

参考文献：

[1] Heinrich von Kleist. *Sämtliche Werke und Briefe*[M]. Band Ⅱ . München:Deutscher Taschenbuch, 2011.

[2] Ina Conzen. Oskar *Schlemmer Visionen einer neuen Welt*[M]. Staatsgalerie Stuttgart, 2014.

[3] 支宇 . 视觉的复活：中国当代艺术的具身观看与自由知觉 [M]. 成都：四川美术出版社，2021.

[4] 奥斯卡·施莱默 . 奥斯卡·施莱默的书信与日记 [M]. 周诗岩，译 . 武汉：华中科技大学出版社，2019.

[5] 陆扬，编 . 二十世纪西方美学经典文本（第二卷）：回归存在之源 [M]. 上海：复旦大学出版社，2000.

[6] 莫里斯·梅洛 - 庞蒂 . 知觉现象学 [M]. 姜志辉，译 . 北京：商务印书馆，2001.

[7] 莫里斯·梅洛 - 庞蒂 . 眼与心 [M]. 龚卓军，译 . 台北：典藏艺术家庭股份有限公司，2007.

[8] 苏珊·巴什拉 . 胡塞尔的逻辑学：《形式逻辑与先验逻辑》研究 [M]. 张浩军，译 . 上海：华东师范大学出版社，2021.

[9] 阿兰·巴迪欧 . 戏剧颂 [M]. 蓝江，译 . 桂林：广西师范大学出版社，2021.

[10] 马歇尔·伯曼 . 一切坚固的东西都烟消云散了：现代性体验 [M]. 徐大建，张辑，译 . 北京：商务印书馆，2015.

[11] 阿尔都塞 . 保卫马克思 [M]. 顾良，译 . 北京：商务印书馆，2006.

[12] 奥斯卡·施莱默，拉兹洛·莫霍利·纳吉，法卡斯·莫尔纳 . 包豪斯剧场 [M]. 周诗岩，译 . 武汉：华中科技大学出版社，2019.

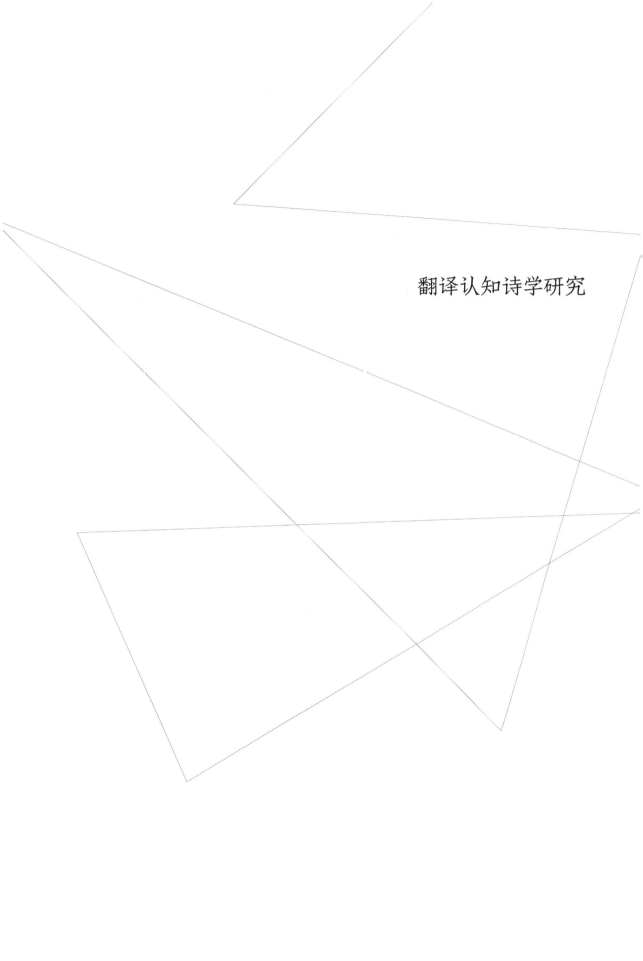

翻译认知诗学研究

庞德《诗经·关雎》译文的前景化与东方少女形象的塑造

石春让　殷岍（西安外国语大学英文学院，西安 710128）

摘要：

前景化理论对分析文本有重要的指导功能。韩礼德提出文体的突出体现在不同的层面，表现为质量上的"失协"和数量上的"失衡"。本文基于韩礼德提出的文体突出的观点，考察庞德翻译的《诗经》的第一首诗《关雎》。研究发现，庞德在翻译《关雎》时刻意使用不同的方法，在语音、词汇、语篇层面创造出独特的文体突出，进而在译文中塑造出东方少女的独特形象。

关键词：

庞德；《诗经·关雎》；前景化；形象塑造

Analysis of Shaping Image of Chinese Girl in Ezra Pound's Translated Version of *Hid! Hid!* Under the Foregrounding Theory

Shi Chunrang; Yin Qian（School of English Studies，Xi'an International Studies University，Xi'an 710128，China）

Abstract:

Foregrounding theory has an important guiding function for analyzing texts. Halliday proposed that the prominence of style is reflected in different levels and

基金项目：本研究是全国科技名词委科研项目"中国术语翻译理论史稿"（项目编号：YB20200014）、西安市社科规划基金项目"基于修订版 5W 传播理论的路遥《人生》与贾平凹《高兴》的英译模式与传播效果对比研究"（项目编号：22YZ40）和西安外国语大学教改项目"'一带一路'背景下外语院校培养高水平'专业＋英语'人才的大学英语教学模式创新研究"（项目编号：20BY03）的阶段性成果。

作者简介：石春让，西安外国语大学英文学院教授，翻译与跨文化研究中心研究员，博士，博士生导师，研究方向：翻译理论与实践；殷岍，西安外国语大学英文学院研究生，研究方向：翻译理论与实践。

manifested as "incongruity" in quality and "deflection" in quantity. Based on Halliday's opinion on stylistic prominence, this paper examines Ezra Pound's translated version of *Hid! Hid!*, the first poem of *Shih-ching*. It is found that Pound deliberately used different methods when translating *Hid! Hid!*, which created unique stylistic prominences at phonetic level, lexical level and grammatical level. And these prominences created a unique image of Chinese girl in Pound's translated version.

Key words:

Ezra Pound; *Hid! Hid!*; foregrounding; shaping image

0 引言

"前景化"一词原本是功能文体学的重要概念，在 21 世纪初逐渐应用到翻译学研究中。美国学者叶子南在 2001 年提出了前景化翻译研究的理论设想，开启了前景化翻译研究的先河。此后，国内掀起了前景化翻译研究热潮，但大多数研究所关注的是小说、广告及新闻文本的前景化。例如，管淑红（2007）以韩礼德功能理论为指导，结合叙事学理论知识，针对伍尔夫意识流短篇小说《邱园记事》，探讨了意识流小说中前景化的结构与语言现象对小说主题构建的推动。汪敏飞（2015）提出前景化的语言现象大量存在于广告仿拟语中，大多数广告仿拟语的前景化现象属于聚合前景化类型，主要发生在语言的词汇和语义层面，他认为在翻译此类文本时，可以选择使用仿译、创译和移译的翻译策略。冯正斌、党争胜（2019）分析了葛浩文《废都》译本中的前景化语言的翻译策略及其处理动因。

《诗经》是中国古代的第一部诗歌总集，收录了自西周至春秋 500 多年的诗歌共 311 篇，是中国古典诗歌中的璀璨明珠。《诗经》对中国后世诗歌体裁结构、语言艺术等方面产生了深远的影响，同时，《诗经》的英译也对国外诗歌的发展产生了重要影响。王金安、朱云会（2017）曾经梳理了《诗经》的英译情况，指出《诗经》的翻译最早可追溯到 16 世纪中叶，既有节译本也有全译本；既有散文体译本，也有韵体译本，译者中既有国人也有国外著名传教士、汉学家。其中，著名诗人庞德翻译的《诗经》全译本于 1954 年在美国出版，名为《孔子诗集》。该译本独具特色，无题解，无注释，只有诗篇正文，译文从主题到字义都有较大改动。该译本影响广泛，1955

年就出版了修订本，同时也影响了庞德本人和西方的诗歌创作。

前人对庞德翻译的《诗经》已有较多研究。李贻荫、毛红旗（1994）在《中国翻译》发表文章分析了庞德英译《诗经》的妙处。金百林（1995）对庞德《诗经》译文的妙处又进行了更有深度的解析，认为其有失于"信与切"，有得于"妙与雅"。李玉良（2009）提出庞德的《诗经》翻译始终遵循着两条原则，即译古喻今的现实原则和意象主义原则，并借此成功地创造出新的独立的艺术生命体。高博（2013）基于语料库，对比分析了庞德、理雅各、许渊冲的《诗经》译本，指出庞译《诗经》在遣词造句上与其他两个译本具有明显差异，在整体风格和创造性方面，庞译《诗经》更加接近甚至超越英语原创诗歌。刘晓梅、李林波（2016）分析了庞德《诗经》译文中的植物意象，认为庞德用"创译"的手法灵活处理了原义意象的象征意义。李林波（2017）提出，庞德的《诗经·关雎》译文与原作的差异表现在意象、意境、形式等各个方面。陈历明（2020）指出庞德的诗歌翻译与创作在文体创新方面有三个鲜明特征：第一，英语俳句组诗；第二，表意文字法的陌生化或前景化；第三，拼贴文体。前人的研究表明，作为意象主义重要代表人物的庞德推崇孔子与儒学，所以他在翻译《诗经》时注重凸显中国古典诗歌呈现的意象，力求用意象打动读者。

《关雎》是《诗经》的第一首诗，通常被认为是一首描写男女恋爱的情诗。该诗在艺术上巧妙地采用了"兴"的表现手法，语言优美，生动地运用了双声叠韵和重章叠句，增强了诗歌的音韵美和写人状物、拟声传情的生动性。我们猜测，庞德在翻译《诗经》开篇之作《关雎》时，一定花费了更多的时间和精力。鉴于前人还未有对《关雎》译文中女子形象塑造问题展开研究，本文试在前景化的理论框架下分别从词汇、语法和语音等三个层面分析庞德译文的文体特征，以期探讨《关雎》译文中的前景化效果对东方女子形象塑造的影响。

1 理论框架

前景化理论最早是布拉格学派的捷克学者穆卡洛夫斯基（Mukarovsky）于1964提出的。这一理论通常被作为一种解释文学语言与日常语言之间差异的手段：前景化成分偏离语言常规而获得凸显，往往很独特或出人意料，而文学则常常会运用某些前景化成分打破读者的常规行为，从而导致新的见解和感受代替常规观点和视角的结果（苏晓军，2008）。1969年，学者利奇（Geoffrey N. Leech）进一步细分了前景化语言的八种方式，即历史时期偏离、方言偏离、词汇偏离、语义偏离、语法偏离、语音偏离、书写偏离、语域偏离。后来，韩礼德提出，文体不仅是突出，而且是"有动因的突出"，也就是说，单独的突出特征，如排比、反衬、隐喻、拟人等，本身并不是文体特征。它们只有与语言的情景语境产生关系，在情景语境中起作用，才可以成为文体特征。这组特征与说话者的交际意图有关，在情景语境中有一定功能，由听话人（包括读者）译码出来时，在其心目中要产生一定的效应。韩礼德（Halliday，1973：113）还把突出特征分成两类：一类是否定性的，是违反常规的，与其他语言或社会已接受的常规相违背；另一类是肯定的，是建立常规、强化常规的。它是数量上的突出，是"作者临时丢弃他可允许的选择自由，在通常不一致的地方选择一致的特征"。前者称为"失协（incongruity）"，后者称为"失衡（deflection）"。前者强调"质量的（qualitative）"偏离，后者强调"数量的（quantitative）"偏离。总的来看，利奇和韩礼德都对前景化进行了分类研究，但是利奇的分类是对前景化在微观上的不同表现方式进行的划分，而韩礼德则是从性质上对突出特征进行了区分，进而从功能的角度对突出的方式进行了总结。

第一位把前景化理论纳入文学认知研究轨道的学者是凡·皮尔（Van Peer）。凡·皮尔（1986：20）在其著作《文体学与心理学：前景化研究》中这样定义前景化："前景化应该理解成是一个语用概念，指作者、（文学）语篇和读者三者之间的动态交互。一方面，某些前景化手段的物质存在会引导读者进行语篇的解释与评价；另一方面，读者也会为满足自己阅读文学语篇的审美需要去寻找这些手段。"凡·皮尔（1986：20）强调指出："前景化理论是一种功能理论，体现在三个不同的层面上：首先，它是一种语言学理论，具有在文学语篇中提供具体前景化手段的功能；其次，它是一种心理学理论，具有为读者提供前景化手段的功能；最后，因为前景化理论还是一种文化理论，所以在特定社会文化中具有前景化和改变前景化的功能。"本质上，凡·皮尔把语篇、心理认知与文化连接在一起。他认为，作者或译者在创作时会有意地使用某些前景化的手段来达到一定的文体效果，而读者在解读这些文学语篇时，也会受到这些前景化手段的影响，从而达到与作者内心的沟通，此外，这些前景化手段还可以从文化领域里影响到特定的社会文化和文学创作。因此，文学语篇中的人物形象的塑造也必然会受到前景化手段的影响。在此基础上，我们可以通过对语篇的前景化手段进行分析，来探讨语篇塑造的人物形象。

2 庞德《关雎》译文的前景化与形象塑造

2.1 词汇层的前景化

词汇层的前景化主要表现为词汇的高频率出现而产生的失衡突出和利用构词规则构造临时词而产生的失协突出两种方式。张德禄（2005：126）的研究表明，词素的文体突出形式主要表现为不同的构词方式，这是词素的失协突出。为了取得某种文体效应，讲话者可以以已有的词素或词来构成临时词或新造词，或用已有的词素与新造词素来构成无具体意义的新词。而失衡突出主要表现为词汇的重复出现。

我们对《关雎》译文中所有词性做了量化分析，统计结果如表 1 所示。

表 1　庞德《关雎》译文中词性的量化分析

词性	形容词	名词	介词	动词	连词	冠词	系动词	情态动词	副词
数量（个）	26	24	15	13	12	7	3	2	1

结果显示，庞德译文中出现频率最高的前三类分别为形容词 26 个，名词 24 个，介词 15 个。另外，庞德译文中动词和形容词大多重复出现，如文中开头的 "Hid! Hid!"，形容女子的 "Dark and clear, Dark and clear"，形容男子思而不得，辗转反侧的 "To toss and turn, To toss and turn"，这都属于词汇层的失衡突出。最后，庞德译文的用词如 "Hid" 为 hide 的过去式，"saith""fere" 等均为古英语，"Ho""ts'ai grass" 等名词均采用音译而得。这些新造词与古语的使用形成了词汇层的失协突出。

从庞德译文的整体语境来看，诗歌整体充满一种神秘的氛围。在译文开头，关雎的两声 "Hid! Hid!" 瞬间把读者拉入一种奇妙的场景，而 "hid" 一词的重复使用又使氛围更为紧张，这种前景化手法使得诗歌一开始就给读者留下了悬念，读者不禁会问关雎为什么会讲话？它为什么会让人藏起来呢？"saith""fere" 等古英语的用法又使诗歌增添了一丝古老的色彩。"Ho""ts'ai grass" 等名词的音译又为诗歌增添了一种异域色彩。这些失协突出都形成了一种前景化效果，增强了读者对即将上场的人物的好奇。

Dark and clear,

Dark and clear,

So shall be the prince's fere.

庞德译文接下来使用"Dark and clear"这个词组来描绘一个女子的形象，且重复使用这个词组。这种词汇重复的前景化手段位于诗歌的第一个诗节，令读者一开始读诗，就深刻地在其内心刻画出了即将登场的女子的形象。这名女子的形象是谦逊、干净却又神秘的，并且她适合成为王子的王后。这里使用词汇重复的前景化手段直截了当地描绘出了女子的形象。

To seek and not find

as a dream in his mind,

think how her robe should be,

distantly, to toss and turn,

to toss and turn.

在与上文相隔一个诗节后，译文又一次使用了重复的修辞手法，以描写"男子思念女子而不得"的心境。两次重复使用让读者强烈感受到男子对女子的爱意，这种前景化效果使得诗歌的情感色彩变得更为浓重。实际上，这里的词汇重复的前景化手段起到了间接塑造女子形象的功能，也就是说，从侧面描绘出了这名女子在思念她的男子心中的美好形象。

对比原文，汉语中无论是对女子的直接描写"窈窕淑女"，还是男子思而不得的描写"辗转反侧"，均未重复强调，而庞德使用重复手段，创造了词汇层面的前景化。显然，庞德在翻译时加入了自身对诗歌的理解，也加入了自身创作诗歌的特征。庞德是意象派的典型代表，因而他会着重刻画诗歌意象。从《关雎》译文的前景化效果来说，在这首诗歌中着重刻画的意象实际上塑造了一个独特的东方女子的形象，更具体地说，这名东方女子的形象是清晰的，是使读者印象深刻的，而不是模糊的，需要读者展开想象去思考才能获得的。

2.2 语法层的前景化

张德禄（2005：139）指出："特殊语法结构指出现频率很低的句子结构，其结构形式偏离一般的句子结构形式。这种形式在没有受到情景激发的情况下，不会产生很强的文体效应，不会引起读者的注意。但在适当的情景中，可以用来取得特殊的文体效应。"诗歌本身就是一种独特的体裁，需要使用很多不符合正常语法的表达。庞德的《关雎》译文中出现了大量特殊语法的句子，也就产生了很多独特的前景化效果。

以句号划分，庞德译文全篇仅有五个句号，分别为以下五个句子：

（1）"Hid! Hid!" The fish-hawk saith, by isle in Ho the fish-hawk saith: "Dark and clear, Dark and clear, So shall be the prince's fere."

（2）Clear as the stream her modesty; As neath dark boughs her secrecy, reed against reed tall on slight as the stream moves left and right, dark and clear, dark and clear.

（3）To seek and not find as a dream in his mind, think how her robe should be, distantly, to toss and turn, to toss and turn.

（4）High reed caught in *ts'ai* grass so deep her secrecy; lute sound in lute sound is caught, touching, passing, left and right.

（5）Bang the gong of her delight.

译文的第一句话是倒装句。倒装句通过改变常规性的语序，让信息的排列顺序不符合常规，使句子成为一种突出形式，以在适当的情景中，用来取得特殊的文体效应。译文的第一句话前半部分宾语前置，后半部分介词短语前置，以话语内容吸引读者注意力，后而用状语从空间上描述这首诗歌发生在河岸边。译文通过这只关雎很容易使读者进入作者设置的情景，为下文女子的上场做好空间布局。

第二句是所有句子中最长的一句，但是除了 As 引导的状语从句中的 moves 之外，整句没有一个动词，反而形容词、名词较多。这种词汇失衡的突出方式造成意象骤然增多。在第一句确定空间布局后，碎片化意象的出现使得读者脑海中画面感强烈、静静的水流、深深的河草左右游荡、神秘的女子出现，这些都使这名女子的形象更加神秘且令人好奇。

第三句中的主要动词是 think，但是句子缺少主语，且动词较多，出现了明显的词汇失衡。联系上下文，补足主语，这句话变为 "（The prince）To seek and not find as a dream in his mind,（and he）think how her robe should be, distantly, to toss and turn, to toss and turn."。由上可知，这些动词的主语都是同一个，即文中开头提到的"prince"，属于派生型的主谓推进程序。通过多个动词的描写，诗歌生动地描绘了一幅男子寻爱而不得、辗转难眠的画面。动词的大量使用加快了诗歌节奏，生动刻画了男子求而不得的心情，给读者一种紧迫感，使读者更加想要了解到底是什么样的女子会令这名男子如此爱恋。

第四句同样采用倒装句式，大量状语前置，进一步描绘诗歌中的场景画面，河草依旧在左右游荡，河岸边响起了琴声。在前文人物出现后，这里出现较多状语，这说明作者并未直接描写人物，而是通过场景吸引读者的好奇心。读者在读到这一场景时不禁猜想，河岸边响起的琴声会是男子用来取悦女子的吗？他们会在一起吗？这样，作者就通过词汇的前景化进一步吸引了读者对两者爱情的猜想。

第五句是全文最短的一句，采用的是半倒装句式，将重要信息"her delight"放在诗歌最后，用敲锣打鼓点明两人最后终成眷属。短短六个单词结束整首诗歌，过于失衡的单词数量使得词义显得尤为重要。通过"delight"一词点明最后结果，诗歌到此为止，给读者一种戛然而止、意犹未尽的感觉。

汉英语言的语法迥然不同。汉语是分析型语言，英语是综合性语言；汉语重意合，英语重形合；汉语是动态的语言，英语是静态的语言；汉语多用分句或短句，句式较短，英语复合句较多，句式整体较长。庞德在译诗时显然做了大量调整，全诗的五个句子整体句式都比较长，且语法结构明显有缺陷。这样，译文中呈现出多个信息点，并且每个信息点似乎都呈现出一个碎片化的意象。或者说，庞德充分借鉴汉语意合语法特征，用英语给读者呈现出多个碎片化的意象。实际上，译文中这些碎片化的意象分别反映了这名女子的外貌、语言、品行和行为。同时，这些碎片化意象的整合又呈现出东方女子的整体形象。显然，庞德《关雎》译文中塑造的这名东方女子的形象非常亮丽，令西方读者感到耳目一新，异常惊艳。

2.3 语音层的前景化

索恩哈罗（Thornhorrow J.）和瓦瑞恩（Thornhorrow J. & S. Wareing, 2000：36—37）在《语言中的模式：语言与文学风格导论》（*Patterns in Language—An Introduction to Language and Literary Style*）中指出，诗人为达到美学效果会采用不同的语音和韵律模式，这些模式或是符合传统的诗歌形式，或是实验性地创造出新的诗歌形式，或只是为了展示出诗人高超的创作才华。

庞德译文整体尾韵为 aabbc aabccddbbaee abccc，有的相邻两行押尾韵，有的相邻三行压尾韵，但整体没有固定韵律，属于自由体诗歌。但是这首诗歌仍具有很强的音韵美感，原因是诗歌中出现了大量的摩擦音 /s/、/t/ 和流音 /r/。张德禄（2005：174）论述语音层的前景化效果时指出，音响联觉法指在文学作品，特别是诗歌中赋予某些音某种美学价值的方法。这样，某些音的出现象征着某种意义的出现。这种音义之间的联系具有相当的任意性，且必须以语境为基础。在更加抽象的层次上，人们还利用这种效应来赋予声音某种色彩，如"生硬""柔和""浅薄""淳厚"等。利奇（1969）按越来越生硬的顺序将四组辅音进行了排列，其中流音和鼻音排在首位，摩擦音和吐气音排在第二位。虽然直接根据某些音的出现来判断哪些音是"生硬""柔和"，哪些音是"浅薄""淳厚"，是主观的，但在适当的情景语境中，它们会被"激活"，被前景化，以在情景中发挥作用。在庞德的这首译诗中，主要使用的就是流音 /r/ 和摩擦音 /s/、/t/，因而从音韵上烘托了爱情浪漫的气氛，让读者感受到了男女爱情之间的缠绵。

庞德（1913）曾在其著作《意象主义的几条禁令》（*A Few Don'ts by an Imagiste*）中提出诗歌要具有音乐性。音乐性是诗歌创作的三大原则之一，因而庞德的诗歌总是具有独特的音乐美和艺术感染力。这首《关雎》译诗虽然属于无韵诗，但是诗中流音和摩擦音的使用仍然让读者感受到一种独特的音韵感，而这种独特的音韵美也有助于从侧面塑造女子的形象。

3 结语

从词汇层面看，庞德《关雎》译文一开始就使用古英语和拟人的修辞手法达到了吸引读者注意力的效果，之后又用了大量的词汇重复修辞手法来呈现意象，这些重复词汇的修辞手法充分展现了女子的性格和男子的思而不得，强烈地渲染了诗歌的情感色彩，达到了显著的前景化效果。从语法层面看，庞德《关雎》译文整篇句型多样，句式长短不一，且多用介词状语开头，从空间布局吸引读者进入诗歌情境。同时，庞德《关雎》译文还吸取了汉语意合的语法特色，将大量意象碎片化地呈现在读者眼前，为读者提供了视觉美感。从语音层面看，庞德《关雎》译文虽然是一首无韵诗，但全诗使用了较多的流音 /r/ 和摩擦音 /s/、/t/，仍具有强烈的节奏感和音乐美，摩擦音的使用从音韵上烘托了爱情浪漫的气氛，让读者感受到了男女爱情之甜蜜。

　　整体而言，庞德《关雎》译文刻意突出文体特征，具体表现是译者在汉语原诗的内容、韵味、形式的基础上，使用词汇、语法和语音不同的前景化手段，使译文产生了新奇的效果，部分保留了原诗的韵味，成功地塑造了风格独特的东方女子形象。

参考文献：

[1] Pound, E. *Shih-ching*[M].London: Harvard University Press,1982.

[2] Leech, G.N. *A Linguistic Guide to English Poetry*[M].London: Longman,1969.

[3] Halliday, M.A.K. *Explorations in the Functions of Language*[M].London: Edward Arnold,1973.

[4] Thornborrow,J. & S. Wareing. *Patterns in Language: An Introduction to Language and Literary Style*[M].London: Routledge,1998.

[5] Stockwell, P. *Cognitive Poetics: An Introduction*[M]. London: Routledge,2002.

[6] Eggins, S. *An Introduction to Systemic Functional Linguistics*[M]. London: Pinter,1994.

[7] Peer, W.V. *Stylistics and Psychology: Investigation of Foregrounding*[M]. London: Croom Helm,1986.

[8] 陈历明 . 庞德的诗歌翻译及其文体创新 [J]. 文艺理论研究 , 2020.40(01)：69-80.

[9] 高博 . 基于语料库的埃兹拉·庞德《诗经》英译研究 [J]. 外国语言文学 , 2013(03): 173-180+216.

[10] 管淑红 . 前景化与意识流小说主题的构建：试析伍尔夫短篇小说《邱园记事》[J]. 外语与外语教学 ,2007(12):22-24+41.

[11] 侯林平 . 翻译学：一个认知诗学的视角：《翻译学批判性导论》评介 [J]. 中国翻译 ,2012 (03):46-48.

[12] 黄立波 . 翻译研究的文体学视角探索 [J]. 外语教学 ,2009(05):104-108.

[13] 金百林 . 庞德英译《诗经》小议 [J]. 外语研究 ,1995(02):45-46.

[14] 李贻荫，毛红旗 . 埃兹拉·庞德妙译《诗经》[J]. 中国翻译 ,1994(03):42-43.

[15] 李林波 . 在翻译中生长的诗：庞德的《关雎》译诗多维细读 [J]. 西安外国语大学学报 ,2017(01):95-99.

[16] 李玉良 . 庞德《诗经》翻译中译古喻今的"现实"原则与意象主义诗学 [J]. 外语教学 ,2009(03):90-94.

[17] 刘白 . 诗歌与音乐的奇妙结合：论庞德诗歌中的音乐性 [J]. 湘潭师范学院学报 ,2007(06):124-126.

[18] 刘晓梅，李林波 . 庞德英译《诗经》植物意象研究 [J]. 外语教学 ,2016(06):101-104.

[19] 苏晓军 . 认知文体学研究：选择性述评 [J]. 重庆大学学报 ,2008(01):114-118.

［20］王金安，朱云会 . 构建中国诗歌"走出去"可持续发展体系：基于《诗经》的翻译出版 [J]. 出版发行研究 ,2017(06):90-93.

［21］汪敏飞 . 广告仿拟语的前景化特征及翻译研究 [J]. 中国科技翻译，2015(04):27-30.

［22］张德禄，郝兴刚 . 同题新闻评论文体对比研究 [J]. 外语教学，2020, 42(02): 1-7.

［23］张德禄 . 语言的功能与文体 [M]. 北京：高等教育出版社 , 2005.

论微型小说《桥边的老人》译介的创造性叛逆

陈亚杰　王春辉（内蒙古工业大学外国语学院，呼和浩特 010080 ）

摘要：

《桥边的老人》是美国作家海明威所著的微型小说，其已入选人教版高中语文选修科目《外国小说欣赏》。文章虽篇幅短小，但对照原文，笔者发现译文中包含大量文化层面的翻译现象。本文从媒介者、接受者、接受环境三个主体对该小说进行"创造性叛逆"探究，旨在探讨译者的个性化翻译如何将原文带入译语文化，读者在不同的历史时期如何理解译文以及环境给读者的理解带来哪些影响。

关键词：

微型小说；《桥边的老人》；创造性叛逆

Creative Treason in the Translation of the Mini-novel *The Old Man at the Bridge*
Chen Yajie；Wang Chunhui (College of Foreign Languages, Inner Mongolia University of Technology, Hohhot 010080，China)

Abstract:

The Old man at the bridge is a mini-novel written by the American writer Ernest Hemingway, which has selected as the senior high School Chinese elective subject *Foreign Novel Appreciation*.Although the article is short, comparing with the original text, the author finds that the translation contains a lot of cultural translation phenomena.This paper explores the "creative treason" of the novel from three subjects: the mediators, the recipient and the receiving environment,

基金项目：全国翻译专业学位研究生教育指导委员会项目"后疫情背景下民族地区 MTI 人才培养问题研究——以内蒙古自治区为例"（项目编号：XJG1230 ）。

作者简介：陈亚杰，内蒙古工业大学外国语学院教授，研究方向：二语习得、翻译理论与实践；王春辉，内蒙古工业大学外国语学院硕士研究生，研究方向：译介学。

aiming at exploring how the translator's personalized translation brings the original text into the target language culture. It also explores how readers understand the translation in different historical periods and how the environment affects readers' understanding.

Key words:

mini-novel ; *The Old Man at the Bridge* ; creative treason

---

0 引言

　　微型小说是一种通过对细节、场面的描写，以小见大地表现人物及反映社会生活的文学体裁，篇幅为 1500 字左右。它的本质特征是以小见大，以微显著，在单一中追求精美，从单纯中体现丰富（陆秀英，2007）。《桥边的老人》是美国著名作家欧内斯特·米勒尔·海明威（Ernest Miller Hemingway）所著的微型小说，其已入选人教版高中语文选修科目《外国小说欣赏》。1937 年至 1938 年正值西班牙内战，以战地记者的身份奔波于前线的海明威，在战争中取材写下此小说。小说主要讲述了一位老人和士兵在桥边的对话。小说构思精巧，语言精炼，立意深远，通过安静地描述人物间的对话体现了战争的残酷，展现了普通百姓饱受战火摧残的无奈。由于译者与原作者以及读者处于不同的文化、时代背景，不同程度的"创造性叛逆"现象由此而生。

　　学者们对微型小说的研究大都以关联理论、功能对等理论、目的论和解构主义等翻译理论为主，在文化方面的研究却少之又少。微型小说的语言本就精炼，而海明威的语言风格使得其更加精炼，选择其微型小说作为研究文本就显得十分有代表性。由于《桥边的老人》是高中选修课课文，所以学者们先前的研究总体以语言教学为主，涉及教学设计、文学教学等。例如，张宜波等人从多模态话语理论与"冰山理论"的角度对该文进行了解读，通过解读人物心理，揭示其内心世界。高伟红研究了《桥边的老人》的教学设计。总体来看，目前的研究尚未从文化视角对该译本进行解读。本文通过对比原文和译文，发现有大量文化层面的翻译现象，译介学正是从文化的层面解读并解决翻译中所遇到的问题，在这种创造性叛逆中，不同文化的交流、碰撞、变形等现象表现得特别集中，也特别鲜明（谢天振，1992）。故笔者从该理论着手，在翻译理论的角度下分析译者在翻译微型小说时是如何体现文化的碰撞与交流的，同时也分析读者和环境给翻译带来的影响。

1 创造性叛逆

"创造性叛逆（creative treason）"是谢天振译介学的理论基础与出发点。此术语最早由法国文学社会学家埃斯卡皮（Robert Escarpit）在其所著的《文学社会学》一书中提出："翻译总是一种创造性的叛逆。"谢天振是我国最早对"创造性叛逆"研究的学者，他认为，由于文学翻译，一部作品被引入一个新的语言环境，也就产生了一系列变化，它把原作引入了一个原作者所先没有预料到的接受环境，所以在不同的文化背景，不同审美标准、生活习俗下创造性叛逆反映了不同文化的交流和碰撞（谢天振，2013：109）。在理论层面，他认为在文学翻译中，创造性即译者以自己的艺术创造为再现原作而做出的努力，叛逆性即译者为达到某些主观愿望而表现出的译作对原作的背离。而在实际翻译中，创造性与叛逆性是无法分隔开的，是一个和谐的有机体（谢天振，2013：106）。此外，"创造性叛逆"是一个中性词，并无褒贬之意，客观地描述了翻译现象与本质（谢天振，2012）。

谢天振在《译介学》一书中归纳了"创新性叛逆"的四种表现形式：个性化翻译、误译与漏译、节译与编译、转译和改变，其主体包含媒介者、接收者与接受环境，也就是译者、读者和环境。一部作品，即使不超越它的语言文化环境，也不可能把它的作者意图完整无误地传达给它的读者，因为每个接受者都是从自身的经验出发，去理解、接受作品。本文从"创造性叛逆"的表现形式和其包含的主体这两个方面对微型小说《桥边的老人》进行解读，以期探究微型小说翻译过程中所遇到的问题，以及其在文化层面的翻译是如何进行的，译者、读者和环境在微型小说的翻译中又扮演了什么样的角色。

2《桥边的老人》中的创造性叛逆

2.1 译者的"创造性叛逆"对翻译的影响

媒介者指的是对两国或两国以上的文学之间的交流、影响起传递作用的中介者，主要指译者（谢天振，2013：111）。译者的创造性叛逆分为有意识、无意识两种类型，又具体表现为个性化翻译、误译与漏译、节译与编译、转译与改变这四种形式。《桥边的老人》中出现的创造性叛逆现象主要以译者有意识的个性化翻译为主。故本节主要从个性化翻译来对文章进行研究。个性化翻译是指译者在翻译时有自己信奉的翻译原则，并且有自己独特的翻译目标，其特点大部分主要是运用"归化"的翻译策略，即用自然流畅的译语来表达原语的内容；或"异化"，即译语文化"屈从"原著文化的现象（谢天振，1992）。在翻译时，译者在保证微型小说原文精炼的特点的前提下，还要用地道、流畅的语言将文章在译语的文化环境中体现出来，译者主要将这一点表现在词以及词组的翻译上。译者运用"归化"的翻译策略，将英文单词译为饱含汉语文化的动词，为译文增色不少，更加符合汉语读者的阅读习惯。主要有以下几点。

表1

原文	译文
crossing	涌
push against	扳
plodded along	踯躅
leave	撇下

文章开始主要形容了逃离战火的人群与车辆，在此处出现了许多动词，（1）cross 意为穿过、越过，"涌"本义为水向上冒，像水一样涌出，在短短的时间内通过浮桥逃亡的人群与车辆，随着时间的推移，变得越来越少，这也从侧面体现出逃离战争的人之多，在此处将 cross 译为"穿过、越过"显然不如"涌"这一词更加有动感。"涌"将过桥这一简单的动作变得生动起来，体现了人潮慌忙的逃离，渲染了战争即将到来的急迫感，这也与下文坐在路边的淡定平静的老人形成了鲜明的对比。（2）此处的背景是形容士兵在帮忙推车上坡。原文为："…soldiers helping push against the spokes of the wheels."（译文：一些士兵扳着轮辐在帮着推车）。首先，原文意为士兵们在帮着推轮辐，而译文增译了目的状语（在帮着推车），这就使得表达更清晰，明确地指出扳轮辐是为了推车。其次，"扳"意为使位置固定的东西改变方向或转动，原文中"push against"没有此层含义，这样译的好处为"扳"可以更细致地形容士兵

们用力的状态。该译语流畅自然，不仅增加了文章的画面感，而且也可以令读者更直接地理解文章内容。（3）"plodded along"这个词组在这里形容的是农夫逃离战火时，在尘土中艰难前行的场景。译者在这里译为"踯躅"。"踯躅"是汉语中的传统词汇，形容徘徊不前的样子。译者将"plodded along"这一词组译为"踯躅"不仅将原文意思完整地表达了出来，而且照顾到了微型小说精炼的特点。译者在海明威本就惜字如金的特点上将文本带入译入语的文化中，以更加简短的表达达到了多种目的。（4）第三处"leave"，形容主人公因为战乱不得不抛弃他照顾的动物而逃走。"撇"指丢开、抛弃、弃置不顾，此词在我国的古代诗词、元曲、明清小说里大量出现。像清代诗人龚自珍在其词作《如梦令·紫黯红愁无绪》中写到"撇下一天浓絮"；施耐庵在《水浒传》中《智取生辰纲》一回写到"撇下藤条"。译者这样处理正可以形容这里的场景，不仅体现了原作与译作文化的交流，也体现出译语的地道。

文中还有大量的对话，也体现了许多"创造性叛逆"现象。如老人与士兵的对话中，"I am sure"译为"我拿得稳"，"They'll probably come through"译为"它们大概挨得过"等，这些属于组合式述补结构，是现代汉语意义和形式的特殊配对体。其中"拿"与"挨"带有独特的汉语文化，在许多地区方言中都有使用。译者选择使用该结构，在保证译语地道的同时，也体现了译语简洁的风格。

例1

原文：

1. "Yes. Because of the artillery. The captain told me to go because of the artillery. "

2. "But what will they do under the artillery when I was told to leave because of the artillery?"

译文：

1. "是啊。怕那些大炮。那个军人叫我走，他说炮火不饶人。"

2. "可是在炮火下它们怎么办呢？人家叫我走，就是因为要开炮了。"

全文共出现了三处"Because of the artillery"，译者分别译为："怕那些大炮""炮火不饶人""因为要开炮了"这三种不同的译文。前两处译者运用意译方法没有将原文逐字翻译，而是用了"饶""怕"这些汉语常用词，避免了译文的生硬，行文也更加流畅，让目的语读者更能感受到文化氛围，避免了翻译腔的出现。而在第三处，译者并没有将其单单直译为"开炮了"，而是将名词"火炮"译为了"开炮"。英语是多用名词的语言，而汉语是多用动词的语言，这样译符合汉语用法，译文语言更加生动。

2.2 接受者和接受环境 "创造性叛逆" 对翻译的影响

接受者和接受环境也是创造性叛逆的主体，在很大程度上影响着翻译的效果。接受者也就是读者，其创造性叛逆来自他的主观因素和所处的客观环境，而所处的客观环境带来的影响也具体体现在读者接受上，即接受环境的创造性叛逆，所以要把接受者和接受环境的创造性叛逆作分别探究。

例 2

原文：

3："There were not so many carts now and very few people on foot, but the old man was still there."

译文：：

"这时车辆已经不多了，行人也稀稀落落，可是那个老人还在原处。"

原文：

4："There was a pontoon bridge across the river and carts, trucks, and men……"

译文：

"河上搭着一座浮桥，大车、卡车、男人、女人和孩子们在涌过桥去。"

"cart"在原文中共出现了五次，其中四次译为"大车"，一次译为"车辆"。"大车"一词最早在《诗经·王风·大车》里指的是大夫所乘之车，在《论语·为政》中则指的是牛车，《现代汉语词典》第 7 版的含义为牲口拉的两轮或四轮载重车，或对火车司机或轮船上负责管理机器的人的尊称，也作"大伅"（《现代汉语词典》，2016：239 ）。而鲁迅（ 2014：89 ）在《且介亭杂文·寄〈戏〉周刊编者信》中也写道："该是大车，有些地方叫板车，是一种马拉的四轮的车，平时是载货物的。"随着时代的发展，该词在当代被赋予了新的含义——重型卡车。而"cart"在《牛津字典》的释义为"A vehicle with two or four wheels that is pulled by a horse and used for carrying loads.",指的是马拉的四轮或两轮的载重车。"cart"在两处译文里指的显然不是火车、轮船上负责机器的人，而是牲畜拉的载重车。"Cart"和其他四处不同，译者单在第三处将"carts"译为车辆是有意识的误译。此处场景上接大量的车和人涌过桥去，撤离车辆的种类在此阶段还很齐全，由于大车撤离速度最慢，在此处翻译为"车辆"，就可以与之后越来越少的大车形成时间线，由此体现出战争的即将到来是译者有意识的创造性叛逆。

2.2.1 接受者的"创造性叛逆"

作为创造性叛逆主体的接受者在很大程度上影响着翻译的效果。一方面，接受者的创造性叛逆来自他的主观因素——世界观、文学观念、个人阅历。他们在阅读理解的同时，将自己的知识储备和人生阅历加入这个再创造的过程中。文学翻译中的接受者既包含译者又包含读者，而译者在不同的情况下是具有双重身份的，对于原作来说他是读者，是原作信息源的接收者；而对于译作来说，他是译者，在新的文化环境下他是信息的发出者（谢天振，2013：129）。

首先，从译作的时代背景来看，"大车"本就具有马车的含义。译文随着时间的前进面临着更多不同时代的读者。文本入选高中选修课课文，这就使得读者群体扩大到学生群体和老师群体。经过老师的教学，学生读者们对文章各词各句的含义解读会十分清晰明了。而译者服务的目标读者是与他同一时代的。其次，从时代发展的角度看，不同时代的读者会产生不同的意象。这是由于翻译把一个词、一个词组或一个意向输入到另一个文化圈子里后，接受者（读者）不可避免地会参与对它们的"创造性叛逆"（谢天振，2013：128）。"大车"随着时代与科技的不断进步被赋予了新的含义——重型车辆，这样，读者在面对"大车"时，就不可避免地增添了"重型卡车"这一含义。这一含义与译文中大车之后的卡车语义重复，产生歧义，从而产生"创造性叛逆"现象。

2.2.2 接受环境的"创造性叛逆"

不同的时代历史环境往往会影响读者接受文学作品的方式，虽然这种情况下的创造性叛逆体现在读者，但其根源是由于客观环境。在一篇作品译介之后，读者往往是不同文化、不同时代背景下的，在阅读时也就不免由于这些客观因素产生创造性叛逆了，虽然说接受环境确实没有行为能力，但它通过接受者的集体行为完成并反映出了它的创造性叛逆（谢天振，2013：129）。

随着历史的推进和科技的进步，读者难免会对一些词语、意象增添、歪曲进行联想，这样就发生了创造性叛逆，因此，本部分着重探讨接受者和接受环境是如何发生创造性叛逆的。探讨接受者和接受环境是离不开译者所处的历史时代的。译者宗博（1959—　），又名宗白，上海人。译者生活的年代物质条件还不丰富，机械化程度不高。在日常生活中，所使用的大型运载工具就是大车，也就是马车、骡车。译者作为原作的信息接收者，在当时的历史环境下，为保证语言流畅，贴近译语文化，将"cart"译为"大车"，符合当下时代背景。当时历史背景下的读者可以明确了解大车指的是马车，而不是重型车辆。这是由于当时中国的工业还不发达，载重车辆除了少数的卡车之外，大部分是马车，骡车。这并不是由接受者的世界观、个人阅历造成的，而是由客观历史时代因素造成的，符合接受环境的创造性叛逆。

3 总结

微型小说《桥边的老人》中的"创造性叛逆"主要是体现在字词上的。在翻译时，译者采取归化的翻译策略，用流畅自然的译语忠实地再现原文，将大量动词和名词"中国化"。在忠实的前提下，译文照顾到了微型小说精炼的这一特点，将原著带入译语文化中，赋予了作品崭新的面貌，符合译入语读者的习惯，加强了作品的文化交流。而对于读者来说，首先，读者的阅读理解也是一种翻译。读者阅读译文后，由于自身阅历和知识储备等主观因素的影响，其对文章进行再创造，使得文章的创造性叛逆更加丰富。其次，由于历史、时代环境与文化环境等客观因素，某些词或意象在不同时代有着不同的含义，这样就影响了读者阅读作品时的切入点与关注点，环境的创造性叛逆也由此产生。

微型小说立意深远，以小见大，由于篇幅短小凝练，翻译时，如何将作者每一个字词准确表达是一个不小的难题。所以，除了语言层面的翻译，我们更要注重文化方面的深层次因素，关注文化差异，关注读者和接受环境带来的影响，这样译文才会流畅、自然、优美，读者也能更好地接受作品。

参考文献：

［1］鲁迅 . 且介亭杂文 [M]. 沈阳：万卷出版公司 ,2014.

［2］陆秀英 . 微型小说中人物语言翻译的"显"和"隐"[J]. 南昌大学学报（人文社
会科学版）,2007(04):152-156.

［3］谢天振 . 译介学（增订本）[M]. 南京：译林出版社 .2013.10.

［4］谢天振 . 创造性叛逆：争论、实质与意义 [J]. 中国比较文学 ,2012(02):33-40.

［5］谢天振 . 论文学翻译的创造性叛逆 [J]. 外国语（上海外国语学院学报）,1992(01):32-
39+82.

［6］中国社会科学院语言研究所词典编辑室 . 现代汉语词典　第 7 版 [M]. 北京：商
务印书馆，2016.

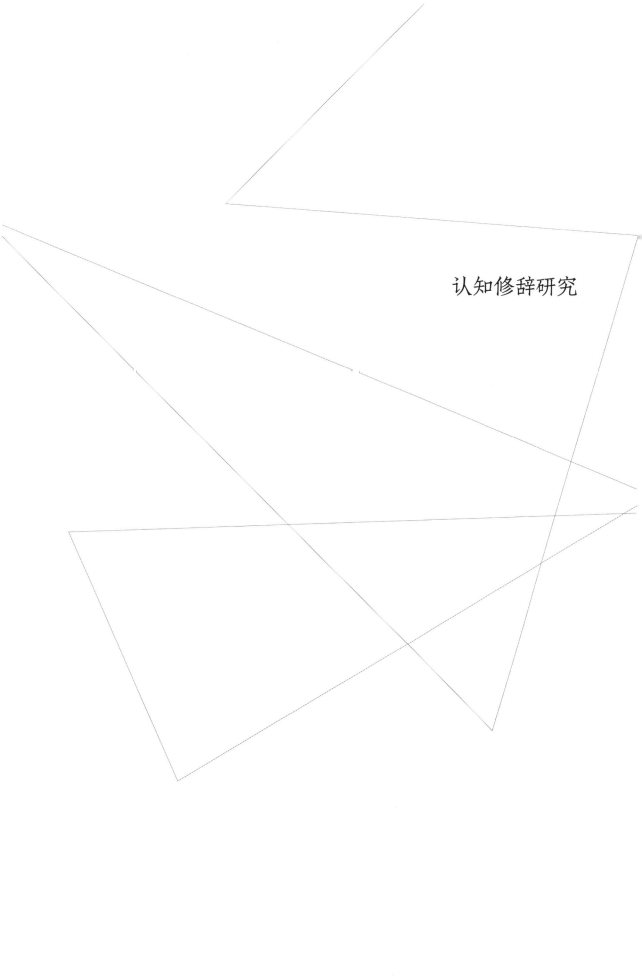
认知修辞研究

心智认知观照下的几类修辞移就

张智义（南京师范大学外国语学院，南京 210023）

摘要：

移就是一种宽泛的修辞手段，既往研究对移就的界定和分类不甚了然。本文从语义属性移用出发，借助心智哲学对心智机制，特别是内外感心智认知意向性和随附性的界定，依据内外投射对几类移就进行了分析。外向投射的移就一般从内在情绪或者既往具身体验投射到当下外在的具身体验；内向投射的移就从外在具身体验投射到内在情绪。在此分析的基础上，本研究认为经过内外心智认知作用的性状随附变化均属移就，隐喻是移就的上义修辞类别，而拟人、比附、通感均为移就的下义修辞类别。

关键词：

心智哲学；移就；镜像神经元；内外感心智认知

On Several Types of Hypallag from the Perspective of Mind Sensing Cognition
Zhang Zhiyi（School of Foreign Languages, Nanjing Normal University, Nanjing 210023, China）

Abstract:

Hypallag is a figure of speech in broad sense and the former studies lacked clear definition and classification of hypallag. The present study, starting from the feature transferring in semantic sense, analyzed four different categories of hypallag of both inner projection and outer projection, based on the mind mechanism, especially the intentionality and supervenience of inner and outer mind sensing cognition. The hypallag of outer projection normally projects the inner feeling or the former embodied experience to the present outer embodied

基金项目： 本文是作者张智义主持的江苏省社会科学基金一般项目"赵元任语言思想研究"（21YYB005）的阶段性成果。

作者简介： 张智义，博士，教授，博士生导师。现为南京师范大学外国语学院副院长，大学外语部主任，中国比较文学学会认知诗学分会理事，研究方向：英国浪漫主义诗学和认知语言学。

experience. The hypallag of inner projection normally projects the outer embodied experience to the inner feeling. On the basis of this analysis, the present study deems that the feature supervenience shift as a result of inner and outer mind sensing cognition can be considered the defining feature of hypallag.Metaphor, hypallag, personification, analogy as well as synaesthesia form hyponymic relation.

Key words:

mind philosophy; Hypallag; mirror-neuron system; inner and outer mind sensing cognition

0引言

移就是在日常生活和文学创作中经常使用的修辞手法，但是既往研究对移就如何界定并未形成一致观点，对移就的认知属性也缺乏深入研究（郎玲球，1986：41—42；伍铁平，1987：8—10；魏在江，2009：44—48；鲁俊丰，2012；王世群，2013：124—126；雷琼，2018：142；徐莉娜、汤春梅，2020：67—73）。本研究结合心智哲学研究成果对相关修辞现象进行剖析并认为，移就作为一种修辞手法具备特定的心智和认知基础，可以根据心智中随附性、意向性活动的差别进行细致的划分。

1移就和不同类型移就的既往研究

1.1 移就

移就翻译自英文的外来修辞概念，在英文中的表达为 Hypallag 或 Transferred Epithet（转移修辞）（Cuddon，1979），指将原本用来描摹一类事物的修饰语转用作描摹另一类事物（王希杰，2008：410），从而形成逻辑上的超常规语义搭配。如：

（1）Mother simply couldn't sleep on her painful pillow.

在此句中，原本用于描摹情感的 painful（痛苦的）转用作描摹 pillow（枕头），因此构成典型的移就。但是，即便就英文的转移修辞而言，也存在明确界定的困难，其可能存在同拟人、隐喻、借代等辞格的重叠和交叉。如：

（2）He was lying on the protesting bed.

（3）The glory of burning passion may well have faded.

（4）Brutal plan cuts off researchers in their prime.

三句均存在转移修辞，但又各有不同，（2）中"bed"发出的声响好似人的抗议，因此也形成了拟人格；（3）中因人在激动时往往热血沸腾，可以用温度来形容情感，激情高涨如同火焰燃烧，因此也形成了隐喻格；（4）中并非"plan"裁减，而是执行"plan"的人，是说人很"brutal"，因此也形成了借代格。

汉语界最早提出移就辞格的是陈望道先生，他在《修辞学发凡》中首提"移就"概念，并定义为"遇有甲乙两个印象连在一起时，作者就把原属甲印象的性状移属于乙印象的，名叫移就辞"（陈望道，2006：110）。从陈先生的界定可见，汉语的移就辞格边界比较模糊，凡在修辞上属性移用的都是移就。而最早研究移就辞格的唐钺，则认为"移就是两个观念连在一起时，一个的形容词移用到另一个上头的现象"（唐钺，1923）。由此，对移就的界定围绕两个基本面展开，一是语义层面的属性移转，二是语法层面的修饰语转移（邢福义，2002：240）。

1.2 不同类型移就及既往研究

本研究秉承陈望道先生对移就属性移用的定义，侧重从心智层面剖析这种转移的心智本质，以利于对移就辞格做进一步明确、统一的界定，并对移就的不同类型进行明确区分。本研究首先确定以下语句所代表的修辞现象均属移就（本文所用句例，均出自陈汝东所著《当代汉语修辞学》，2011）。

（5）这位高龄老人挥起怒气腾腾的手杖。

（6）我收回了自己飘远的思绪。

（7）一万年也不要骄傲，永远不要翘尾巴。

（8）机构翘盼羊年 A 股开门红。

上述（5）–（8）均具备一定的代表性，它们的共性是存在属性转移，按照语义属性转移的界定，均可视为移就辞格。（5）句单从"怒气腾腾的手杖"看，可以认为是拟人，将物赋予人的情绪来写，但也可看作将人（高龄老人）的情绪属性转移到物（手杖）上，类似的如"欢乐的火苗""感时花溅泪"等。（6）将原本描写云朵的修饰语"飘远"转移到"思绪"上，类似的有"残暴的脚步""水瘦山寒"等。从认知看，（5）和（6）的共性在于言说者或作为主体的人将属性投射到外物上，是一种外向投射。（7）中"翘尾巴"本属于描摹动物动作的语言，句中转用于指人的骄傲情状，也属移就，类似的有"怒发冲冠""摇尾乞怜"等。（"肺气炸了""心一沉"等也属此类，具体下文分析）（8）中"翘盼"表示"企盼""盼望"之情，本属于描摹人物动作的语言，转用于指人的情感或意志，属于移就，类似的还有"点头（表同意）""咋舌（表吃惊或害怕）"等。与（5）（6）不同，（7）（8）的共性特征是将属于客体或既往属性投射到言说者或主体上，是一种内向投射。同属于外向投射的（5）（6）的区别在于（5）为自身情绪的外向投射，（6）为既往体验的外向投射。而同属于内向投射的（7）（8）也有类似区别，（7）是他者体验的内向投射，（8）为自身既往经验的内向投射。

既往研究曾对上述几类移就多有涉及。如对于（5）类移就，徐呆（1993：20—21）在《移就、比拟界说》一文中，曾经以"我的车子缓缓驰过快乐的绿地翠木"为例，分析了移就和拟人辞格的差别，认为此句将属于特定语境特定人物——"我"的情态移属于"绿林翠木"就是移就，如果将"快乐的绿地翠林"单独剥离出来，以泛指的人的情态"快乐"指"绿地翠林"就是拟人。徐呆的这一区分实际跟（5）（6）的差别类似，一是主体属性的向外投射，一是泛泛的他者经验的向外投射，但实际都属于由属性移用形成的移就。对于（8）中"翘盼"，徐盛桓曾结合认知机制分析"翘盼"的修辞属性，以镜像神经元理论分析了"翘盼"如何从他者盼望思念殷切的心理情感转为翘盼的行为，经过镜像神经元作用再内化为言说主体"不胜盼望或思念"之情。本研究在对移就辞格"翘盼"进行基于心智哲学的分析时，将对相关的分析做出调整，使之更符合此类移就辞格的实际认知属性。对于（7）一类的移就，既往研究没有做过深入细致的分析，本研究也将结合心智哲学，特别是内外感受心智认知进行分析。

2 心智哲学及内外感受心智认知

心智哲学是在认知科学基础上发展起来的一种新的哲学形态，近年来国内学者结合心智哲学对语言和修辞问题进行了研究，形成了丰富的成果（徐盛桓，何爱晶，2014：1—6；徐盛桓，2012：6—10；徐盛桓，2010：30—35；刘彬、何庆庆，2019：87—93）。心智哲学最显著的特征是将认知和身体经验结合起来，在哲学层面思考现实、认知、语言三者之间的关系。"心""智"二字，"心"指心理，"智"指智能。心智过程反映了人对于事物的认知及其沉淀、储存和提取，并通过特定的符号形式将自身与外部世界相互作用的结果体现出来（Searle，1983：250）。

心智哲学以具身体验、心智感知和言语修辞之间的互动研究为己任，这其中比较重要的两个概念是随附性和意向性。所谓随附性，本质上说人的心理属性是随附于有关事物的物理属性的。从心智的角度看，随附性具体体现在心理活动随着所面对的事物的变化而变化。心智过程因而反映了心理同外界事物的相互作用（徐盛桓，2015：2—11）。具体到移就，探讨随附性就是要深入分析移就修辞所反映的心智感知和具身体验之间的互动性。而意向性指心智能够以各种形式指向具身体验，认知主体在心智的作用下将意向性赋予诸如语言等没有意向性的符号实体，依靠这些符号实体实现意义表征（甾卿，2013：28—34）。具体到移就，探讨意向性就是要厘清心智感知和具身体验之间的一类特殊互动在语言修辞层面如何实现。因此，本文对移就修辞的心智哲学进行解读，就是要在具身体验、心智感知和言语修辞的三维互动层面探讨移就的心智机制。

近期科学研究的进展进一步丰富了心智哲学的心智内涵。相关研究认为，心智机制可以进一步细化为内感受心智认知和外感受心智认知。内、外感受心智认知进一步明确了心智机制，也使移就修辞的心智阐释成为可能。外感受心智认知以大脑中的镜像神经系统为生理基础，不论是我们自己做出动作，还是看到别人做出同样的动作，或是想象自己或别人做某个动作，甚至在读到或听到某种感觉或运动的词语时，镜像神经元都会被激活（Aziz-Zadeh，Damasio，2008：35—39）。外感受心智认知中镜像神经元的激活，是心智认知机制中实现具身体验和智能交互的途径。由于移就修辞本质是性状投射，而性状必须以对外界的感知为基础，因此这一过程必然涉及镜像神经元的激活。而近期，内感受心智认知又成为心智哲学研究新的热点。内感受的最新定义是神经系统感觉、解读和整合来自身体内部的信号，用于实时向大脑提供身体内部状态的信息（Damasio，2018；周频，2020：75—85）。内感受心智认知实际是情绪体验向大脑内部神经系统，包括镜像神经元的传输，是心智认知机制中实现心理和智能交互的途径。由于移就的形状投射涉及心理感受，因此移就也涉及内感受心智认知。综上，从心理过程看，移就是内、外感受心智认知随附具身体验的结果；从言语过程看，移就是语言修辞对心理过程意象投射的结果。

下面将结合心智哲学及内外感受心智认知对几类移就的心智机制做具体分析，

并在此基础上对移就做出基于心智哲学的界定和分类。

3 几类移就的心智认知分析

（5）代表一类主体情思向外物传递的外向投射过程，过去一般被界定为拟人，但在宽泛意义上属于移就。由于涉及投射，我们借助隐喻的认知分析方法，以源域和目标域将移就的心智机制具体化（Lakoff，1980）。对于（5）而言，从心智看，"怒气腾腾"原属于"高龄老人"的情绪状态（源域），是一种内感心智认知的情绪体验。这种情绪体验会通过心血管系统和呼吸系统的综合作用（如"怒"表现为心跳加速、呼吸急促等"气息""上腾"），形成身体内的化学、渗透压和体积变化的信号，传输到大脑内部神经系统，这其中也包括镜像神经元系统，这就完成了一个由心转智的过程（Gibbs，2006：434–458）。镜像神经元的激活会激发一些外在的动作，如肢体的抖动等，这就完成了一个由心智转向具身体验的过程。此时由于肢体抖动的行为有手杖作为施为对象，内外感受心智认知随附于手杖（目标域）。手杖成为因发怒情绪导致内感系统变化，再到镜像神经元激活，直至引发具身体验整个过程的结点。这是一个体现身心互动的随附性过程，情绪体验从最初的随附于心变成最后的随附于物。如果从言实互动的意向性过程看，怒气腾腾就从一个随附于心、描写主体心情的修饰语成分，移就为一个随附于物，描写客体手杖的修饰语成分。（5）类移就的心智机制和修辞机制如下。

（源域）内感心智认知的情绪状态→镜像神经元→肢体动作→手杖（目标域）心智机制的意象过程

（源域）怒气腾腾随附于心→怒气腾腾随附于手杖（目标域）修辞机制的随附过程

（5）类移就在心智认知方面的共性特征是由主体感受投射向客体事物。此类移就基本遵循相同的模式。如以"欢乐的火苗"为例，主体的感受是"欢乐"，反映到镜像神经元是因欢欣而跃动，随附于"火苗"的跃动特征，经过修辞意向形成移就；再以"感时花溅泪"为例，主体的感受是"伤感"，反应到镜像神经元是事实或想象的因感伤而落泪的行为，随附于"花"的含苞带露特征，形成移就。这和前期基于"感受质"（quale）的移就分析有很大差别。所谓感受质，指有普遍性的、和事物的物理生化属性有别的，为人能够辨析和感受的特质（Lewis，1929）。前期结合感受质的移就分析认为，移就实质是一种由外及里的心理投射，且不经过外感心智认知的作用，直接由外物的感受质属性内化为主体的心绪体验（Sun etc，2018：13—26）。这种分析方法有三个问题：一是感受质的界定比较模糊，如果认为客观事物具备主观属性则难免陷入客观唯心主义；二是与修辞事实不符，"不欢乐的篝火"不可接受，因为"欢乐"的跃动属性经过镜像神经元和"篝火"的跃动属性相符，可以成立；三是"不欢乐"由于缺乏由情绪提示的镜像跃动，进而不能投射外在物理属性，因此修辞意向性难以建构。同理，试想一朵丁枯的花朵难以在修辞上做出"感时花溅泪"的移就，因为伤感的情绪触动流泪镜像，跟"含苞带露"的物理属性吻合，因此移就成立。而本研究所提出的由情绪内感到镜像神经元外感再到事物物理生化属性的分析思路，坚持了修辞的唯物基础和修辞事实。

（6）代表另一类外向投射，其心智机制可以分为两类。对于（6）而言，"飘远"是物理属性，通常用于指云彩。从具身体验和心智认知的随附性看，云彩的飘远是一个一般的感知经验，这种感知经验在言说者实施"我收回了自己飘远的思绪"这一特定的言语行为时，"云彩飘远"这一想象性的具身体验（源域）激活镜像神经元，产生相应的心智反应，此时激活的镜像神经元会将"飘远"的动态体验投射到具有相似"远离核心话题"特征的"思绪"（目标域）上。从言语的意向性上看，飘远从一个随附于云彩、描写云彩动态的修饰语成分，移就为一个随附于思绪、描写思绪样态的修饰语成分。除了（6）以外，外向投射还有一种类型，以"残暴的脚步"为例，从具身体验和心智认知的随附性上看，"残暴"也是一类感知体验，其具体体现为用重力压迫、打击对象，这种体验在"残暴的脚步"言语行为中，压迫、打击的想象性具身体验（源域）激活镜像神经元，产生心智反应，与"飘远的思绪"不同，此时属镜像神经元的外感心智认知会进一步引发内感心智认知的情绪变化，引发类似心悸、畏惧的情绪体验（"残暴"一词的情感体验即由此而来），这种情绪体验返回镜像神经元会激活想象的重压或重击行为，投射到脚步的重踏（目标域）。从意向性过程看，"残暴"从一个随附于行为（重压、重击）和情绪（心悸、畏惧）综合体的状态修饰语，移就为一个随附于外在事体（脚步）的状态修饰语。因此，"残暴的脚步"中的修辞移就比"飘远的思绪"中的修辞移就心智机制更复杂。前者历经从体验到外感心智，从外感心智到内感心智，内感心智回归外感心智，外感心智到体验的数次折射性投射。而后者仅是一个由体验到外感心智再到体验的单次折射性投射过程。

（7）和（8）代表内向投射类型的移就。先看（7），"翘尾巴"（源域）是小狗等小动物的一种情绪行为。动物学研究表明，动物行为有多重类型，但不管哪种行为都是动物对复杂环境的适应性表现（唐自杰，1993：22—26）。人们在长期观察动物行为的基础上，发现小狗在得意时会翘起尾巴，因此建立起动物情绪（得意）和动物行为（翘尾巴）之间的关联。当用"翘尾巴"来表现人自身的"得意"情绪时，其心智认知的机制是人们既有的具身体验（动物的翘尾巴＝动物的得意情绪）会通过外感心智认知想象小狗翘尾巴，从而激活镜像神经元，镜像神经元进一步引发内感受心智认知中"得意"类型的情绪体验（目标域），"翘尾巴"具身体验与心智机制的随附性进程因而得到有效解释。从修辞意向性看，"翘尾巴"从一个随附于动物的行为描述语，移就为一个随附于主体"得意"心绪的状态修饰语。"怒发冲冠"和"摇尾乞怜"也有类似的分析，头发无法直竖而冲冠，但熟悉斗鸡的都清楚斗鸡头部鸡毛直竖的形态，这是以鸡毛直竖＝鸡愤怒情绪的具身体验（源域）比附人的愤怒情绪（目标域）。"摇尾乞怜"不再赘述。又前文述及"肺气炸了""心一沉"也归于此类，这是因为，"肺气炸了"以外物爆炸的具身体验（源域），激活镜像神经元，复指向肺气充盈而裂般的涉及呼吸系统的内感受心智认知，以表达极端愤怒的情感体验（目标域）。"心一沉"以石头沉水的具身体验（源域），激活镜像神经元，复指向与心肌缺血相似的循环系统的内感心智认知，以表达瞬间由高昂到失落的情感体验（目标域）。既往研究往往以此类移就的情绪体验为心智认知研究的难点，认为"行为—情感语言的表达用的是人们看不见的内脏'行为'，如肝肠寸断、大倒胃口、心都碎了、肺气炸了、心一沉等等。它们的研究进路是怎样的，还需要包括实证研究在内的进一步探讨"（徐盛桓，2016：16）。本研究将其归入心智的内向投射机制，以具身体验作为整个机制的基础，以镜像神经元的外感心智认知触发内感心智认知的情绪体验，一方面遵循了认知的唯物基础；另一方面也在一定程度上明确了情绪转移和修辞移就的进路机制。当然，完全意义上的科学分析还有待以神经认知为基础的心智哲学的进一步发展。

最后一类是以（8）为代表的内向投射移就。对于这类移就，徐盛桓先生曾专门撰文论述。相关研究以身体—情感转喻分析"翘企"类移就（徐盛桓，2016：13）。

不胜翘企，就是用主体"翘企"的身体行为表现出转喻主体不胜盼望或思念之情。"翘企"就是一个喻体，而这个喻体也需要一个新的喻体对它进行解读，因为这是人类经验世代积累下来、已经凝固为一个社会群体的社会认知。具体图示如下。

盼望思念殷切的心理情感 → 个体翘企行为→ 社会群体的社会认知

　　　　　　　　　　"翘企"　　　→"不胜盼望或思念"

　　　　本体 → 喻体

　　　　本体　　　　　→ 喻体

从给定的图示可以看出，这种分析模式实际遵循的是一种由内及外的投射机制，即本体的一种内在心绪"盼望思念殷切"（源域）向外投射成一种"翘企"行为（目标域），进而投射成为所谓社会群体的社会认知，即宽泛的"不胜盼望或思念"之情。在徐盛桓研究的基础上，本研究认为，当我们用"翘企"，实际是使用一个描述外在行为性状的词指向一种内在心理情状，即以跷起脚，直起腰，极目远望的动作情状来表达急切盼望的殷殷之情。因此，本研究将（8）界定为内向投射，并认为（8）与（7）的差别在于（7）是外物经验向主体心绪的内向投射，（8）是主体体验向主体心绪的内向投射。具体来看，当用"翘企"来表现人自身的"殷切期盼"的情绪时，其心智认知的机制是，人们既有的具身体验（人跷脚、直腰、愿望系列动作 ＝人的殷殷期盼情绪）（源域）会通过外感受心智认知想象"翘企"行为，从而激活镜像神经元；镜像神经元进一步引发内感受心智认知中"殷切期盼"类型的情绪体验（目标域），"翘企"具身体验与心智机制的随附性进程因而得到有效解释。从修辞意向性看，"翘企"从一个随附于人的行为描述语，移就为一个随附于主体"殷切期盼"心绪的状态修饰语。"点头（表示同意）""咋舌（表示吃惊或害怕）"等也做此解。此种解释从人的具身体验出发，符合唯物论的基本观点；由具身体验返归内心感受，符合移就类修辞的本体属性。

4移就的心智界定及分类

上文我们对（5）（6）类的外向投射型移就和（7）（8）类的内向投射型移就所涉

及的具体心智机制进行了分析，我们以表 1 对不同类型移就的心智机制方式、源域、目标域、涉及的主客体进行总结。

表 1　不同类型移就的心智机制总结

移就类型	心智机制方式	源域	目标域	主客体	移就实例
外向投射	情绪—镜像神经元—具身体验	情绪	具身体验	主体—客体	欢乐的火苗
	具身体验—镜像神经元—具身体验	具身体验	具身体验	客体—主体—客体	飘远的思绪
	具身体验—镜像神经元—情绪—镜像神经元—具身体验	具身体验	具身体验	客体—主体—客体	残暴的脚步
内向投射	客体具身体验—镜像神经元—情绪	具身体验	情绪	客体—主体	翘尾巴
	主体具身体验—镜像神经元—情绪	具身体验	情绪	主体—主体	翘企

结合表 1，我们可以对移就修辞在心智层面做统一界定。从心智机制来看，凡涉及具身体验、内外感心智认知交互作用的随附性心智过程，都可以明确界定为移就。这和移就修辞的本体属性界定相吻合。移就就是性状移用，具身体验是一种现实性状，以镜像神经元为基础的外感受心智认知是一种感知性状，以内在生理系统为基础的内感受心智认知是一种情绪性状，三者之间的互动或相互投射，必然涉及移就。从修辞机制看，凡是在具身体验和内、外感受心智认知间将随附于一物的性状修饰语或描述语转向随附于另一物的意向性作用，都是修辞移就。

下面将结合心智机制分析移就、隐喻、拟人、比附、通感等几类修辞的差别。从心智机制看，隐喻是最宽泛的修辞类别，凡是涉及源域和目标域转换的都可以被看作隐喻。这就是为什么在认知和认知语言研究中，隐喻都被赋予非常重要的地位，即所谓的"我们生活在隐喻中"（Lakoff & Johnson，1980）。但是隐喻可以分为很多类别，只有那些涉及具身体验和内、外感受心智认知互动的隐喻才可以被看作移就。

我们以"月亮是银盘"和"悲惨的皱纹"为例，对宽域层级的隐喻修辞和窄域层级的移就修辞做出区别。在"月亮是银盘"中，源域的月亮意象引发视觉刺激，通过大脑内部光电信号的转化，投射为储存在记忆区的目标域"银盘"意象，这就完成了一个简单的意象投射，并没有触动作为外感受心智认知的镜像神经元。而"悲惨的皱纹"是一个（6）类的移就，源域的具身体验，如悲惨的人生遭际引发镜像神经元的外感受心智，继而触发内感受心智的悲哀心绪，反过来又投射到饱经风霜、历经世事的目标域"皱纹"上，因此成就移就修辞。

前面我们按照内、外投射对移就做了分类。实际上，如果按照主、客体关系，移就可以分为拟人、比附或者通感；如果将主体的内在情思向外经过镜像神经元投射到客体上，就是拟人，如"快乐的绿地翠木"无须像前文所述徐杲的研究那样做进一步区分；如果将客体经历经过镜像神经元投射到主体的内在情思上，就是比附，如"摇尾乞怜"等；如果将客体经历经过镜像神经元或者内感心智认知投射到别的客体经历上，就构成通感，如"飘远的思绪"等。所以隐喻是最宽泛的投射修辞，涉及心智三元素互动的是移就，拟人、比附、通感是移就的窄义修辞类型。

5 结论

既往的移就辞格研究在移就的修辞属性和类别区分方面并未形成一致的结论。本研究则结合新近心智哲学对心智意向性和随附性的界定，特别是内、外感心智认知对几类不同类型的移就修辞进行了分析。认为移就从心智随附性机制看，都存在具身体验、以镜像神经元为基础的外感心智认知和以内生理系统为基础的内感心智认知的交互，存在源域向目标域的投射；从修辞意向性机制看，都存在随附于一物的修饰或描述语向随附另一物转移。移就也是隐喻，但移就是存在身心互动的隐喻，按照主客体互动的差别，又可以有拟人、比附、通感等窄义移就修辞。本文是借助心智哲学对从修辞问题进行研究的一次尝试，并始终将分析建立在认知唯物性和修辞事实性的基础上，而要真正透彻了解修辞实际的神经、认知、心智机理，恐怕还有大量的理论和实证工作要做。

参考文献：

［1］陈汝东.当代汉语修辞学[M].北京：北京大学出版社，2011.

［2］陈望道.修辞学发凡[M].上海：上海教育出版社，2006.

［3］雷卿.意向性与语言的表达及理解[J].中国外语,2013(5):28-34.

［4］刘彬,何庆庆.心智哲学视域下意向语境的认知翻译研究[J].中国外语,

2019,16(6):87-93.

[5] 唐钺 . 修辞格 [M]. 上海：商务印书馆 , 1923.

[6] 唐自杰 . 论人和动物心理的区别和联系 [J]. 重庆师范学院学报（自然科学版 ）,1993(2):19-23.

[7] 王希杰 . 汉语修辞学 [M]. 北京：商务印书馆， 2018.

[8] 邢福义 . 现代汉语语法修辞专题 [M]. 北京：高等教育出版社， 2002.

[9] 徐杲 . 移就、比拟界说 [J]. 当代修辞学 ,1993(6):20-21.

[10] 徐盛桓 , 何爱晶 . 转喻隐喻机理新论：心智哲学视域下修辞研究之一 [J]. 外语教学 ,2014,35(1):1-6.

[11] 徐盛桓 . 隐喻研究的心物随附性维度 [J]. 外国语（上海外国语大学学报),2015,38(4):2-11.

[12] 徐盛桓 . 从心智到语言：心智哲学与语言研究的方法论问题 [J]. 当代外语研究 ,2012(4):6-10.

[13] 徐盛桓 . 镜像神经元与身体 - 情感转喻解读 [J]. 外语教学与研究 ,2016,48(1):3-16+159.

[14] 徐盛桓 . 心智哲学与语言研究 [J]. 外国语文 ,2010,26(5):30-35.

[15] 周频 . 神经科学的发展与具身语义学的兴起 [J]. 外国语（上海外国语大学学报),2020,43(6):73-83.

[16] 伍铁平 . 从"移就""拈连"看辞格之间和修辞与语法之间界限的模糊性（下 ）[J]. 当代修辞学 ,1987(5):9.

[17] 徐莉娜 , 汤春梅 . 从及物性视角探移就格研究及翻译中的盲点 [J]. 外语研究 ,2020,37(3):67-73.

[18] 王世群 . 谈谈移就的界定及其心理机制 [J]. 湖北社会科学 ,2013(7):124-126.

[19] 雷琼 . 浅谈"移就"修辞格 [J]. 语文教学与研究 ,2018,(12):142-142.

[20] 魏在江 . 移就辞格的构式新解：辞格的认知研究 [J]. 外语学刊， 2009(6):44-48.

[21] 鲁俊丰 . 心智哲学视角下的移就建构新解 [J]. 重庆科技学院学报：社会科学版 ,2012(7):123-125.

[22] Aziz-Zadeh,L.&A.Damasio. Embodied Semantics for Actions: Findings from Functional Brain imaging[J]. *Journal of Physiology-Paris*， 2018 (13)：35-39.

[23] Cuddon, J. A. *A Dictionary of Literary Terms*[M].London: Andre Deutsch, 1979.

[24] Damasio, A. *The Strange Order of Things: Life, Feeling, and the Making of Cultures*[M]. New York: Pantheon Books, 2018.

[25] Lakoff,G.&M.Johnson. *Metaphors We Live By*[M]. Chicago: University of Chicago Press,1980.

[26] Sun,Y.Yang,Y.&Kirner-Ludwig,M. A Crosslinguistic Study into Culturally Motivated Resemblances and Variations in Transferred Epithet Metaphors in Chinese and English[J]. *Cognitive Linguistic Studies*,2018(3):13-26 .

壮族史诗《麽经布洛陀》的隐喻认知研究

张媛飞[1]，刘　洪[2]

（1. 四川外国语大学英语学院，重庆 400031；2. 北部湾大学国际教育与外国语学院 广西钦州 535011）

摘要：

以壮族史诗《麽经布洛陀》为研究对象，结合抄本口头传唱特点，聚焦抄本中显性隐喻，通过对史诗中隐喻类型、特征等进行较为全面的梳理和分析，阐释隐喻的成因、功能，从而揭示壮族隐喻思维和认知的关系。

关键词：

壮族史诗《麽经布洛陀》；隐喻；认知

A Cognitive Study of Metaphors in Zhuang Epic *Mo Scripture of Buluotuo*

Zhang Yuanfei[1]; Liu Hong[2] （1.School of English Studies,Sichuan International Studies University, Chongqing 400031, China；2.College of International Studies, Beibu Gulf University, Qinzhou 535011, China）

Abstract:

Taking Zhuang epic "*Mo scripture of Buluotuo*" as the research object, combined with its oral singing characteristics of the manuscript, this paper focuses on the explicit metaphors and explains the causes and functions of them through a more comprehensive analysis of types and characteristics of metaphors in the epic, so as to reveal the relationship between the Zhuang nation's metaphorical thinking and cognition.

基金项目：广西哲学社会科学规划研究课题"壮族史诗《布洛陀》的认知口头诗学研究"（项目编号：20FZW001）的阶段性成果。

作　　者：张媛飞，北部湾大学国际教育与外国语学院副教授，研究方向：认知诗学、认知语言学；刘洪，北部湾大学国际教育与外国语学院助理研究员，研究方向：认知诗学。

Key words:

Zhuang epic *Mo scripture of Buluotuo*; metaphors; cognition

0 引言

布洛陀史诗是对流传在壮族民间、以布洛陀为主要神祇的史诗的统称。因史诗多诵于麽教仪式中，故"布洛陀史诗"又被称为"布洛陀经诗""麽经布洛陀"等（李斯颖，2015）。作为壮族一部古老而内容丰富的创世史诗，布洛陀史诗主要流传于壮族聚居的广西红水河、右江流域以及云南的文山州，内容主要包括了布洛陀创造天地、人类、世间万物、土皇帝、文字历书和伦理道德等方面，反映了人类从原始蒙昧时代走向农耕时代的历史以及壮族先民各个部落的社会生活情况。由于千百年的传唱加工，史诗语言精练工整，五言体押韵、朗朗上口，形式保留了很多古壮语和宗教语的痕迹，为当今所无，这对历史学、文学、宗教学、音韵学和音乐学研究等方面有着重要的学术价值。

本文以 2004 年由张声震主编的《壮族麽经布洛陀影印译注》（八卷本）为研究对象，这是目前已经出版的规模最大、系统最全的壮族典籍，是珍贵的少数民族手抄文献，是重要的国家级非物质文化遗产。结合抄本的口头传唱特点，聚焦抄本中的显性隐喻，又称"明喻"，通过对布洛陀史诗中隐喻类型、特征等进行较为全面的梳理和分析，阐释隐喻的成因、功能，从而揭示壮族隐喻思维和认知的关系。

1 隐喻理论

隐喻理论是认知语言学的一个重要理论，隐喻不仅存在于文学世界中，而且存在于我们日常的生活、语言、思维和哲学中。隐喻无处不在，不用隐喻来思考经验和推理是很难想象的。隐喻不仅是伟大诗人的创举，更是人类认知世界的正常方式，是人类所有思维的特征，普遍存在于全世界的文化和语言之中。

1.1 隐喻的定义

关于隐喻的定义，很多知名学者都做出了论述。伯克（Burke，1945：503）指出，隐喻是通过某事理解另外一事的机制；莱考夫和约翰逊（Lackoff & Johnson，1980：5）指出：隐喻是通过另一类事体来理解和经历某一类事体；斯威彻尔（Sweetser 1990：8，19）认为隐喻是语义变化中一种主要建构力，在不同概念域之间运作。

亚里士多德从修辞角度认识隐喻，认为隐喻主要是词层面上的一种修辞现象（王寅，2006：404）。国外最早从认知角度解释隐喻的要数洛克（Locke），他于 1969 年在《论人类思维》(*Essay Concerning Human Understanding*)中就提出了类似概念隐喻的观点，正如利瑞（Leary）于 1990 年所指出的：换句话说，洛克认识到我们基本的心智概念是隐喻性的（Dirven, R. & R. Porings，2002：555）。

当代认知科学普遍认为：隐喻在本质上不是一种修辞现象，而是一种认知活动，对我们认识世界有潜在的、深刻的影响。隐喻是人类认知活动的工具和结果，这就摆脱了将隐喻视为"两事体基于相似关系进行比较"的局限（王寅，2006：406）。笔者同意此观点，隐喻由认知而起，是认知的结果，同时又推动了认知的发展，揭示出隐喻在人类认知和推理中所起的重要作用，这对于人类认识世界、形成概念、拓展知识、进行思维、推理有着至关重要的意义。

1.2 隐喻的分类

隐喻的分类比较复杂，从不同的角度、方法和观点对隐喻做出的分类不同，下面梳理一些常用的分类法。

第一，从表现形式分，可将隐喻分为显性隐喻和隐性隐喻。显性隐喻是指含有诸如 like、as、as if、as though 等喻词的隐喻，又被称作明喻（Simile）；隐性隐喻不用喻词，英语中用 be 一类的词。亚氏把明喻和隐喻视作同类，并认为后者为前者的缩略形式，前者是从后者派生而来，他主要是从词层面上理解隐喻，通常是用一个表示某物的词借喻他物，包括以下四种隐喻：以属喻种、以种喻属、以种喻种、彼此类推（亚里士多德，1999：149）。

束定芳也指出，明喻是隐喻的一种，并将其称作显性隐喻（束定芳，2000：51）。汉语中明喻的典型形式是"A 像 B"，喻词如"仿佛""好比""如""像""好像"等标识显性隐喻表达，布洛陀史诗中有很多这样的隐喻表达。

第二，从活跃程度分，隐喻分为消亡隐喻、潜伏隐喻和活跃隐喻。布莱克（Black，1979：25）不同意将隐喻分为死喻（Dead Metaphor）和活喻（Live Metaphor），提出将隐喻分为：消亡隐喻、潜伏隐喻和活跃隐喻三种。消亡隐喻是指本体和喻体之间难以建立联系的表达；潜伏隐喻是指原为隐喻表达的说法，现在人们通常意识不到，但是注意一下仍可有效恢复原初隐喻含意的表达；活跃隐喻是指明显的隐喻，隐喻理论应该主要研究这类隐喻。

第三，从认知角度分，隐喻分为结构隐喻、方位隐喻和本体隐喻。莱考夫和约翰逊（1980）在《我们赖以生存的隐喻》中首次提出概念隐喻，他们认为人类的概念系统以隐喻为基础，隐喻的本质是通过另一种事物来理解和体验当前的事物。他们将隐喻分为三类：结构隐喻、方位隐喻和本体隐喻。结构隐喻（Structural Metaphors）是指隐喻中具体的始源概念域的结构可系统地转移到抽象的目标概念域中去，使得后者可以按照前者的结构系统地加以理解。方位隐喻（Orientational Metaphors）是指一个概念通过完整的体系构建另一个概念。本体隐喻（Ontological Metaphors）是用关于物体的概念或概念结构来认识和理解我们的经验。

第四，从词类角度分，当代认知语言学将隐喻研究范围大大拓展，除明喻外，还包括转喻、提喻、反语、引喻、讽喻、谜语、通感、寓言、成语、歇后语等。可分为名词性隐喻、动词性隐喻、形容词性隐喻、副词性隐喻、介词性隐喻等。

第五，从派生性角度分类，可将隐喻分为根隐喻和派生性隐喻。莱考夫和约翰逊所说的概念隐喻就是指根隐喻，位于一个概念结构中心，在本体和喻体之间有较多的相似性，在此基础上可以派生出其他很多隐喻。如他们认为"The mind is a machine"是一条根隐喻，可以形成很多派生隐喻，如：

> We're still trying to grind out the solution to this question.
>
> My mind just isn't operating today.
>
> I'm a little rusty today. (1980：27)

第六，从隐喻是否基于相似性角度来分，可分为以相似性为基础的隐喻和创造相似性的隐喻。很多学者认为隐喻是基于相似性的，莱考夫和约翰逊（1980，1999）则从另外角度强调了隐喻可以创造相似性，而不是基于相似性。如"Money is the lens in a camera"，金钱和照相机镜头之间本来不存在客观的或为常人所接受的相似性，是认知主体通过认知将两者所存在的某种相似性联系起来（照相机镜头能反映出一个人的不同面貌，金钱也可检验出一个人的品质），从而创造出了二者之间的相似性，使人们对金钱有了新的认识。但是隐喻性的说法因人而异，对于熟悉这一说法的个体而言，二者之间早有这种隐喻联系，会认为是基于相似性的隐喻，但对于不熟悉的个人来说，就会创造出一种相似性关系。我们认为隐喻和相似性之间存在一种辩证关系，既有基于相似性的隐喻，同时隐喻也创造相似性。束定芳认为：从某种意义上来说，所有的隐喻都包含这两种情况，只是程度不同而已（束定芳，2000：59）。

1.3 概念隐喻理论

概念隐喻理论认为，隐喻是人们认识、感知（perceive）其他事物的基本认知过程，即通过一个概念域对另一个概念域的理解（Lackoff，1987；Johnson，1987）。

概念隐喻理论的基本要素是源域、目标域和映射，隐喻的认知方式是从源域（喻体）到目标域（本体）的映射。隐喻的映射是一个系统的过程，映射的方向是由源域至目标域的单项映射。源域和目标域之间存在着一对一、一对多或多对一的不同映射方式，这种跨域映射的实体对应关系使得人们能够通过简单具体的事物去理解和体验另一种复杂抽象的事物以达到认知世界的目的。

隐喻是建立在相似性的基础之上的，同时，隐喻也能够创造相似性。通过映射，读者会对原有的概念进行重新整合，某些与源域相关的特征得以凸显，某些无关的特征则被掩盖，或者之前头脑从未有过的认识会在大脑里建立新的联系和相似性。一般来说，隐喻只有一次从源域到目标域的映射过程，但有些隐喻却有两次或多次这样的映射过程，映射的最后结果才是隐喻结构所代表的概念范畴。

莱考夫（1987：295）认为，概念隐喻并不一定（各个民族）都是一样的，也就是说，不同的民族对于同一抽象概念会有不同的隐喻来加以认识。某一民族通过隐喻对抽象现象进行认识的方法也会随着时间的改变而改变（1987：129）。

2 布洛陀史诗的隐喻类型及隐喻特征认知分析

布洛陀史诗中的隐喻，大部分是以相似性为基础的显性隐喻，即明喻。相似性在明喻建构中同样是不可或缺的，这种相似性是人们的心理认知共同创造的。当隐喻出现时，人们会下意识地将两个具有相似性的不同事物或现象联系到一起去理解。史诗的口头传唱需要听众在最短的时间内达到最大程度的理解，才能最大限度地发挥现场吟唱的功能，由于受众的认知水平存在差异，理解时间和程度则会不同，如果受众对二者的相似性缺乏了解，则会在理解隐喻的过程中创造相似性、重新建立相似性。

2.1 基于相似性的隐喻类型梳理

布洛陀史诗《麼经》八卷 3070 页 5 万多诗行中，隐喻表达主要集中在前面 4 卷，除去重复表达，共有 66 个隐喻：其中 64 个为显性隐喻，2 个为隐性隐喻。64 个显性隐喻均为具体概念域向具体概念域的映射，即源域和目标域均为具体的概念域；2 个隐性隐喻为具体概念域向抽象概念域的映射，是关于"长寿"和"绞"的表达（篇幅有限，另文讨论）。因此，本文将聚焦史诗中出现的 64 个显性隐喻进行讨论分析。

经过归纳整理发现，建立在以"颜色相似性"为基础的系统映射隐喻有 7 个（见表 1）；以"形状相似性"为基础的系统映射隐喻有 21 个（见表 2）；以"习性相似性"为基础的系统映射隐喻有 6 个（见表 3）；以"形态、状态相似性"为基础的系统映射隐喻有 10 个（见表 4）；以"景象相似性"为基础的系统映射隐喻有 6 个（见表 5）；以"效果相似性"为基础的系统映射隐喻有 4 个（见表 6）；以"味觉相似性"为基础的系统映射隐喻有 4 个（见表 7）；以"数量相似性"为基础的系统映射隐喻有 3 个（见表 8）。此外，以"声音相似性""温度相似性""图案相似性"为基础的各 1 个（见表 9）。

表 1　基于颜色相似性的隐喻映射

序号	目标域	相似性	源域
1	脸青		蓝靛、铜
2	手黑		乌鸦
3	手脚红		火
4	皮黑	颜色 ←	乌鸦
5	说话黑		蓝靛
6	脸白		纸
7	脸黄		黄姜

表 2　基于形状相似性的隐喻映射

序号	目标域	相似性	源域
	身体倾斜		鱼帘、篱笆
2	身体掉落		拦江网
3	天塌		斗笠
4	地陷		背蓬
5	身体蜷缩		虾
6	身体瘫软		草、糍粑
7	身体细小		苍蝇
8	尾巴		拦江网
9	手脚鳞片		穿山甲
10	仔肥圆		水牛
Ⅲ	怀孕变成颗	形状	黍米
12	怀孕变成秆		鸭舌草
13	怀孕变成刺		马蜂针
14	胎儿变成骨		青蛙
15	胎儿变成苞		蛇草莓
16	身材圆		簸箕
17	身材弯		大刀
18	孩长大		竹笋
19	孩长高		树木
20	水蛭		锄头、牛尾巴、梳子
21	嘴巴弯		牛角

表 3　基于习性相似性的隐喻映射

序号	目标域	相似性	源域
1	人吃生肉		水獭
2	人吃生鱼		拦江网
3	人吃生米	习性	鬼
4	人吃生果		猴子
5	人吃生姜		蝙蝠
6	人吃红肉		老虎

表4　基于形态、形状相似性的隐喻映射

序号	目标域	相似性	源域
1	王冷静		水
2	王沉静		雪
3	身体冻		雪
4	身体冷		水
5	脸白净	形态、状态	州官
6	松绒	⬅	雏鹅
7	精神好		官人
8	病散		黑雾、烟气
9	旗子飞		蝴蝶
10	强壮		山里人

表5　基于景象相似性的隐喻映射

序号	目标域	相似性	源域
1	稻谷生长		草
2	鱼塘繁殖		虾
3	家衰败、家破	景象	拦江网
4	家稀疏、家乱	⬅	鱼网
5	干栏崩塌		篱笆
6	家热闹、兴旺		火、鼓皮、鼓瓦

表6　基于效果相似性的隐喻映射

序号	目标域	相似性	源域
1	说绝话		匕首、刀
2	开口	效果	遮天
3	说话粗	⬅	斧头、凿子
4	咬牙		嚼冰

表7　基于味觉相似性的隐喻映射

序号	目标域	相似性	源域
1	说话辣		姜
2	话语甜	味觉	糖
3	话语滑	←	油
4	话语咸		盐

表8　基于数量相似性的隐喻映射

序号	目标域	相似性	源域
1	仔多		龙虱
2	军马多	数量	红蚂蚁、洪水
3	旗子多	←	竹眼、星星

表9　基于声音、温度、图案的隐喻映射

序号	目标域	相似性	源域
1	蝉鸣	声音 ←	唢呐声
2	脸凉	温度 ←	芭蕉
3	身体花纹	图案 ←	鳞甲

2.2 史诗隐喻类型的特征分析

以上跨域映射隐喻类型呈现出以下特征。

第一，大量生活化口语词出现在源域概念域中。劳动工具如拦江网、渔网、篝笆、斗笠、背蓬、锄头、鼓皮、鼓瓦、斧头、凿子等；日常生活所需品如姜、糖、油、盐、蓝靛、纸、梳子、黄姜、糍粑、黍米、火、刀等；常见自然物如水、雪、冰、黑雾、烟气等；常见的动植物如水獭、猴子、蝙蝠、老虎、乌鸦、蝴蝶、草、虾、穿山甲、水牛、青蛙等，这些都是壮族人民日常生活交流中经常用到的口语化词语，简洁易懂。

第二，源域概念域中的事物均为具体的物象。如基于味觉相似性的姜、糖、油、盐和基于形状相似性的蛇草莓、簸箕、大刀、竹笋、树木、锄头、牛尾巴、梳子、牛角等，用这些简单易懂的生活物象作比，符合口头传唱、便于理解的特点。

第三，目标域的概念并非抽象的概念，而是具体的民间口语意象。这些具体的民间意象如稻谷生长、鱼塘繁殖、家衰败、家破、家稀疏、家乱、干栏崩塌、家热闹、兴旺、天塌、地陷、身体蜷缩、身体瘫软、身体细小等在史诗中的运用，充分说明了布洛陀史诗以壮族人民生产生活为蓝本、源于生活、贴近生活、接地气的特点，同时又方便麽公现场吟诵，体现了史诗口头传承、便于理解的口头诗学特征。可以看出：史诗中的隐喻当时已普遍运用在日常口头语言表达中，为普通语言增加了奇特的语言效果。

第四，从源域到目标域的映射以相似性为基础。通过源域向目标域的映射，某些与源域概念中相似的成分将得以凸显，读者会对原有的概念进行重新整合，而跟其他无关的成分自动隐退，如把"人吃生肉"比喻成"老虎"，是把"老虎"这个源域概念中"老虎吃生肉"的习性映射到目标域"人"上，建立起相似性，成为隐喻理解的根据，而老虎"凶狠""兽中之王"等特征在此语境中不具备映射条件则自动消退。

第五，源域向目标域的映射除了一对一的情况外，还存在着一对多和多对一的映射方式。一对多的情况，根据其凸显的事物特征和相似性不同，在同一民族内即使同样的事物也可以映射到不同的目标上，如源域中的"拦江网"，分别基于形状、习性和景象的相似性特征，用于理解目标域中的"身体掉落、人吃生鱼、家衰败、家破"等概念；多对一的情况，根据同一事物的不同特征，建立不同的相似性，对同一概念也可以用不同的隐喻来加以认识，如源域中的"火、鼓皮、鼓瓦"用于理解目标域中"家兴旺"的概念、源域中"红蚂蚁、洪水"用于理解目标域中的"军马多"的概念等。

3 布洛陀史诗隐喻的成因及功能认知分析

布洛陀史诗中的这些隐喻表达形成的原因不是偶然的，而是跟壮族先民生产生活密切相关。

3.1 史诗隐喻的成因认知分析

壮族人民在对生产生活的体验的基础上，形成壮族特有的概念和图式，这些概念和图式在跨越映射中起着重要作用，是隐喻产生的最基本原因。

第一，壮族先民与现实生活的互动体验。源域中出现的物象，均是壮族人民在日常生活劳动中密切接触的事物，在不断的互动体验中，已经成为一种普遍的生活方式。如史诗中多次提到"拦江网、渔网、鱼、虾"等，说明捕捞是壮族人民当时普遍的生活方式之一；从劳动工具看，有锄头和水牛耕种，说明壮族人民当时的劳作方式是一种朴素的自然耕种方式；从生活物品看，文本中提到"黍米和糍粑"，说明壮族人民当时已种植水稻，是比较古老的稻种民族；从提到的动物看，水獭、穿山甲、猴子等动物说明壮族人民的生活环境多为崇山峻岭。这些身体的体验经过认知加工，为隐喻表达提供了直接的源泉。

第二，跨域映射以相似性为基础。在体验基础上形成的概念和图式在不同事物或现象间建立联系，便建立了相似性，为跨域映射提供了条件，映射是隐喻形成的动力。如通过视觉上的体验感觉，不同事物之间在形状上建立了相似性关系，壮族人民就用"簸箕"跨域映射，形容人的身材圆肥，用"大刀"形容人的身材弯曲、"竹笋生长"形容小孩长高等。

第三，思维的创新性。壮族先民思维的不断创新使得语言越来越鲜活生动，体现了壮族先民丰富的想象力和思考力。表达"多"的概念时，如仔多、军马多、旗子多，分别用"龙虱、红蚂蚁、洪水、竹眼、星星"等作比；表达"身体瘫软"的概念时，分别用"草、糍粑"等作比；表达"家热闹、兴旺"时，分别用"火、鼓皮、鼓瓦"作比。这种思维模式是由壮族先民们的认知特点决定的，是壮民们在生产、生活和劳动体验中形成的，是壮民们原始活动的产物（张媛飞，2017）。

3.2 史诗隐喻的功能分析

在不断改编、加工的基础上，这些生动有趣的隐喻表达得以世代传承，使布洛陀史诗不论是作为口头文学还是书面文学都发挥了重要的功能。主要体现在：

第一，经济省时功能。以壮族人民熟悉的事物作比能消除陌生感，以最短的时间实现语言表达的最大效果。如：用壮族人民非常熟悉的事物"姜"比作"某人说狠话"，形容此人说话如姜一般辛辣、恶毒，听众认知处理时间短，瞬间明白。

第二，形象生动功能。语言鲜活的隐喻表达能使表达的内容更加形象生动。如把"某家家境破败、家事混乱"比喻成"渔网、拦河网"，形象地指出家庭就像渔网、拦河网一样，到处都有漏洞，财富就犹如鱼儿从网眼跑出，家境衰败。

第三，新奇创新功能。为了避免长时间吟唱单调乏味，增加新奇性，我们发现，形容东西或事件多时，会以"蚂蚁、星星、虾、龙虱"等多种物象轮换作比，反映了源域和目标域之间除了一一对应的映射方式外，还存在着一对多和多对一的两种不同映射方式，这样不但能增加新奇性、避免重复，还体现了思维的创新性，表达出壮族人民族物种丰富、类别繁多，呈现出生生不息的景象。

第四，认知推理功能。隐喻表达通过表层的语言形式进行认知推理，揭示语言内部的深层意义，可以使人们不断挖掘事体间的各种新联系，为认识世界提供一种基本的方式。如用"糖"比作某人"话语甜"，通过认知推理，揭示出某人会说话、说话好听的隐喻意义；用"油"比作某人"话语滑"，揭示出某人油嘴滑舌、灵活多变的隐喻意义；用"盐"比作某人"话语重"，揭示某人说话语气重、不中听的深层意义。

4 隐喻思维与认知的关系

史诗中隐喻占据了大量的篇幅，壮族先民自然朴素的隐喻思维使隐喻已成为其日常生活表达中不可缺少的一部分，这跟人的认知密切相关。主要表现在：

第一，建立在认知体验基础上的相似性，是实现隐喻映射和产生隐喻性语言的基础。映射主要是作为具体事物的源域向日常口语化概念的目标域映射，基于二者之间的认知相似性，把具体事物的特征选择性地投射到目标域上，表现了壮族朴素的唯物观。壮族人民在日常的生活交流中，无意识地运用隐喻进行口头或书面的交流，已成为认识世界的认知方式之一。

第二，人们通过丰富的想象力和思维创造力不断建立各种事体之间的联系，在隐喻表达的同时，认识不断拓宽，语言不断发展。史诗中丰富多彩的隐喻性表达涉及了壮族人民生活的方方面面，表现了其当时的物质生活和精神生活状态。通过隐喻，启发了我们发现不同事体之间前所未有的相似性，激发了我们的创造力和想象力，提高了认识事物的思维能力。

第三，隐喻作为人类思维的重要手段，直接参与人类的认知过程，并透过语言反映出来，语言中的隐喻是人类认知活动的结果。隐喻是通过人类的认知和推理将一个概念域系统地、对应地映合到另一个概念域的结果。隐喻不仅仅是语言现象，更是人类认知活动的结果，是解释人类概念形成、思维过程、认知发展行为的依据。

5 结语

总之，人们为达到认识世界的目的，会下意识地用已知的、具体的事物来理解经历未知的、抽象的事物，这种系统性类比是概念隐喻系统化的物质前提。明喻作为隐喻的一种，其跨域映射的对应关系，即从源域向目标域的映射，是单向性的、系统性的和选择性的。源域中具体熟悉的事物特征映射到目标域中的壮族人民的生产生活概念上，形成了丰富多彩的隐喻性表达，不仅降低了受众认知加工的难度，便于现场即时理解，还增加了民族语言的生动性和韵文性，充满了无穷的想象力和创造力。更重要的是，这些语言还原了壮族先民原始时期的生活风貌，记录了壮族语言发展的轨迹，体现了古代壮族隐喻性的认知思维特征，这对于布洛陀史诗这样的口头吟诵作品来说，不失为一种优秀的创作方式和理解世界的认知方式。

参考文献：

[1] Black, M. More about Metaphor[M]. // A. Ortony(ed.) . *Metaphor and Thought* Cambridge : Cambridge University Press, 1979.

[2] Burke,K . *A Grammar of Motives* [M].New York: Prentice Hall, 1945.

[3] Dirven, R. & R. Porings，*Metaphor and Metonymy in Comparison and Contrast*(CLR20) [M]. Berlin: Mouton de Gruyter, 2002.

[4] Johnson, M. *The Body in the Mind: The Bodily Basis of Meaning, Imagination and Reason* [M]. Chicago: The University of Chicago Press, 1987.

[5] Lackoff,G.& M.Johnson. *Philosophy in the Flesh: The Embodied Mind and its Challenge to Western Thought*[M]. New York: Basic books,1999.

[6] Lackoff, G. *Women, Fire and Dangerous Things: What Categories Reveal about the Mind* [M]. Chicago: The University of Chicago Press,1987.

[7] Lackoff, G.& M. Johnson. *Metaphors We Live By* [M]. Chicago: The University of Chicago Press,1980.

[8] Sweetser, E. E. *From Etymology to Pragmatics— Metaphorical and Cultural Aspects of Semantic Structure* [M]. Cambridge : Cambridge University Press, 1990.

[9] 李斯颖，李君安．布洛陀史诗：壮族传统社会的百科全书．中国社会科学报 [N]，

2015 年 11 月 6 日 .

[10] 束定芳 . 隐喻学研究 [M]. 上海：上海外语教育出版社 ,2000.

[11] 王寅 . 认知语言学 [M]. 上海：上海外语教育出版社 , 2006.

[12] 亚里士多德 . 诗学 [M]. 陈中梅，译注. 北京： 商务印书馆 , 1999.

[13] 张嫒飞 .《麽经布洛陀》"绞"意象图式及隐喻认知探析 [J]. 广西民族研究，
2017(5).

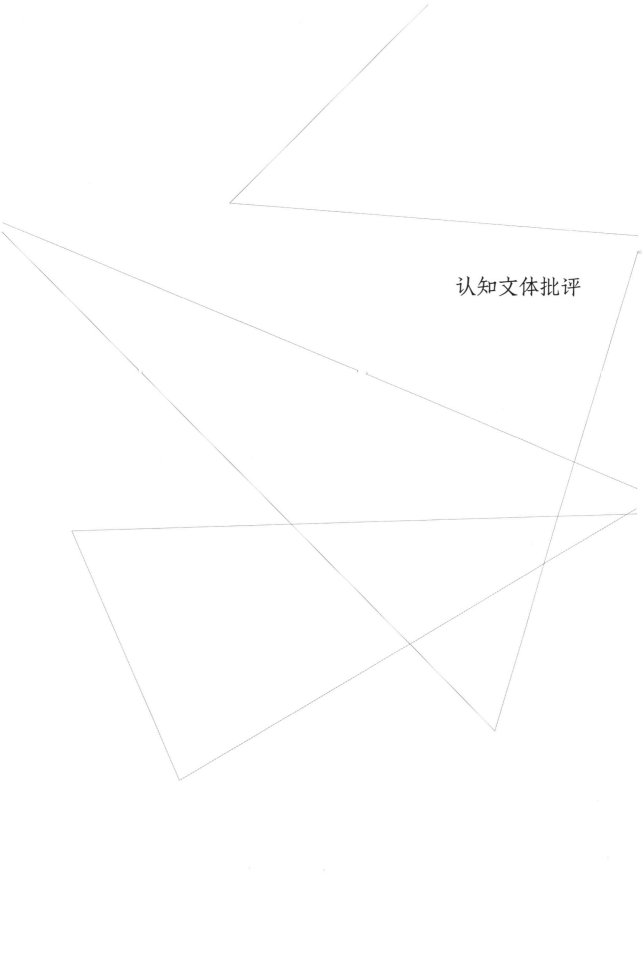

认知文体批评

论《红字》的具身认知书写

张之材（四川外国语大学英语学院，重庆 400031；重庆文理学院外国语学院，重庆 402160）

摘要：

霍桑在小说创作中最关心的是人的心灵，但他对心灵的关怀是通过身体的书写来体现的。然而这种身体书写至今尚缺乏有效的阐释和分析。本文从共识性的具身认知理论视角，在文本细读中，发现《红字》对人物身体从外貌、体验到转喻进行了细腻的多维书写；在海丝特、齐灵渥斯、丁梅斯代尔的身体表征中，采取了从身到心、身心结合、因心而身的视点变换处理。这些具身认知书写不仅使人物真实可信，而且丰富了文本意蕴，表达了作者的伦理思考。

关键词：

《红字》；具身认知；身体表征

On the Embodied Cognitive writing of *The Scarlet Letter*

Zhang Zhicai(School of English Studies,Sichuan International Studies University,Chongqing 400031,China/School of Foreign Studies,University of Arts and Science,Chongqing 402160,China)

Abstract:

What concerns Hawthorne most in his novels is the human mind, but his concern for the mind is embodied through the writing of the body. However, this kind of body writing still lacks effective interpretation and analysis. Based on the relevant theories of embodied cognition, this article finds that *The Scarlet Letter* has a delicate and multi-dimensional description of the figure's body from appearance, experience to metonymy; in the body representation of Hester, Chillingworth and

作者简介：张之材，四川外国语大学博士研究生，重庆文理学院外国语学院讲师，研究方向：认知文学、英美文学。

Dimmesdale, it has taken the transformation of the perspective from the body to the heart, the combination of the body and the mind, and the body due to the heart. These embodied cognitive writings not only make the characters authentic, but also enrich the meaning of the text and express the author's ethical thinking.

Key words:

The Scarlet Letter; embodied cognition; body representation

0 引言

19 世纪，美国作家霍桑因其作品的丰厚意蕴及艺术魅力一直受到读者的喜爱和研究者的青睐。戈林曾评论霍桑"既写了他前面的时代，也写了他所处的时代，而我们今天发现他也写了我们的时代"（Gollin，1994：216）。国内外学者对其以《红字》为代表的作品进行了反复的阐释研究，形成了三次大的研究高潮（方成，1999），研究视角涉及清教、浪漫主义、象征、新批评、女性主义、神话原型批评、生态批评等（杨金才、王育平，2011；胡杰，2015）。随着 20 世纪 70 年代认知科学的兴起，文学批评出现认知转向，并发展出多种研究范式。但国内外至今尚缺乏从具身认知的视角研究《红字》的论文，尽管有少量论文分析了其短篇小说所体现的身体诗学，如库尔贝特（Joan Curbet，2016：37—55）对霍桑古宅时期短篇小说所体现的具身思想及文学影响的探讨。从实际文本来看，身体表征贯穿于《红字》的始末。本文以具身认知的相关理论为研究视角对《红字》进行研究，从而进一步挖掘这部作品的意蕴空间，在概述具身认知理论之后，分析作品中三位主要人物在叙事进程中的身体表征，进一步探讨霍桑的具身写作。

1 具身认知概述

身体作为人类存在于世界的物质基础，自然地为文学作品所反映，成为文学的重要母题之一。其在文学作品中的存在形式主要有以下四种方式：第一，以外貌特征为主的"客观形象"；第二，以身体经验为主的"主观体验"；第三，以意识活动为主的"主体意向性"；第四，"身体转喻"（徐蕾，2012：225—226）。而在文学批评中，"身体"也成为诗学的一个核心概念，被反复考察、阐释，走过了"作为修辞的身体、作为话语的身体、作为认同的身体"（徐蕾，2012：224）的发展路径。正是在这种研究的深化中，身体从"身心二分""离身认知"的"他者"走向寻找主体、构建自我认同的范畴。而这些研究也受到一大批哲学家的启发，如海德格尔的"存在"观、梅洛－庞蒂（Merleau-Ponty）的身体现象学、杜威的机能主义、舒斯特曼（Richard Shusterman）的身体美学观、威尔什（Wolfgang Welsch）、德勒兹（Gilles Deleuze）等，关注身体在认知方面的积极作用。身体如此重要，表征方式如此丰富，研究路径如此繁富，丹尼·卡拉瓦罗说："在我们对世界的解释、对社会身份的假设以及知识的获得中，身体尽管具有不稳定性，但都扮演了一个关键性的角色。"（Dani Cavallaro，2001：99）

同时，随着认知科学的兴起，上述哲学思辨逐渐发展成为认知科学上的具身认知（embodied cognition）研究，并得到了语言学、认知神经科学、认知心理学等学科大量的分析和实验验证。具身认知在《认知科学百科全书》（*Encyclopedia of Cognitive Science*）中被宽泛地定义为："认知需要解释系统是如何嵌入身体所处的环境、身体的动态特征、其进化史及生物功能，以及其非表征性特征的。"（Chrisley, R., Ziemke, T., 2003：1102）其核心要义被叶浩生教授概括为"身体的物理属性影响和塑造着认知，在认知过程的形成中发挥至关重要的作用""认知的形成同身体的感觉运动系统有直接的联系""认知、身体和环境是一体化的，心智既是具身的，又是嵌入环境的"（叶浩生，2011：1001—1002）。美国佛罗里达大学于2009年召开的名为"4E"（embodied, embedded, enacted, extended）国际认知大会，即具身、嵌入、生成、延展，集中体现了具身认知研究的核心理念。尽管当前具身认知研究尚欠缺完整统一的理论框架，研究尚显零散杂乱，特别是对于身体影响认知的内部机制等核心问题尚有待进一步的探究，但是心理学家威尔逊总结了其中具有共识性的六种观点：第一，认知是情景化的。认知发生在客观世界的环境中，涉及感知和行动；第二，认知是具有时间压力的。认知受限于和环境实时互动的限制；第三，人们利用外部环境来减轻认知负荷以应对上述局限；第四，环境是认知系统的一部分。环境和心智的互动耦合使得分析单元不仅仅是人的头颅；第五，认知是为了行动。心智的功能是为了控制并引导行动。第六，离线认知同样是基于身体的感觉运动机制的。（Lindblom，2015：89）

"大约在 20 世纪 70 年代，'认知转向'开始影响到文学研究领域。"（熊沐清，2015：2）研究者从认知科学的具体学科中吸取研究方法，用于文学研究。这就是本文借鉴具身认知研究的共识，对《红字》展开研究的基础。通观《红字》，有关身体的书写在小说文本中俯拾皆是，不仅涉及每一个人物角色，而且对人物内心的刻画起到重要的作用并推动着叙事的进程。

2《红字》主要人物的具身表征

海丝特·白兰甫一登场，身体就被置于一个特殊的环境之中——刑台示众，同时"在她长裙的胸前，亮出一个字母 A"（Hawthorne，1986：50）。[①] 通常情况下，我们并不需要格外地注意自己的身体，但在某些特殊的场合，如医学检查等，身体就会成为意识关注的对象。或者说，当我们置身于日常环境中时，我们就更能专注于外在的世界而"忘形"；当身体和环境之间的平衡被打破时，我们就会更加关注自身。因此，当海丝特伫立在众人面前时，"她做出的第一个动作好像是手臂用力一搂，把婴儿紧搂在自己的怀里"（50）。如果此时海丝特尚处于无意识状态中，做出了下意识的动作，那么因为所处环境的改变，因为身体的被"标记"，她已经在众目睽睽之下成为男女老少审视的对象，她的自我认知也随之改变，"很快她明智地意识到用象征她耻辱的一个标记来掩盖另一个标记是无济于事的"（50）。就是在这一刻，她才认识到这个真实的耻辱。但是一切恍然如梦，仍然令人难以置信，海丝特不禁"朝自己衣襟上的红字看了看，甚至用手指触摸了一下"（56），这才确定了这一铁的现实！由此可见，身体、身体的体验在塑造海丝特的自我认知中的作用。

当身体立于刑台被前景化，成为图形之后，在即时应对此等强大的道德压力之时，海丝特却感到眼前的一切都消失了，此时记忆变得超乎寻常的活跃。古老的英格兰故乡、父母的面容、少女时代的回忆、畸形的老学究丈夫等景象如蒙太奇一般涌上心头。霍桑以娴熟的笔法、精炼的文字在此交代了人物的背景，同时又凭着作家的敏锐直觉道出"很可能这是精神上的一种本能的应变之法……使自己的精神从眼前残酷

---

① 下文中凡是仅给出页码的引文均出自本书。

无情的重压下解脱出来"（55）。具身认知理论认为在实时的行动中必须考虑认知的局限性，而减轻认知负荷的策略之一就是利用"有效的环境"，即建构适合于主体的环境（Lindblom，2015：91）。主体通过使环境具备自己所需要的某些特征来减轻认知加工的负荷。海丝特正是采用了这种有效的心理环境的建构，才避免了撕心裂肺的大喊，也没有跳下刑台或发疯。

刑台示众之后，海丝特开始了离群索居的日子。然而，由于红字的标记，她无处不感到熟人的眼神、陌生人的凝视。这种状况使得"她身上的那个红字赋予了她一个新的知觉"——"贞洁的外表只是一种骗人的伪装；要是把各处的真实情况都兜露出来，那么许多人的胸前就该像海丝特一样佩上闪亮的红字"（80）。诚如心理学家格伦伯格（Glenberg，2010：586）所说："心理过程受到身体，包括身体的形态、感觉系统、运动系统以及情绪的影响。"此时的海丝特因为身体的原因，其认知也得到了一定程度的升华，而霍桑也借她之口加深了文本的伦理维度。

海丝特的丈夫齐灵渥斯（Chillingworth）的身体形象塑造了一种典型的反主角图式。他"年老体弱""苍白瘦削""老眼昏花""有一点畸形，左肩稍稍高于右肩"。（55）这一形象无论与优美绝伦、有一种高贵女子气质的海丝特相比，还是与一表人才的丁梅斯代尔牧师相比，都相去甚远。他和海丝特的结合使人有一种"鲜花牛粪"之感。霍桑赋予他这样的身体形象，就是为了让读者直观感知他就是"恶的化身"。甚至连他的名字（chilling 本义即为"冰冷"）都让人感到不寒而栗。纵然他渴望用聪明才智掩饰生理缺陷的付出、希冀享有一个温暖幸福的家的愿望、妻子出轨图谋报复的心理可以令人理解，但是齐灵渥斯处心积虑地寻找通奸之人，其相貌也"变得越发丑恶""皮肤越发灰暗""身躯越发畸形"（57），到和牧师住在一起之后"脸上有一种前所未见的丑陋和邪恶"（116），直至撩开牧师的法衣发现真相之时，整个丑陋的身躯成了令人毛骨悚然的恶魔。这一变化过程恰如林恩·恩特林所说："身体既是意义的承载者，同时也是语言的代理，是表征、物质性和行动碰撞的所在。"（Lynn Enterline，2000：6）

在齐灵渥斯身上，我们更多地看到的是他身体的变化，然而在促使通奸者显形的叙事推进中，他却更多地使用了具身认知的思想。早在狱中会见海丝特时，齐灵渥斯就信誓旦旦地说"要用他们没有拥有的知觉来解开这个谜……我一定会看到他浑身发抖"（70）。到和牧师住在一起之后：

罗杰·齐灵渥斯就这样仔细地察看他的病人，既看他在日常生活中如何在他熟悉的思想范围里循着惯常的思路前进，又看他在被置入另外的道德场景时的表现，因为新奇的场景很可能会唤起某些新东西，浮现到他性格的表面上来。看来，他认为在帮助一个人之前，至关重要的是要先了解他。凡是有思想感情的生灵，其躯体上的疾病必然染有思想感情上的特色。在阿瑟·丁梅斯代尔的身上，他的思维和想象力十分活跃，感情又十分专注，所以他身体患病痛的根源很可能就在那里。因此罗杰·齐灵渥斯，这位和蔼可亲、技术高明的医生——就竭力打开他病人的心扉，挖掘他的行为准则，探索他的记忆，犹如一个在黑暗的洞穴里寻找宝物的人一样，小心翼翼地触摸每一件东西。（112—113）

在上文中，齐灵渥斯对牧师的认知完全是采用身心合一的准则进行的。躯体和思想（或曰心智）是相辅相成的，所以要找到身体的病根，还要"打开他病人的心扉"。其路径则在于一看其常规反应，二看其异常反应。美国当代心理学家肯·戴奇沃迪（Ken Dychtwald）在大量科学实验的基础上，在《身心合一》一书中指出："身体是一本活生生的心灵自传，一个人的个性不仅可以从他的行为模式看出端倪，也能由观察身体形状及动作等生理层面的状况而勾画出来。"（戴奇沃迪，2010：22）此种表述与齐灵渥斯可谓不谋而合。总之，齐灵渥斯多次重申牧师是肉体与精神最密切联系、融合一致的人。而当他趁牧师熟睡撩开他的法衣之际，牧师的身体恰恰印证了自己长期以来的猜测。

如果说海丝特的具身认知书写是因身而心，齐灵渥斯是身心结合，那么丁梅斯代尔则是因心而身。文本开始，刑台之上，海丝特抱珠儿于众口铄金之时，谁是奸夫？对于读者来说，在阅读故事中运用"读心术"（mindreading）或"常识心理学"（folk psychology）即可解决这一问题，亦即运用在社会化过程中习得、掌握的心理学常识，对自身的身心、他人的身心以及二者之间的关联做出理解或推测。因此丁梅斯代尔的出场在读者眼中即是一个矛盾的化身。一方面，他"一表人才""有极高的天赋和学术造诣"；另一方面却"一副忧心忡忡、诚惶诚恐的神色，好像自感到在人生的道路上偏离了方向"（62）。作为负责教区道德训诫的牧师，在规劝海丝特悔过招供时，为何不是大义凛然，却是"左右为难的境地顿时使他脸上血色全无，双唇颤抖"？（63）他又为何频繁做出"一只手按在心口上"（64）的动作？镜像神经元告诉读者这里必有隐情。自此，牧师就犯上了说双关语的习惯（当然，理解这些话语的第二层含义需要等到真相大白之时。彼时，双关中的自指就跃然纸上了，同时，文本也更耐人寻味了），过着公私场合身心分裂的生活。如在上述规劝中，他说："你的沉默对他有什么好处呢？只会引诱他——不，简直是强迫他——给自己的罪孽增添一层虚伪！"（63）表面上，这是规劝海丝特；明白真相之后，这就是他内心的独白。又如，在他布道圣职如日中天之时，私下里却七年如一日的自虐——鞭打、斋戒、心口刺字。这一切都源于他犯罪后心理上的重负。苏珊·桑塔格在《疾病的隐喻》一书中引用卡尔·梅宁格的话说："疾病的诱因，部分来自外界对患者的影响，但更多地则来自患者对待世界的方式，来自他对待自己的方式。"（Susan Sontag，2003：43）牧师的处境就是这句话最好的注脚。

从另一个角度看，丁梅斯代尔也从反面证明了"心身分离"的恶果。在小说中，霍桑不惜大量笔墨来描写牧师身体的衰竭。在内心的煎熬中，他的健康"每况愈下，眼睛的深处隐藏着无限的烦恼和忧郁的痛苦"（104），面颊都愈加苍白消瘦、声音都更加颤抖、捂心口的动作已经成为习惯，直到"神经似乎彻底崩溃"（144）。然而，在牧师决定袒露真相之后，他的身心终于如释重负、达到一致，"战胜了体力上的衰弱无力——尤其是战胜了精神上的软弱"（228）。令人扼腕的是，这也仅仅是他临死之时揭开自己胸口上的红字的回光返照。

3霍桑的具身写作

常耀信教授曾说，霍桑的小说"最关心的是人的心灵。在他一生出版的五部长篇小说中，'心灵'一词便出现过585次"（常耀信，1998：195）。但是，我们可以看到他对心灵的关怀是通过身体的书写来体现的。不仅《红字》如是，在他的其他作品中也大量存在。如《牧师的黑面纱》中的胡珀，至死都不肯揭去脸上蒙的黑面纱，并高声说道"你们的每一张脸上都有一块黑面纱"（霍桑，2001：75）。又如《胎记》中，乔治亚娜右脸颊上绯红小手印的胎记，"大自然总是要以这种或那种方式给它的创造物留下不可磨灭的印记，或者暗示一切事物无不短暂而有限，或者意味着它们的完美还必须经过千辛万苦才能达成"（霍桑，2001：14）。不仅《红字》中的主要人物如此，就是在《红字》的前言《海关》一节中也有反映。在作品再版时，霍桑仍一字不动地保留了这篇前言，因为它有助于了解作者的生平经历、思想感情、写作风格和技巧，以及小说的背景等。正是在这篇被很多版本舍弃的前言中，霍桑塑造了"红字"故事的来源真实性。当"我"拿起它试着放在自己的胸口时，"我当时似乎经受了一种不完全是肉体上的感觉，而是像一股滚烫的热流袭上身来；仿佛那个字母不是红布做的，而是一块烧红的烙铁"（31）。

霍桑对身心的这种敏感性或书写风格与其自身经历不无关系。他在9岁的时候（1813），玩球时腿部受伤致残，微跛，迫使他休学两年多。在后来的反思中，霍桑说："这两年导致自己形成了令人诅咒的孤独的习惯。"（Sarah Bird Wright，2006：4）多年以后（1841），霍桑在日记中仍然写道："用身体的疾病象征道德或者精神上的疾病。因此，一个人犯了罪，就可以使他身躯上显现一个伤疤。"（John C. Gerber，1968：17）季峥认为霍桑的这种生理残疾等缺陷导致了他的自卑情结，但这反过来又成了他创作的重要心理动因（季峥，2008：189）。他的不懈努力终于成就了一代文豪的社会地位。不过从身体的社会建构观来看，这恰恰反映了身体在个体的自我认同和社会认同中的调节作用（Chris Shilling，2003：66）。

霍桑在《红字》中对身体进行了从外貌、体验到转喻的多维书写，在主要人物的身体表征中，进行了从身到心、身心结合、因心而身的视点变换处理。这些细腻的具身书写，有效地刻画了人物形象，展示了人物心理世界，丰富了文本意蕴，表达了作者的伦理思考。文学的真正主体实乃一个个鲜活的有机体，对他们自身以及所处的世界的成功书写足以使他们流芳千古。

参考文献：

[1] Cavallaro, D. *Critical and Cultural Theory: Thematic Variations*[M]. London: the Athlone press ,2001.

[2] Chrisley, R.& T. Ziemke. Embodiment[G]// L. Nadel. *Encyclopedia of Cognitive Science*. vol. 1. London: MacMillian Publishers,2003:1102 - 1108.

[3] Curbet, J. Incarnational Poetics: Embodiment and Literary Influence in Nathaniel Hawthorne's Stories from the Old Manse Period[J]. *Nathaniel Hawthorne Review*, 2016(Spring).

[4] Enterline, L. *The Rhetoric of the Body from Ovid to Shakespeare*[M]. Cambrige：Cambridge University Press,2000.

[5] Gerber J. C. *Twentieth Century Interpretation of THE SCARLET LETTER: A*

Collection of Critical of Critical Essays [M]. New Jersey: Prentice-Hall, Inc. 1968.

[6] Glenberg, A. M. Embodiment as a unifying perspective for psychology[J]. *Wiley Interdisciplinary Reviews: Cognitive Science*, 2010(1): 586-596.

[7] Gollin, R. K. Nathaniel Hawthorne[G] //*The Heath Anthology of American Literature*. Lexington: D. C. Heath and Company,1994.

[8] Hawthorne, N. The Scarlet Letter[M].New York: Bantam Dell,1986.

[9] Lindblom, J. *Embodied Social Cognition*[M]. New York: Springer,2015.

[10] Person, L. S. *The Cambridge Introduction to Nathaniel Hawthorne*[M]. London :Cambridge University Press, 2007.

[11] Shilling, C. *The Body and Social Theory (Second ed.)*[M]. London: SAGE Publications,2003.

[12] Wright, S. B. *Critical Companion to Nathaniel Hawthorne: A Literary Reference to His Life and Work* [M]. New York：Facts On File, Inc.,2006.

[13] 常耀信 . 美国文学史（上册）[M]. 天津 : 南开大学出版社 , 1998.

[14] ［美］霍桑 . 霍桑哥特小说选 [M]. 伍厚恺，译 . 成都 : 四川人民出版社 , 2001.

[15] ［美］肯 · 戴奇沃迪 . 身心合一 [M]. 邱温，译 . 北京： 当代中国出版社 ,2010.

[16] 季峥 . 自卑情结——霍桑创作的重要心理动因 [J]. 西南民族大学学报（人文社科版），2008 (8):189-193.

[17] ［美］苏珊 · 桑塔格 . 疾病的隐喻 [M]. 程巍，译 . 上海： 上海译文出版社 ,2003.

[18] 熊沐清 . 文学批评的认知转向——认知文学研究系列之一 [J]. 外国语文 ,2015(6):1-9.

[19] 徐蕾 . 当代西方文学研究中的身体视角： 回顾与反思 [J]. 外国文学评论 ,2012(1):224-237.

[20] 叶浩生 . 身心二元论的困境与具身认知研究的兴起 [J]. 心理科学 ,2011(4):999-1005.

[21] 方成 . 霍桑与美国浪漫传奇研究 [M]. 西安： 陕西人民出版社， 1999.

[22] 杨金才，王育平 . 新中国 60 年霍桑研究考察与分析 [J]. 学海 ,2011(6):199-205.

[23] 胡杰 . 霍桑国外研究综述 [J]. 重庆大学学报（社会科学版）,2015,21(2):148-154.

创伤、幻灭与重生：审视《柑橘与柠檬啊》战争中青少年的个体经验

吕春巧　刘胡敏（广东外语外贸大学英语语言文化学院，广州 510420）

摘要：

现当代英国作家麦克·莫波格在《柑橘与柠檬啊》一书讲述了主人公托马斯在战火中成长并得到救赎的故事。托马斯在兄长查理被处决前用 7 小时 54 分回忆起自己悲喜夹杂的童年以及不堪回首的战地经历。在创伤理论与文学伦理学批评的烛照下，托马斯的成长路径可以看作战争中普通士兵所遭遇的创伤与伦理两难的缩影。从该层面看，小说体现了莫波格对战争纵容权力之恶的洞察，并以此凸显底层士兵的人性光辉；同时折射出了当代英国战争小说的主题：不再聚焦于宏大的战争叙事和战争正义与否，而是表达强烈的反战思想，并呼吁关注战争中普通个体生命的体验和价值。

关键词：

创伤；伦理困境；伦理反思；自我成长

Trauma, Disillusion and Reborn: Examing the Teenager in War in *Private Peaceful*
Lyu Chunqiao;Liu Humin(Faculty of English Language and Culture,Guangdong University of Foreign Studies,Guangzhou 510420,China）

Abstract:

In *Private Peaceful*, Contemporary British writer Michael Morpurgo tells the story of Thomas, the hero, growing up in the war and being redeemed. Thomas spent

基金项目：本文系国家社会科学基金项目"新世纪英国战争小说创伤叙事和伦理反思研究"（19BWW076）的阶段性研究成果。
作者简介：吕春巧，广东外语外贸大学英语语言文化学院硕士研究生，研究方向：英美文学、创伤文学；刘胡敏，博士，博士生导师，广东外语外贸大学英语语言文化学院教授，研究方向：英美文学、创伤文学和希腊罗马神话。

seven hours and fifty-four minutes reminiscing about his bittersweet childhood and brutal wartime experiences before his brother Charles was executed. Under the light of trauma theory and ethical literary criticism, Thomas' growing path can be regarded as the epitome of what the ordinary soldiers encountered in war. Through this novel, Morpurgo reveals the evil of abusing power in war while highlights the brilliant of human nature in these soldiers. At the same time, it reflects the theme of contemporary British war novels: no longer focusing on grand war narrative and whether the war is just or not, they now express strong anti-war thoughts and call for attention to the experience and value of ordinary individuals in the war.

Key words:

trauma；ethical dilemma；ethical reflection；growth

0 引言

麦克·莫波格（Michael Morpurgo）是英国现当代著名小说家及剧作家，于2003年获得英国儿童文学最高荣誉奖项——童书桂冠奖。同年，《柑橘与柠檬啊》一书的出版即囊括了许多奖项，包括卡内基文学奖、红房子儿童图书奖、蓝彼得丛书年度奖、加利福尼亚青年读者奖章等。小说讲述了主人公托马斯在战火中成长并得到救赎的故事。全文由时间和回忆构成，时钟嘀嗒：十点五分、十点四十分、接近十一点一刻……时间一分一秒地流逝，托马斯在怀表旁守候着，回忆着；等待着天明和最后的结局。《柑橘与柠檬啊》原名为《二等兵皮斯佛》（*Private Peaceful*），译者在译介时选择书中这首反复出现的童歌作为书名，不仅因为这是托马斯的心灵与勇气之歌，还因为它似乎预示着纯真童声掩盖下的残酷现实——歌曲中唱道："来了一支蜡烛把你照到床上，现在有一架直升机来砍你的头！切，切，切，最后一个人死了。"《柑橘与柠檬啊》不仅是写给儿童的故事，也是给成人的文学，里面有许多值得挖掘和深思的丰富意蕴。然而，评论界对此关注甚少，仅有的几篇期刊和一篇硕士学位论文都聚焦在小说的成长主题上，从成长小说的视阈来解读该作品。本文将视角聚焦在残酷的战地、少年的创伤与伦理思考上，通过关注战争中普通个体生命的体验和价值来反映作者的反战思想。

1家庭：被掩埋的伤痕

创伤具有后延性，早期的创伤经历在当时可能不会立即显现，却会经过一段"潜伏期"再发作。对此，凯西·卡鲁斯曾在其著作《无人认领的经验》（*Unclaimed Experience: Trauma, Narrative, and History*）中给出关于创伤最为权威的定义："创伤是对于突如其来的、灾难性事件的一种无法回避的经历，而对于这一事件的反应往往是延迟的、无法控制的，并且通过幻觉或其他侵入的方式反复出现"（Cathy Caruth，1996：11）。

主人公托马斯在懵懂的童年时期遭遇了第一次创伤——目睹父亲为救自己而被巨木压死。"他被那棵枝繁叶茂的大树压在地上，身体朝天，脸却别到另一边，仿佛不希望我看到。他一只手臂往我的方向伸来，手套落在地上，指头也是指向我。从他鼻孔流出来的血沾到树叶上。他的眼睛睁开，但是我知道那双眼睛并不是在注视我：他已经没有呼吸了。我摇晃他，对他大吼，但是他没有一点反应。"（莫波格，2009：15）托马斯的潜意识中认为，父亲因救自己而死，而父亲的死给整个家庭带来了巨变——"这一切的悲剧都是我造成的。我杀了自己的爸爸"（莫波格，2009：18）。

创伤理论表明，大量的创伤会排斥所有的表征，因为普通的意识机制和记忆被暂时破坏了——但它们却会以"闪回"（flashbacks）、噩梦以及侵入性思绪延迟地再现（Krystal，1990：6）。年幼的托马斯曾做过许多充满怪兽和老小孩的梦，"但不管噩梦的情节如何，最后的结局总是一样。我跟爸爸去树林里，那棵树会倒下来，然后我就从梦中惊醒"（莫波格，2009：33）。幸运的是，托马斯的身旁有哥哥查理，一个能让他感到安心、被保护的人。不堪噩梦缠绕和良心的谴责，托马斯曾两次试图向查理坦白一切，却因犹豫胆怯而错失机会。

查理是托马斯在充满创伤回忆、家庭剧变和向青少年过渡时期的唯一支柱。查理是如此勇敢、可靠、正直，甚至在某种意义上充当了"父亲"这一角色。但兄弟两人却爱上了同一个女孩——茉莉。托马斯唯一的支柱轰然倒塌。苦于年龄上的差距，他感到自己和哥哥、茉莉之间的鸿沟越来越宽，三人再也无法并肩同行，曾经无忧无虑的童年时光随之远去。好奇心、妒忌心充斥着他，直到茉莉怀孕，要住进皮斯佛一家。

"由于身份是同道德规范联系在一起的，因此身份的改变就容易导致伦理混乱，引起冲突。"（聂珍钊，2014：257）当托马斯还在幼稚地用与两人之间的比较来标示自己的成长时，曾经的好玩伴、自己暗恋的姑娘变成了哥哥的爱人；一直以来最可靠的兄长变成了自己的假想敌和情敌。伦理身份的急剧转变不可避免地引起了伦理混乱，托马斯面临着难以调解的冲突——一方面他欣喜若狂，因为能跟茉莉像一家人一样住在一起，更加亲密；而另一方面他痛苦万分，知道自己再也不可能打败哥哥，永远也无法跟上两人的步伐。"全世界我最爱的两个人在追寻对方的过程中遗弃了我。我觉得他们夺去了我最宝贵的东西，这让我彻夜难眠，我感到一种叫仇恨和痛苦的小虫日夜咬噬我的心。我想恨他们，但我不能。我感觉在这个家，似乎没有了我的容身之处，也许我应该离开，特别是离开他们两人"（莫波格，2009：84—85）。

创伤记忆和伦理混乱逼迫托马斯做出选择：他远离家乡，天真地想躲进战场杀敌立功的荣誉感中，却遭到了真正的毁灭和冲击。

2 军营：直面荒谬与权力之恶

初入军营的前几周是新兵受训的日子。直至此刻，托马斯等人还对战争抱有幻想，在他看来，他们目前所做的一切都只是模拟战争的游戏而已，每个人都是穿上戏服排练的演员。但为了演得逼真，军官要求他们必须破口大骂——"在往前冲刺时，嘴巴必须对稻草人喊出一堆脏话……当我们在做捅它、扭转刀柄而后拔出的连续动作时，口中还得大声咒骂丑恶的德国人"（莫波格，2009：99）。第一次世界大战开辟了人类战争史的新纪元，大量新型武器开始投入使用：化学武器、喷射枪、远程炮弹等。遑论刺刀能否派上用场，仅是嘴上必须如同幼稚孩童般破口大骂就足够可笑了。种种闹剧给人以假象：他们离鬼魅般的战场很遥远，参军如同儿戏。但这样的幻觉很快被残暴的军官打破。

"皮斯佛，目视前方，你这个笨蛋！""趴到泥土里，皮斯佛，你属于那里，你这条肮脏的虫。""老天哪，难道皮斯佛是他们送来最好的阿兵哥吗？根本就是社会的败类，你这糟糕的败类，……"（莫波格，2009：96—97）。只因查理从不屈服在他的淫威之下，韩利中士就想方设法折磨这两兄弟。咒骂和人格侮辱是最常见的事情，可怕的是各种无理由的体罚，"我越累，就越容易犯错，而我越犯错，韩利就给我越多的处罚"（莫波格，2009：107）。甚至有一次，托马斯被体罚至昏迷，查理找韩利说理却被公开处以"田野惩戒"。查理被绑在大车轮上整整一天，双腿分开双手被绑在轮轴上——那天下起了倾盆大雨，全连的士兵都要去检阅场观看这场处罚。不仅如此，韩利也在不遗余力地折磨着其他士兵：从早到晚日夜夜地操练、演练、磨炼和校阅这些在毒气和壕沟战里幸存下来的、筋疲力尽的士兵，他们被抽离了最后一丝力气和希望，"我们都对他恨之入骨，他甚至比德国佬还令人憎恨"（莫波格，2009：138）。

所有军人都为投身沙场而自豪，渴望英勇杀敌，报效祖国。托马斯也不例外。他幻想能在军营中得到锻炼，成为真正的男子汉，但韩利的所作所为令所有士兵都遭受着身体和精神上的双重创伤。战场是真正的人间地狱，士兵们绷紧精神，忍受着不断咆哮的炮弹声，四肢因长期高压而僵硬无力，还要面临着随时失去性命的可能。从炼狱般的战场归来，本应该能喘息片刻，却还要不断地演练，直到筋疲力尽，摔倒在地。身体上的不自由和无能为力也影响着心灵。在军营，士兵必须对军官毕恭毕敬，谨言慎行，即使上头的命令再荒谬也只能听从，否则就是无止境的针对、羞辱、处罚，甚至是死亡。身在军营却如在战场，时时刻刻面临着死亡的威胁，长期的精神高压使得士兵们痛苦不堪，却又无法言说与反抗。唯一敢于对抗邪恶势力的查理被草率处死仿佛也警示着其他人，沉重压抑的气氛弥漫着军营，人人自危。

查理与韩利多次矛盾积压，韩利羞愤难当，决心置查理于死地。韩利率百名士兵到前线加强兵力，途中德军突然进犯，他们不得已躲进无人地带——德军的防空洞内，没来得及躲避的士兵像"苍蝇一样"被一一击毙，德军手持机关枪三面包围着防空洞。而韩利却下令——所有人冲出去，进攻到底，留下的人要上军事法庭接受审判。查理提出建议但无果，为了保护受重伤的弟弟，他只能留下来。

结果显而易见，一半被迫跟随韩利冲出去的士兵没有回来，而背着托马斯的查理一回到军营里就被逮捕了。整个审判过程不到一个小时，就决定了一个人的性命——"……没有一个人肯听我说。他们有自己的证人——韩利，而法庭只是想听他的证词而已。这根本就不是什么审判。他们坐下来讨论案子之前，老早就做了决定。"（莫波格，2009：163）即使军官们知道韩利的错误指令造成了十几名士兵丧生，查理的做法是对的，但这也丝毫没有影响判决结果。更讽刺的是，一个勇敢地提出抗议、保全大局的士兵却被判"懦弱罪"而枪决。代表公正无私的法庭在战争中也沦为空有外壳的傀儡，能随意决定底层士兵生命的只有这些高高在上的军官。他们给予战士的不是应有的信任和支持，而是怀疑和对伤患遭遇的漠不关心。

战争造成了伦理秩序的土崩瓦解，军官们化身为暴虐的恶魔，利用自身权力践踏着底层士兵。政府权威、军人的伟大理想和荣誉感不复存在，人与人之间的信任也被割裂，变为虚无缥缈的东西。托马斯通过切身经历再次确认了战争中政府同士兵之间关系的崩塌，同时也对战争的本质加深了怀疑。残酷的战争滋养着军队里邪恶的权力泛滥，士兵沦为荒唐可怜的战争机器。

3 战争：在重创中成长

在军营所经历的种种荒谬只是一个开始，真正使托马斯陷入无边恐惧和重重创伤的是噩梦般的战争。

托马斯第一次直面真实的战争是目睹自己的好朋友兼战友勒思死去的样子：勒思侧躺在地，头部中弹，眼睛仿佛盯着他看，表情惊讶。当托马斯以为逃过一劫的时候，德军开始机关枪扫射、来福枪轮番上阵，最后开始了轰炸。他和查理竟与一名德军战俘抱成一团。一开始，只要是听到炮弹声，托马斯和战友们都会吓一跳，后来就慢慢习惯了。而这一次，德军的轰炸行动瞬时展开，整整持续了两天。"外头的轰隆声让我们无法交谈。我小睡了一会儿，梦见一只手指着天空，而那是爸爸的手，我颤抖着醒来。……有时候，我会哭嚎得像婴儿一样，就连查理也安抚不了我"（莫波格，2009：129）。

残忍的战争攻破了少年的心理防线，他会发颤，像婴儿般哭嚎。只要轰炸声能停下，只要能够马上结束这一切，即使接下来要面对的是德军的毒气、手榴弹、喷射枪都无所谓。漫长的轰炸让他退回最脆弱的自我保护状态，但战争的创伤又触发了早期的创伤经历——父亲因自己而死，于是他不断地做噩梦。1980年，美国精神病学协会颁布的《精神诊断与统计手册》首次对"创伤后应激障碍"（Post-traumatic stress disorder, PTSD）做了正式的解释，列出了受创伤后的各种症状如"害怕"（fear）、"无助"（helplessness）和"恐惧"（horror）等。1994年，美国精神病学协会进一步将PTSD界定为"在受到一种极端的创伤性刺激后连续出现的具有典型性特征的症状"（American Psychiatric Association, 1994）。经受真实战争洗礼的托马斯早已幻灭，每天生活在恐惧之中："而在这儿的早晨，我却必须每天在相同的恐惧中惊醒，我知道自己即将再度面对死亡"（莫波格，2009：139）。

这样的轰炸事件当然不止一次。当托马斯和查理在灯光下安静地谈话时，炮弹飞啸而过，落在了很近的地方。震耳欲聋的炮弹怒吼着，偶尔枪声会停止，给人以希望的幻象，而过几分钟又将希望夺走。托马斯起初假装无事发生，但一段时间后他开始恐惧，再也压制不住——"我发现自己像球一样在地上打滚，一直嚷叫着要这一切全部停止。"（莫波格，2009：154）自我欺骗、沉默、恐惧过后是尖叫，紧接着是孩童般的撒泼要赖，这些都是战地少年面对残忍战事所做出的反应。而一旁的兄长查理也像安抚孩童般轻轻地哼唱那首勇气之歌《柑橘与柠檬啊》。但这一次，亦兄亦父的查理却安慰不了他，最熟悉的歌声也没能给他勇气，"都无法驱走那个侵占我、吞没我的恐惧……我现在拥有的只有恐惧"（莫波格，2009：154）。

受困的绝望、不停遭受死亡的威胁，还要被迫目睹战友的残废与离世而无任何得救的希望，使得托马斯像罹患"歇斯底里症"的病人一般失控地狂叫和哭泣，但最终压倒托马斯的是查理不可改变的命运。托马斯曾将其参军行为归结为无法想象与查理分离的痛苦，他们分享所有的事情，包括对茉莉的爱；面对军营里毫无人性的军官，托马斯也处处受到他的保护。可以说托马斯既活在查理的阴影下，也活在他的光环里，他们之间的感情已然超越血缘之亲。查理的离去带走了托马斯心里的某一部分，但也赋予了托马斯走出创伤回忆、消解伦理两难的可能性。

海尔曼曾在其著作《创伤与复原》（*Trauma and Recovery: The Aftermath of Violence— From Domestic Abuse to Political Terror*）中讲道："在安全、受到保护的关系中，讲述故事这一行为（the action of telling a story）对创伤记忆的反常过程似乎有效果……由恐惧造成的躯体性神经病（physioneurosis）可以通过谈话的方式得到明显的治疗"（Herman, 1992:131）。因为倾听者在倾听的过程中，"帮助幸存者将创伤事件重新外化、对创伤经历进行重新评价，帮助幸存者对自己做出公正的阐释，重建正面的自我观念"（师彦灵，2011）。

在与查理临刑前的最后一次谈话中，托马斯终于鼓起勇气向他讲述了那天发生在森林里的事情。而查理和母亲早就从他的梦话中得知："托马斯，我早就知道了，妈妈也知道。……这些全是无稽之谈，这件事不是你的错，是那棵树杀死爸爸的，托马斯，不是你"（莫波格，2009：166）。作为托马斯的倾听者，查理对这个创伤事件进行了重新定位：这是不可预知的意外，并不是托马斯有意为之，害死父亲。作为托马斯潜在的"受害者"，同样丧父的查理也表明了自己的立场：从未怪罪过他。正是这短短

20 分钟的讲述和倾听帮助他重新认识多年前的意外，也重新建立起正确的自我观念，不再囿于杀害父亲的假象，而是客观地审视过去发生的一切，摆脱纠缠多年的噩梦与内疚。

而查理的死在某种意义上也消解了三人行的伦理困境。参军后的托马斯并没有就此遗忘茉莉，在被炮弹轰炸掩埋在土堆里的生命危急之时，他还在想着茉莉，并承诺到死的那一刻也要想着她（莫波格，2009：156）。查理和茉莉结合而抛弃自己始终是托马斯的心结，但他永远无法做出唯一正确的选择，他永远不可能拥有茉莉而舍弃哥哥，也不愿因哥哥而放弃对茉莉的爱。而查理临刑前将茉莉以及他们的儿子"小托马斯"托付于他，是使他能够继续在残酷的战争旋涡里反抗斗争下去的承诺和信念。查理的正直和勇气为他做出了最好的伦理示范，托马斯对茉莉和小托马斯的爱将持续下去，这也消解了所有的妒忌、怨恨和后悔。这一次，他真正长大成人，由死而生地进入新的人生阶段。

4 结论

童年时期目睹父亲为救自己而被巨木砸死的惨状使创伤深植在托马斯年幼的心灵中。父亲的离去、家庭的剧变、茉莉的到来，原本的伦理环境遭到了破坏，身份突变带来的伦理混乱难以调解，托马斯急需一个新的伦理环境，于是他投身战争。但战场才是真正的炼狱。在军营里遭受羞辱、体罚、处于无休止的戒备状态使得他身心俱疲，直面残酷战争的侵袭更是让他罹患精神创伤，听到轰炸声会如同孩童般大哭大闹，每天生活在对死亡的恐惧中。哥哥查理被草率处死让托马斯更加看清政府的真面目，认清战争荒谬的本质——摧毁伦理秩序，造成人性沦丧，妄想从中得到荣誉的底层士兵只会深陷创伤的泥潭。托马斯的经历从侧面来说只是一个缩影。

1914 年到 1918 年间，欧洲各大国都被禁锢在这场有史以来自我毁灭性最强的世界大战中。上百万的士兵被推上战场，其中不乏像皮斯佛兄弟这样的普通少年，被迫投入这场毫无意义的消磨战中，如同军火器械、瓦斯毒气、炮弹等成为战争中的消耗品。仅在 1916 年 7 月 1 日这一天，英军就损失了六万名士兵（死亡及伤残人数）。每一个有血有肉有名字的英国士兵都被命运裹挟着，被非理性的力量整合着，丧失了个人身份，卷入战争的齿轮中，共同奔向毁灭性的终点。决定普通个体命运的，只有高高在上的官僚机器和所谓的政治。

而麦克·莫波格却通过写作将目光聚焦在战争中的士兵，最普通的底层个体身上。这一次，他们拥有了自己的声音和鲜活的经历，有了独特的名字——皮斯佛（Peaceful），意味着"爱好和平的"。透过他们，我们可以看到大部分参军士兵的非理性动机——想要"冒险"、为了追逐光荣的幻象、被扣上"保卫国家"的帽子甚至是从众心理结伴入伍。而后不可避免地幻灭、受创，但又无法逃离这仿佛无休无止的战争。查理的故事并非有意渲染或凭空想象，残酷的战争的确纵容着权力泛滥和人性之恶的疯狂滋长——根据考据，在"一战"中有超过300名英国士兵在黎明时被枪决，罪名是懦弱或擅离职守，其中还有两名士兵是因为守哨时睡着了（莫波格，2009：173）。而被送上所谓的军事法庭也只是草率地走流程，一般是20分钟就宣判定案，不但没有任何证人，也没有任何上诉的可能。这些被处决的士兵中最年轻的也不过17岁。值得注意的是，美国和澳大利亚自始至终都不允许军方处决自己的士兵，而历任英国政府都拒绝承认他们对这些士兵不公平，拒绝提出道歉。这些因炮弹受惊而身心受创的士兵不但没有得到正确的治疗，没有得到政府和民众的同情，还被残忍地执行枪决。他们身上难以言说的创伤也如同幽灵般在后代传递，难以磨灭。

但复杂的战争也是凸显人性光辉的绝佳底片。小说不再争论战争的正义与否，也没有表现出任何政治立场，而是流露出对底层士兵的同情以及赞扬。作者借查理之口道出了真相——"德国人跟我无冤无仇，我干吗杀他？（莫波格，2009：90）"战争没有对错，牺牲的永远是普通百姓。从德国士兵与英国士兵的交集中也能看出牵扯在战争中的人们有血有肉，而不是巨大战争机器的一个部件；他们都明白彼此不是仇人，错误的是争夺利益和资本的黑暗力量。当一个德军囚犯在树下躲雨，大喊"托米"，跟托马斯打招呼时，托马斯能感觉到，他们看起来没什么不一样；当法国女孩安妮因轰炸而死，得知消息的托马斯俯身亲吻埋葬她的大地时，场面令人动容；最不可思议的是当托马斯手无寸铁走进德军防空洞时，素未谋面的德国士兵放走了他。

麦克·莫波格擅长以小见大，如在《战马》中通过一匹马的"视角"去剖析战争；如在《柑橘与柠檬啊》中透过托马斯的成长轨迹，反思战争的荒谬以及带来的创伤和思考。同时，该小说的创作也折射出当代英国战争小说的转向，战争本身或战场不再是中心，而是作为大背景，战争下的普通个体成为考察的对象，个人的价值和经验得到充分重视。

参考文献：

[1] American Psychiatric Association. *Diagnostic and Statistical Manual of Mental Disorders* [M]. 4th ed. Washington, D.C.: American Psychiatric Association, 1994.

[2] Caruth, C. *Unclaimed Experience: Trauma, Narrative, and History* [M]. Baltimore: The Johns Hopkins University Press, 1996.

[3] Judith,H. *Trauma and Recovery: The Aftermath of Violence—From Domestic Abuse to Political Terror* [M]. New York: Basic Books, 1992.

[4] Krystal,J.Animal Models for Post-Traumatic Stress Disorder [M]//Earl.G(ed.) *Biological Assessment and Treatment of Post-Traumatic Stress Disorde*. Washington,D.C.:American Psychiatric Press,1990.

[5]［英］麦克·莫波格.柑橘与柠檬啊 [M].柯惠琮，译.北京：中国城市出版社，2009.

[6] 聂珍钊. 文学伦理学批评导论 [M].北京：北京大学出版社，2014.

[7] 师彦灵.再现、记忆、复原——欧美创伤理论研究的三个方面 [J]. 兰州大学学报（社会科学版），2011, 39(02): 132-138.

以认知诗学图形—背景理论对邓恩《早安》一诗的解读

李正栓　郭小倩（河北师范大学外国语学院，石家庄 050024）

摘要：

约翰·邓恩的《早安》是英国玄学派诗歌的经典之作。认知诗学认为诗歌是人类普遍认知活动和生活体验的一种，研究诗歌就是研究语言和人类认知。图形—背景理论是认知诗学重要的分析工具之一。该文在图形—背景理论的指导下，从方位词体现的图形—背景关系入手，探讨邓恩诗歌玄学思维和陌生化表达，给读者制造出独特的审美体验，从而为邓恩诗歌的研究提供了一个新的视角。

关键词：

图形—背景理论；认知诗学；《早安》

A Study of John Donne's Poem *The Good Morrow* from the Perspective of Figure-Ground Theory in Cognitive Poetics

Li Zhengshuan；Guo Xiaoqian（School of Foreign Studies, Hebei Normal University, Shijiazhuang 050024,China）

Abstract:

John Donne's *The Good Morrow* is a classic of English metaphysical poetry. Cognitive poetics holds that poetry is a kind of human's universal cognitive activity and life experience, and the study of poetry is to study of language and human cognition. Figure-ground theory is one of the important analytical tools in cognitive poetics. Under the guidance of the figure-ground theory, this paper discusses the metaphysical idea and defamiliarization expression of Donne's poetry from the perspective of the figure-ground relationship embodied by the noun of locality, so as to create a unique aesthetic experience for the readers, and thus provide a new

作者简介：李正栓，博士，博士生导师，研究方向：英美诗歌欣赏、典籍英译；郭小倩，在读硕士研究生，研究方向：邓恩诗歌。

perspective for the study of Donne's poetry.

Key words:

figure-ground theory; cognitive poetics; *The Good Morrow*

---

0 引言

20 世纪末迅速兴起的认知诗学（Cognitive Poetics）是将认知语言学和文学评论相结合的一种文学作品解读工具，其代表人物为英国诺丁汉大学的斯托克威尔（Stockwell）。作为一门新兴的交叉学科，认知诗学基于一系列与认知有关的语言结构与语言运用理论，试图把这些理论模型应用于诗歌等文本的研究中。在诗歌解读中，这一流派更加注重心理机制在解读语篇中的作用。在《认知诗学导论》中，斯托克威尔通过对图形（figure）和背景（ground）的研究对现代诗歌进行探讨。他认为阅读是图形和背景不断形成的过程，是不断产生令人震撼的形象（images）和回声（resonances）的过程，文学语篇特征、含义和联想意义正是建立在这一动态过程之上（梁丽，2008）。图形—背景理论被用来衡量文学风格和文体，包括凸显、文体变异以及前景化等，这一理论可以系统地帮我们理解诗歌的结构和读者感知效果之间的关系。

约翰·邓恩（1573—1631）是 17 世纪英国玄学派诗歌的代表人物。他的诗中充满奇思妙想和玄学派意象，善用奇特的比喻，融合来源于日常生活与超于常人领悟能力之上的想象。他善于"极富巧思、逻辑严密、旁征博引的诡辩"。他的作品打破了伊丽莎白时期细腻浮华的诗学传统，独开先河，从题材选取、哲学观念、意象构建、声韵安排、形式设置上都另辟蹊径，完全属于新一派诗歌，受到人们的关注，更引发批评，导致其在 17 世纪末、18 世纪和 19 世纪的沉寂。直到 20 世纪初（1912），格里尔森编辑邓恩诗集，1921 年 T.S. 艾略特发表论文"玄学派诗人"，邓恩的诗才重见天日，引发更多关注和好评（李正栓，2008）。T.S. 艾略特评价邓恩"将思想和感觉化为一体"。其代表作有《歌与短歌集》（*Songs and Sonnets*）和《挽歌集》（*Elegy*）等。其实，邓恩的挽歌是爱情诗并且不少是艳情诗，已经被许多学者进行多维解读。以往有多种文学理论用于评论邓恩诗歌，本文试图把图形—背景理论的基本思想应用于对邓恩《早安》

（*The Good Morrow*）一诗的分析，从诗中的方位词体现出来的图形—背景关系入手，结合认知诗学对文学作品进行解读，探讨邓恩在对爱情进行全新表达时体现图形—背景关系的方式，从而厘清该诗的脉络，便于读者从新的视角感知这一作品。

1 图形—背景理论

"认知诗学"的概念是以色列特拉维夫大学教授鲁汶·楚尔（Reuven Tsur）在1983年首次提出的。但直到21世纪初，认知诗学研究才开始受到学者们的广泛关注。斯托克威尔（Stockwell）（2002）的《认知诗学导论》及盖文斯和斯蒂恩（Gavin & Steen，2003）共同编写的《认知诗学实践》等两部著作的问世开启了认知诗学研究的新篇章。随后，认知诗学在文学和文学评论界都引起了很大反响。认知诗学研究受到广泛关注离不开过去几十年里认知语言学（Cognitive Linguistics）的蓬勃发展（伍思涵，2021）。认知诗学不仅能帮我们连接诗人与读者的感知，还能够帮助我们准确地理解文本、语境、意象、主题和文本传达的知识与信仰。

图形—背景理论来源于心理学，最初是由丹麦的心理学家鲁宾（Rubin）提出的，后来的心理学家主要用该理论研究人类的知觉以及用其描写空间组织的方式。在观察周围的环境时，人类通常会把所关注的物品作为知觉上凸显的图形，而把后边的环境作为背景。图形是人类直接感知的结果，背景则是图形的认知参照点。率先把图形—背景理论运用于语言研究的是塔尔米（Talmy），从此以后，认知语言学家就把图形—背景的分离原则看成是语言组织信息中的一项基本认知原则。

认知诗学借用了图形—背景这一概念来分析诗歌文本，并认为图形—背景是文学文本研究和分析时所应关注的基本特征。斯托克威尔指出我们可以从认知角度对图形—背景即前景化等内容进行分析和研究。同时提出"超前景化"图形（Super-foregrounded Figure）的概念，即支配和限定文学和文本组织形式的特征（梁昭、刘代英，2020）。图形—背景理论有以下体现方式：（1）图形本身是完整结构，具有清晰可辨的边界使其从中分离；（2）图形的移动性和相对静态的背景相关；（3）图形在时间和空间上先于背景；（4）图形是背景的一部分，但是与背景分离，或图形逐渐从背景中分离成为图形；（5）图形相对于其他视图或文本即背景更加具体，更吸引人们的注意力，更加明亮或更具吸引力；（6）图形居于背景之上，之前，凌驾于或者大于视图或文本的其他成分，即背景。

该理论的原则主要集中于一个焦点，就是诗歌的逻辑框架即图形具有代表性，诗人赋予图形含义，图形的功能在背景的视图中得以显现出来，在背景中更能烘托这一逻辑思维图示。同时，这个模式图是一个动态的意象，将注意力集中在文本特征的某项事物中，会随着诗歌中环境的变化而变化，即随着"意境"的移动而不断变化。这样的话注意力就集中在不断变化的事物当中，读者很快对静止的事物失去兴趣。

诗歌的创作来源于诗人想象的心理空间，经过诗人的细致刻画与描写后会形成一种图画，它在语言学中被称为"背景"，这种不断变化的意象线条被称为"图形"，二者在诗歌中是相互作用的，不断被诗人描摹，赋予这个模型丰富的情感。图形、背景和意象三者合力共同作用于诗歌本身，给了诗歌心理图示，使得读者更加全面地理解诗歌。

温格尔（Ungerer）和史密德（Sehmid）认为认知语言学是研究语言的一种方法，提出当今的认知语言学有三种方法表征：经验观（experience view）、凸显观（prominence view）和注意观（attentional view）。其中凸显观在图形—背景理论中尤为突出。丹麦心理学家埃德加·鲁宾（Edgar Rubin）认为诗歌具有完整的心理结构，易获知觉者注意从其他事物中凸显出来的"前景"归为图形，与之相反的是，背景则是图形—背景中来烘托前景的其他事物，因此可以说，图形比其他背景更清晰易懂，更便于记忆和理解，并且在主观上与感知者的情绪、经验、兴趣、审美、思维有着密切的联系。

图形—背景这种独特的凸显与被凸显，衬托与被衬托，本体与喻体的关系被认知诗学恰到好处地应用于文学作品的解读中，尤其是在诗歌的认知心理空间解读中卓有成效（黎萌，2013：4）。首先，在意象的使用上，可以有物境、情境和意境三种分类，三者相互作用，前两者有条不紊地组合在一起，构成了诗歌的意境。可以说，图形是由"物境和情境"来表示的，而诗歌所描绘的"意境"正好用背景来传达，三者的合力达到诗歌整体空间上的美感，从而延伸诗歌的内涵。其次，在诗歌中的物象所表示的方位词中可以更好地理解诗歌的寓意，如"岩洞""海洋""天体"等都可以表示图形—背景理论中的空间关系，"早安"等词也可表示时间关系，可见认知原则也是构成诗歌意境的重要手段。

当然还有图形—背景理论合乎逻辑的象似性等，揭示了人们对诗歌的认知次序，共同构建了诗歌的形成原理。运用到邓恩的《早安》诗中，就是在句子之间的逻辑关系中，主位和述位相互依存，分别是图形和背景的符号，研究它们的原理，在形义之间的象似关系是文学文本尤其是诗歌的定义性特征，象似性在语言中融合了知觉、情感、意象，使之达到形、义、美的统一。

2 图形—背景理论下《早安》的意象分解体现

《早安》是邓恩的一首爱情赞美诗，收录在1633年出版的《歌与短歌集》中。这首诗赞美的是人与人之间相互奖励的关系，一种如此强大的爱，它创造了自己的世界。这首诗表达了恋人和他们周围世界之间的关系。恋人是坐标，周围世界是参照物。在《早安》中，我们看见这样一位说话者，或曰这样一位诗人，他在积极地与当时的文学传统和实践进行斗争，并以自己的创作试图改变以往的传统和实践。《早安》分为三节。第一节说：

> 我真不明白，你我相爱之前
>
> 在干什么？莫非我们还没断奶，
>
> 只知吮吸田园之乐像孩子一般？
>
> 或是在七个睡眠者中的洞中打鼾？
>
> 确实如此，但一切欢乐都是虚拟，
>
> 如果我见过，追求并获得过美，
>
> 那全都是——且仅仅是——梦见的你。
>
> （飞白，1989：80）

这里呈现了何种背景和图形呢？第一个背景是乡村，第一个图形是孩童。按照诗人的思路去寻觅，会发现，乡村是粗野的，孩童是懵懂的，根本谈不上懂什么是爱情。诗人的语言也是令人费解的，深入思考才能得知说话者的逻辑，即，在农村，即便是有爱的举动，也不是出于爱情，而是生理活动，津津乐道的是村趣（country pleasures），至于村趣是什么样的，我们也不得而知，估计是什么不雅致的爱的举动。我们很难以我们对乡村的理解来猜测邓恩所处的时代下英国乡村的情景。邓恩还巧弄字眼，在"sucked"上下功夫，暗示读者，过去的说话者根本不懂什么是爱，为下一步作铺垫。第二个背景是山洞，7 个逃难在山洞一睡就是 187 年的少年是图形。这 7 个少年为逃避迫害，躲进山洞，竟然睡了 187 年。这是睡眠者的意象和图形。在孩童图形上增加了浑浑噩噩的睡眠者意象。诗人在说，在遇到现在的女子之前，他什么也不懂，除了像乡村孩童之外，还不清醒。继续为展示他与诗中现在的女子之间的纯洁的爱情做铺垫。前四行是四个问题、两层意思。第一层：在他和现在的女子相遇之前是不是像没断奶的孩子什么也不懂。第二层：在他与现在女子相遇之前他们是否像睡梦中的人一样什么也不清楚。关键是他问的是他们两人从前的情况：

> I wonder, by my troth, what thou and I
>
> Did, till we loved? Were we not weaned till then?
>
> But sucked on country pleasures, childishly?
>
> Or snorted we in the Seven Sleepers' den?
>
> （Donne, 2012: 54）

接下来的背景是他在回答目前诗中的女子，图形便是他的模拟听众，即女子。他告诉她，过去的确就像乡村没断奶的孩子和睡眠者，哪里懂什么爱情呀？不过他马上说，这只不过是寻欢作乐的假象而已（pleasures fancies）。邓恩诗歌的这种语言是很难用汉语翻译出来的。接下来的图形是说话者在解释过去非爱的举动的实质：如果说，我真的见过美人儿并且渴望过还得到了，只不过是前梦，是梦到了现在诗中女子的替身。说话者的艺术太高超了，还是看看英文是怎么写的吧：

> 'T'was so; but this, all pleasures fancies be.
>
> If ever any beauty I did see,
>
> Which I desired, and got, 't was but a dream of thee.
>
> （Donne, 2012: 54）

第二节第一个背景是床，图形便是两个早晨醒来或者通宵未睡的人。诗人开始展示其美妙的思辨能力。此时两人的清醒的灵魂与第一节展示的睡眠者图形形成鲜明的对比，言外之意是此刻他们都知道现在在干什么，这才是爱。两人相顾互信，是爱让他们如此放松，又是爱让他们忘却周围一切，只要有爱，空间再小也被认为是宇宙：

> 现在向我们苏醒的灵魂道声早安，
>
> 两个灵魂互相信赖，无须警戒；
>
> 因为爱控制了对其他景色的爱，
>
> 把小小的房间点化成大千世界。
>
> （飞白，1989: 80）

英语原文是：

> And now good-morrow to our waking souls,
>
> Which watch not one another out of fear;
>
> For love, all love of other sights controls,
>
> And makes one little room an everywhere.
>
> （Donne, 2012: 54）

他们之间的爱让他们对任何景致或美女俊男不再感兴趣。接下来的背景便是新大陆、新世界，图形仍是他们两人，并且两人的行为跟其他人的行为截然不同：别人在身体之外寻找世界，而他们两人在自身之中找到世界，自己是个世界，对方又是自己的世界。彼此共生，互为世界：

> 让航海发现家向新世界远游，
>
> 让无数世界的舆图把别人引诱，
>
> 我们却自成世界，又互相拥有。
>
> （飞白，1989: 80）

英语原文是：

> Let sea-discoverers to new worlds have gone,

Let maps to other, worlds on worlds have shown,

Let us possess one world, each hath one, and is one.

（Donne, 2012: 54）

让航海家尽情地发现新世界。这个图形—背景的符号虽然不是正面描写他们的关系，但是从侧面反映出诗人的忠心，连宇宙都无法抵抗它的力量（任维艳，2012）。

第三节是二人的图形镶刻在整个地球的背景之中。地球是展示他们两人关系的场域和背景，也是自己的图形，意蕴深刻。首先，两人对视，每人眼中都有一个属于自己的世界，彼此互有。接着，背景与图形合一，两人各自是个半球，合成一个完整的地球，就是整个世界。世界上再无他人，只有他们两个，并且他们两人组成的世界是如此完美，既无北极的寒冷，也没有没落的西方，换言之，他们两人的世界是恒温的，是不知死亡的：

我映在你眼里，你映在我眼里，

两张脸上现出真诚坦荡的心地；

哪里我们能找到更好的俩半球，

没有凛冽的北极、没落的西方？

（飞白，1989: 80）

英文原文会更能体会这种背景和图形关系之美妙：

My face in thine eye , thine in mine appears ,

And true plain hearts do in the faces rest ;

Where can we finde two better hemisphere

Without sharpe north , without declining west ?

（Donne, 2012: 54）

诗人把地理知识和科学知识巧妙地与感情世界融为一体。本诗的高潮在于诗人把爱与永生高调地置于他们两人合一的图形中：

凡是死亡者，都没有平衡相济。

如果我俩的爱合二为一，

或是爱得如此一致，那就谁也不会死。

（飞白，1989：81）

参照英文理解诗人对他们忠贞爱情的高度自信：

Whatever dies, was not mixed equally ;

If our two loves be one, or thou and I

Love so alike, that none do slacken, none can die .

（Donne, 2012：54）

凡是不能永生者，皆因关系不睦，彼此调和不匀。进而说加入他们彼此相爱，互不减退，他们会永生。虽是条件句，实则是男子的决心和对女子的希冀。邓恩在自己的头脑中构建了心理图式，这一图示通过以下几个意象呈现出来，通过三个射体"仙岩洞"这一典故意象映射到作者否定之前的无意义的梦幻生活这一界标，之后经过思维的转换到"海洋"这一界标，而作者和爱人则是射体，以空间的跨度体现出爱情的伟大，虽各自成长，但双向奔赴。诗人将无限放大的恋人所拥有的微观世界与航海家所探索的宏观世界相提并论，更凸显出"爱的发现"。最后一诗节是由"天体图"这一界标，由"爱情的力量"达到了合二为一的境界，来让二人超越死亡，延展了《早安》这首诗的主题。

该诗的图形—背景的意象分解如图 1 所示：

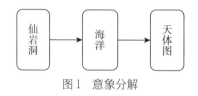

图 1　意象分解

通过这三节意象的图形—背景理论分解，我们可以看到意象是如何构建诗歌意义的。这些意象可以构造读者的心理空间，加深读者对诗歌中空间作用的认识，深刻理解这些图形在衬托诗歌主题方面发挥的重要作用，也体现出诗人的艺术造诣。山洞、海洋、天体这一构图可以展示，从地上意象到海上意象再到天上意象，这个三维空间构成了一个整体，同时又是时间上的延伸，不仅体现出作者在创作过程中心理的变化，这一图形—背景分离原则还立体地全面地展示了诗人对真挚爱情的阐释。这个由小到大的空间拓展过程体现出"射体"和"界标"的互动关系，在这个由方位词构成的意象图示过程中建立起来的方位感组成了我们对世界的认知方式，让我们对他们二人之间的感情不只是空谈，而是通过图示来建构，由此形成的陌生化手法的处理，使得意义之间看似毫不相关的观点形成了强烈的对比：过去孩童般的爱和他们此刻的真正爱情之间的对比。

3 图形—背景理论下《早安》的空间方位体现

在欧洲科学思想史上，数字和几何都被诗人作为解释世界本源的重要手段，形成数字命理学。诗歌与几何的渊源颇深，在中外诗人的作品中都能窥得神韵。邓恩是使用数字和几何图形的高手。他对空间方位图形与背景的使用也比比皆是。在他的诗里，空间方位图形与背景的关系可以是对称的，其中一个物体只能用作图形，另一个物体只能用作背景。

如前所述，第三节中的地球就是图形，而背景则是大的宇宙世界，各种天体并行的场所。据彼得·阿皮安（Petrus Apianus，1495—1552）所著的《宇宙志》(1542）所载天体图所说，共有 11 种天体（傅浩，2014）。此处出现的"半球"正是一个典型的几何学概念，邓恩在这里所期盼的是"two better hemispheres"（两个半球），而"两个半球"所构成的正好是圆形，"球体"既具备"圆"的特征，更具备自身的象征意义。将生命的轮回看作"圆"，表达了"生命虽易逝去，但爱情永恒"的主题。在第三节中，诗人重复提到"我的脸庞""你的容颜""我的眼""你的眼"，这些都可以塑造这一图形—背景，二者相互对称，不可分割，互为统一体。但是这两个半球不是简单相加，而是融合到一起，这样才能超越生死，实现圆满的和谐统一。

他们两人真正的爱情主题的衬托是探索和冒险。《早安》写于 15 世纪至 17 世纪的大航海时代。这一背景有力地支持了这首诗的第二节和第三节，这两节的重点衬托是"海洋发现者""新世界""地图"和"半球"。这首诗把发现并描绘新大陆的渴望与爱情本身的快乐进行了比较，发现爱情更强大，更令人兴奋。这里凸显宇宙之大和恋人所居空间之小。然而读者发现，由于爱情充斥，小空间竟然可以成为整个寰宇，恋人不需要去探索外部空间和位置世界，他们两人便是一切。

在第二节中，说话者告诉听者不要关心世俗世界，与其穿越海洋或绘制地图，倒不如彼此相爱，以床为中心，互相凝视，在凝视中读懂对方的爱。在第三节中，他们在对方的眼中发现自己，凝视自己，思考自己，有什么能超越恋爱中的自己？寻找世界，何必远行？他们就是世界，他们就是地球，并且是世界上最好的半球组成的球体。这意味着，对于说话者而言，放弃外部世界并不是牺牲，而是无比的幸福。事实上，他们在床上找到了一个最好的世界。

更重要的是，这个"情侣的世界"并不是完全独立于更广阔的世界。相反，它以微缩的方式重新创造了这个情侣世界，在本质上产生了一个在情侣关系中重新创造整个世界的微型世界。同时，在创造这个微型世界的同时，始终有外部世界作陪衬。因此，这首诗显示，真爱可以是一种体验整个存在的方式。从本质上说，没有必要在大海和新世界寻求冒险，因为一切都已经包含在爱的体验中了。读者从字里行间也能读出诗人对世俗之人和追求物质的世界的鄙视态度。

试看《早安》诗中的图形—背景分解图，如图2所示：

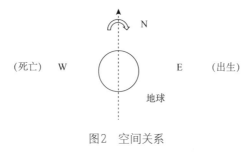

图2　空间关系

该论据运用三重否定，指出地球上的"凛冽的北极""没落的西方"这些空间意象组成了该背景，二人的爱情成为图形，表达阴阳调和、天人合一的思想，二人坚贞的爱情不会在空间的相对关系里消亡，而是会像天体运行那样一直存在下去。这首诗体现出诗人宏大的宇宙观和人生观。通过把"地球"和"太阳"分别比作"出生"与"死亡"构成了一个强大的空间隐喻，在图形和背景的理论中表现出来就是"本体"和"喻体"的关系，他们之间的爱情就像人的一生一样运转，无论斗转星移，风云变幻，都会平衡相济，地球围着太阳转构成了背景，然而生死构成图形，它们之间通过爱情连接起来，时刻处于动态的变化之中，由此可以看出他们爱情的忠贞与伟大，同时建构了作者的陌生化宇宙观。

"凛冽的北方"（without sharpe north）这 意象，指在寒冷的世界上，两人世界的恒温不会受到外界干扰，反而会历久弥新。他们之间的爱情也不会有"没落的西方"（without declining west），其实是在说他们之间的爱情永不消逝。西方人与东方人在对方位的认知中，都把东方比作生命开始的地方，把西方比作生命终止的地方。爱情让西方不存在了。爱情的力量会达到一种平衡的状态。这一动态的过程正好印证了诗人清新脱俗的爱情观。文学中的图形—背景理论依赖于阅读中的动态运动，可以被理解为图形和背景产生和交互的过程，在这一过程中，文本产生了不同的意象，由此在读者脑中产生共鸣。

4 图形—背景理论下《早安》的时间方位体现

图形—背景理论中的空间方位关系也可以推广到时间上来。具体来说，图形指在时间的方位上可变换的事件，具有相对性；背景指参考性的事件，在时间方位上相对固定，参照它可以确定图形的事件方位。时间轴上的图形倾向于构成一个有界的封闭物，它越封闭，其作为图形的突出程度就越高，而越是无限度的时间越有可能作为背景。相对于背景来说，图形在时间上较短，背景在时间上较长。图形与背景的区别与语言中"时间事件"结构之间的对应关系可以抽象出一个基本的认知原则：较长的、在时间上可包容的事件作为背景；较短的、在时间上被包容的事件作为图形。依此理论分析邓恩《早安》这首诗，可以这样理解：二人的爱情即灵魂层面可以不随时间的变化而改变，在时间上可包容，所以被称为"背景"（ground）；二人的肉体即身体层面会随时间的变化而消逝，故被称为"图形"（figure）。

《早安》积极地压抑了它的历史背景。诗中说话者和他所爱的人从公众生活中撤退到"一个小房间",也就是说,他们通过彼此的爱创造了一个丰富而令人满意的世界。他们对更广阔的世界没有兴趣。说话者只是用最一般的术语描述了这个更广阔的世界,概述了他或她会欣然拒绝爱的东西。在这个空间里暗含了时间背景,即地理发现和殖民的背景。

但是说话者拒绝的东西是很有启发性的。他把他们的恋爱定位在历史的某个特定时段,一个探索新世界、殖民新世界的年代。当说话者想象更广阔的世界和它最吸引人的可能性时,他说别人可以到异域去探索,去发现和绘制新世界。他是有心引起人们对物质世界感兴趣的话题,让人想起欧洲人开始在美洲定居,尽管西班牙对加勒比和拉丁美洲的殖民已经进行了一个多世纪。为赶超西班牙,英国政府纵容海军和海盗骚扰西班牙,像弗朗西斯·德雷克爵士(Sir Francis Drake)这样的英国私掠船常袭击西班牙人的殖民地,偷取西班牙人在美洲开采的黄金。然而,对于说话者来说,这一切都与他和所爱之女子的生活毫不相关。他们坚决不与16世纪发展起来的殖民主义现实打交道。这种与历史背景的距离使这首诗具有普遍性。也就是说,它所庆祝的爱情似乎独立于任何特定的历史时刻,因此可能适用于任何充满激情的爱情事件。

通过比较得知,二者的感情会更加坚贞与崇高,增添凄美之感。我们也能更加清楚地感受到包容与被包容事件、时间上的长短等因素之间的相互关系,从而更加深刻地解读这首诗向人们传达的内涵,展现玄学派诗人的思辨思维,如图3所示:

图3 时间关系

本诗先提过去,提及孩童时代和7个睡眠者,也是早期图形。这些图形所处的乡村会变化,山洞也会变化,这就是背景。诗中当前的时间图形是现在,是他找到的真正相爱的人。时间在推移，图形有更新。实际上，诗中还提及了未来的时间图形，即假若两人相爱程度不减，他们会得到永生。这种哲学思辨的思想以及跨越时空的宇宙观正是邓恩诗歌的精髓所在。这一段主要讲述了矛盾的对立统一关系，虽然会有对立，但更强调统一、相互依存、互相依赖的关系，图形—背景理论的凸显是因不同搭配而构成的画面，不断地进行观察视角的转变，让读者可以利用闪过的画面和自己的心理概念空间来整合自己对诗歌的认知，从而根据诗人的构思进行跳跃性思维，行游于诗中，充分体现了诗歌的焦点随着意象的变化而形成的动态感，表达了生命有轮回，但爱情永不泯灭的主题。

5 结语

邓恩在长达两个多世纪的时间里不被关注，但到了 20 世纪人们意识到他的独特价值。20 世纪起至今，人们不断对邓恩诗歌进行研究，包括创作技巧、意象呈现、修辞特色、创作理念和诗歌形式等，也有人开始将认知诗学切入邓恩诗歌的研究。本文以认知诗学视角来解读邓恩的《早安》，呈现出一种新的体验认知和理解，尝试从图形—背景的基本思想出发，论述图形—背景的一些认知原则，探讨了意象图示、空间关系和时间关系等诸多体现方式，及其对邓恩诗歌《早安》在艺术构思和主题解读上的作用。

邓恩诗歌的意象之所以形象生动，就在于它是一种体现了时空的结合体，解构了之前赞美爱情诗的艺术手法。该研究为邓恩诗歌的理解和感知提供了新视角。

参考文献：

[1] Burke, M. *Cognitive stylistics* [M]. London：Elsevier, 2006.

[2] Donne, *Selected Poetry* [M]. Penguin Books, 2012.

[3] Stockwell, P. *Cognitive Poetics. Introduction*[M]. London/ NY: Routledge, 2002.

[4] Tsur, R. *Aspects of Cognitive Poetics* [M]. Amsterdam: John Benjamin Publishing Company, 2002.

[5] Tsur, R. *Toward a Theory of Cognitive Poetics*[M]. Amsterdam：Routledge, 1992.

[6] 飞白 . 世界名诗鉴赏辞典 [M]. 桂林 : 漓江出版社 , 1989.

[7] 刘立华, 刘世生 . 语言 · 认知 · 诗学——《认知诗学实践》评介 [J]. 外语教学与研究, 2006(1):73-77.

［8］梁丽，陈蕊．图形／背景理论在唐诗中的现实化及其对意境的作用［J］.外国语，2008(4):31-37.

［9］梁昭,刘代英.基于图形—背景理论的《天净沙·秋思》认知诗学解读［J].名作欣赏，2012（8）：20-21+34.

［10］［英］邓恩.约翰·邓恩诗选，傅浩，译.[M].北京：外语教学与研究出版社，2014.

［11］黎萌.基于图形—背景理论的山水田园诗的认知分析 [D].北京：北京林业大学，2013.

［12］熊木清."从解释到发现"的认知诗学分析方法——以 *The Eagle* 为例［J].外语教学与研究（外国语文双月刊），2012,44(3):448-460.

［13］李正栓,刘露溪.21 世纪初中国的约翰.邓恩研究［J].外国文学研究，2008(2):165-172.

［14］么孝颖.从图形—背景理论看仿拟修辞格生成的认知本质［J].外语研究，2007:21-25.

［15］武琳."我在研究你们"——从认知诗学的视角解读《卡尔腾堡》［J].外国文学，2021:23-33.

［16］袁圆，屠国元.朱自清散文意象翻译的认知诗学探究［J].外语研究，2021:90-94.

［17］缪海涛，陈龙宇.基于图形—背景理论的中国山水诗歌意象的认知功能解析［J].外国语文.2020:80-84.

［18］匡芳涛.司卫国.英汉隐喻型断定构式的句法语义特征及其理据性探索［J].外语教学，2020:16-21.

［19］赵秀凤.认知诗学视域下绘本叙事"语篇视角"的多模态构建［J].解放军外国语学院学报，2017:35-43.

［20］齐振海，闫嵘.空间认知的语言与心智表征［J].外语学刊，2015:31-35.

［21］马俊杰，张生庭.认知诗学的研究历程及发展趋势［J].中国社会科学报.2020.

［22］熊沐清.认知诗学的"可能世界理论"与《慈悲》的多重主题［J].当代外国文学，2011:11-23.

［23］杨绍梁,文学研究的认知转向——斯托克威尔《认知诗学入门》简介［J].外国文学动态研究，2015:104-106.

［24］祖利军.《人生颂》的认知诗学解读［J].中国外语，2008:105-109.

爱玛的"自负"背后：简·奥斯汀对经验论的辩证认知

黎伊桐　梁晓晖（北京科技大学外国语学院，北京 100083）

摘要：

18 世纪，英国和欧洲大陆分别盛行经验论与唯理论，前者影响了包括菲尔丁在内的一批英国小说家，简·奥斯汀的小说也通常被评论界视为对英国经验论主张的反映。然而，本文认为在被誉为作家"最伟大的作品"的《爱玛》中，她不仅对经验论进行了直接的反映，更是以对爱玛的评判和奈特利对爱玛的修正，在认识来源、认识方法和认识可靠性三个有悖于唯理论之处对经验论给予了批评。爱玛克服了经验论式的"自负"，实现了认知上的成长，形成了兼具经验论和唯理论优点的综合认知方法，这与康德围绕综合先天判断的知识论不谋而合，反映了奥斯汀对经验论的辩证认知。

关键词：

《爱玛》；经验论；唯理论；认知进化

"Think a Little Too Well of Herself": Jane Austen's Critical Cognition of Empiricism in *Emma*

Li Yitong；Liang Xiaohui（School of Foreign Studies,University of Science and Technology Beijing,Beijing 100083,China）

Abstract:

Empiricism and rationalism were dominant in Britain and the European continent respectively in the 18th century, with the former influencing a group of British novelists including Fielding. Jane Austen's books are also seen as the

基金项目：本文系 2020 年度国家社会科学基金重大招标项目"认知诗学研究与理论版图重构"（项目编号：20&ZD291）子课题"文学文本的认知诗学批评"的阶段性研究成果。

作者简介：黎伊桐，北京科技大学外国语学院在读硕士研究生，研究方向：英美文学；梁晓晖，北京科技大学外国语学院教授，博士生导师，研究方向：认知诗学、文体学。

ones containing empiricist thoughts. However, this paper argues that in *Emma*, which has been hailed as the novelist's "best work", Austen not only directly reflects empiricism, but also critiques it in three ways that contradict rationalism, namely, the sources of knowledge, the methods of knowledge and the reliability of knowledge, which is realized by commenting on Emma or allowing Knightly to guide the girl for her. Being modified by Knightley, Emma is able to overcome her empirical "conceit" and achieves a cognitive evolution, developing an integrated approach to cognition that combines the advantages of both empiricism and rationalism. This integrated approach demonstrates Austen's dialectical perception of empiricism and turns out to be in line with the synthetic a priori judgement of Kant's.

Key words:

Emma; empiricism; rationalism; cognitive evolution

0 引言

简·奥斯汀（Jane Austen，1775—1817）的小说虽通常被视作对家长里短的描摹（Whately，2012：98），但越来越多的学者已注意到其对 18—19 世纪以洛克等哲学家为代表的英国经验论思潮的直接反映（Tave，1973：206；Harris，1989：2）。经验主义甚至被看作"奥斯汀所有小说的主题"，确实，洛克关于教育、幸福和社会契约的观念都在她的作品中有所体现（Devlin，1975；Giffin，2002：12；Martin，2008：13）。无独有偶，在 18 世纪经验论盛行和小说兴起的英国，包括菲尔丁、夏洛特·伦诺克斯、斯特恩、戈德温在内的一批英国小说家的作品也在不同程度上被视为对经验主义的反映，由此可见经验论对英国的影响贯穿整个 18 世纪（Loretelli，2000：84；Maioli，2017：11）。18 世纪理性主义风靡整个欧洲，其两个分支——经验论和唯理论分别影响英国和欧洲大陆，前者以培根、洛克和休谟为代表，后者以笛卡尔、斯宾诺莎和莱布尼兹为代表，两者就知识和对象的关系问题展开旷日持久的争论，直至康德打破传统观念，提出是对象主动接纳知识而非知识被动进入对象，争论才得以平息（希尔贝克，2012：368）。经验论和唯理论虽有着各种交叉观点，但在认识的来源、认识的方法和认知真实性的验证方面存在分歧（孙正聿，2000：192）。事实上，奥斯汀比同时代人更进了一步，她没有停留在对经验论的直接反映上，她的作品更多的是对经验论的修正式反思，即奥斯汀小说对经验论和唯理论在以上三方面的区别给予了反思。

奥斯汀对二者的思考尤其在《爱玛》这部被誉为她最成熟的小说中明显地体现出来。《爱玛》无论是在质感还是在写作技巧方面都称得上是一部"杰作"，以至于被阿诺德·凯尔特称为奥斯汀所著的"最伟大最具有代表性"的作品（Booth，1961：243—266；D.Bush，1975：13；朱虹，1985：251）。其中，布斯指出《爱玛》中有着高妙的叙事技巧："作者借助于爱玛的眼睛来表现大部分故事，以确保我们能跟着她旅行，而不是站在她的对立面"（Booth，1961：275）。事实上，读者在知晓爱玛缺点的情况下依然对她保持喜爱，不单是因为奥斯汀用独特的视角引导读者旅行，更因为她还用思想来引领读者对经验论形成修正式反思。

奥斯汀通过设置一位"自负"的女主角爱玛来指出经验论的缺陷，再同时安排理智的奈特利对爱玛进行修正，在此过程中以引导读者达到反思经验的目的。小说中多次提到爱玛是"自负"的，"自负"不只是角色性格的缺陷，它更意味着一种试图将单一经验套用于所有实践之上的思想缺陷，是经验论式的缺陷。与爱玛不同的是，奈特利既带有明显唯理论的色彩，同时又不乏经验主义做派，在他的身上，经验论和唯理论交杂形成了一个平衡。正如利特兹所表述的那样："小说的前半部分是由幻想与认识，感觉与理性的冲突主导的，而它们最终都内化为奈特利这个角色"（Litz，1965：134）。奥斯汀除了通过灵活的第三人称叙事视角对爱玛进行评判，还通过奈特利这位爱玛思想上的对手对她进行修正，在修正过程中作者展现出对经验论的批判性反思。

1 认识的来源：经验与天赋观念

爱玛与奈特利就应该从何处获得知识意见相左：爱玛不爱读书，她获得的一切知识都是从自己过往经验而来，而奈特利则倾向于信赖确凿无疑的理性观念。两人对于知识来源的取向体现了经验论和唯理论的特征，经验论主张一切知识来源于经验，而唯理论主张存在一个先天潜存于人心灵中的、不容怀疑的"天赋观念"。

这两种思想的分歧就在爱玛和奈特利对埃尔顿婚事的不同意见上体现出来。故事开篇，爱玛主动向奈特利提出要为社区新来的牧师埃尔顿做媒，理由是埃尔顿年轻英俊，有舒适的住宅和体面的工作，而且据她观察，埃尔顿似乎很向往婚礼。由于爱玛自认为撮合了泰勒小姐和韦斯顿先生，正志得意满，于是她就想当然地认为，她有义务帮助埃尔顿娶一位妻子。爱玛的知识来源于她的观察和经验，她从经验中获得的简单观念经过内在知觉和心灵的积极加工，获得了"得帮埃尔顿物色个太太"的观念。她的做法是经验主义式的做法，而她的挫败则是经验主义缺陷的体现。由于主张经验是知识的唯一来源，经验论难免存在缺陷：由经验而来的知识不具普遍性，而作为一种现象，经验也不能直接表现本质（周晓亮，2003）。爱玛忽视了促成一桩婚姻的诸多要素，简单地认为只要自己撮合，埃尔顿定能娶到一个称心如意的太太。但带有唯理论特征的奈特利则看出了爱玛这个想法的缺陷，他劝爱玛不必操心，理由是"一个二十六七岁的人完全会自己照料自己的"（奥斯汀，2001：10）。奈特利的话包含了一个前提，即人具有理性，且理性思考的能力随着年龄和阅历的增长而增强，因此二十六七岁的埃尔顿已经有足够的理智和能力处理好自己的终身大事了。对韦斯顿和泰勒小姐的婚姻，奈特利也是持同样的观点，以这两人的理智与性情"即使不用别人帮忙，也能稳稳妥妥地处理好自己的事情"（奥斯汀，2001：11）。奈特利总喜欢先提出观点再进行论证，但在说这句话的时候他没有进行论证，因为这个前提是不言自明的。人具有理性并可以妥当地使用自己的理性，这个观念在启蒙运动时期流传之广，已经变成了毋庸置疑、无须论证的，天然地存在于人的头脑中的天赋观念（希尔贝克，2012：320）。

再如，在爱玛对贝兹小姐出言不逊之后，奈特利与爱玛之间爆发了严重冲突，这种冲突体现了经验论与唯理论在认知来源上的不同。爱玛嘲笑贝兹小姐的笨拙，而"笨拙"这种印象自然源于爱玛从与贝兹小姐日常交往的经验。奈特利先生对此无法容忍，不得不对爱玛进行训诫，奈特利的愤怒表明一个前提，即对可怜人的冒犯是有失身份的。对条件优越之人可以嘲笑，而对生活无着之人则需要同情，这是深入人心、不言自明的观念。即使爱玛表面嘴硬，但也暗自心虚，因为她清楚自己违背了心照不宣的约定。奈特利先生训斥爱玛的失礼，正是基于这个前提。

2 认识的方法：归纳与演绎

爱玛与奈特利就应该如何形成复杂观念意见相左：爱玛通常采用归纳法来处理

感官经验以形成复合认知，通过对个别的感官知识的归纳和总结以期获得普遍性的认知，是经验主义推论方式的体现。而主张唯理论的奈特利则认为应从毋庸置疑的公理出发，通过系统周密的演绎法来获得真知。

这两种认识方法的差异导致爱玛和奈特利对牵线搭桥这件事的看法大相径庭。爱玛之所以对做媒有极大的热情，是因为她自认为成功地撮合了泰勒小姐和韦斯顿先生的婚姻。她细数了自己的功劳，认为如果不是她为这桩婚姻的成功提供了许多鼓励和帮助，这两人的婚事根本不可能如此顺利，于是她由此归纳出一条普遍性结论：自己有为他人做媒的特殊天赋。而奈特利却给爱玛泼了一盆冷水，他指出爱玛误解了"成功"的含义："我不明白你说的'成功'是什么意思，成功是要经过努力的"（奥斯汀，2001：10）。奈特利认识到爱玛之所以产生这种错觉，是因为她对复杂的抽象观念"成功"认识不清。由于爱玛对"成功"的理解是源于她对过去经验的归纳总结，奈特利反对的不仅仅是爱玛结论上的错误，更重要的是她推理方法上的错误，也就是经验论认知方法的缺陷。要修正这种缺陷，奈特利采用的是从公理出发进行演绎的唯理论方式。他首先界定成功的定义：成功是要经过努力的，不经过努力的算不上成功。然后对爱玛的行为进行分类讨论：如果爱玛为婚事奔走，那她的努力确实称得上成功。但相反，如果爱玛只是空想并没有付诸实践，那么只能称得上是运气使然，自然也说明不了爱玛在做媒方面存在天资。按照奈特利对爱玛的了解，显然第二种情况的可能性更大，因此最后奈特利得出结论，爱玛只是侥幸猜中，仅此而已。而爱玛的回答也确实验证了奈特利的猜想。

相似的情况也发生在对弗兰克·丘吉尔的评判上，从对话的内容上看，爱玛倾向于讨论弗兰克的具体事务，而奈特利则乐于讨论"人"的普遍状况。爱玛谈论弗兰克时提到的都是一些具体细节：弗兰克"寄人篱下"，也许不得不"忍受坏脾气"（奥斯汀，2001：128）。由于爱玛与弗兰克素未谋面，因此她提出的辩护理由只能是从自己过往的经验与关于弗兰克的一些消息归纳而来。而奈特利的论证方式则相反，他没有从日常经验入手，而是拔高到总体的"人"的高度：

There is one thing, Emma, which a man can always do, if he chuses, and that is, his duty...It is Frank Churchill's duty to pay this attention to his father. He knows it to be so, by his promises and messages; but if he wished to do it, it might be done. A man who felt rightly would say at once, simply and resolutely, to Mrs. Churchill...If he would say so to her at once, in the tone of decision becoming a man, there would be no opposition made to his going.（Austen, 2004: 29）。

译文：有一件事，只要一个人想做总是做得成的，那就是尽他的责任。来看望他的父亲，这是弗兰克·丘吉尔的责任，从他的许诺和信件来看，他知道他有这个责任。如果他真想尽这个责任，还是可以做到的。一个理直气壮的人会斩钉截铁地对丘吉尔太太说……如果他能用男子汉的坚定口吻对她这样说，她决不会不让他来。（奥斯汀，2001: 129）

这段话虽然讲述的是弗兰克的事，但只有一句是以弗兰克作为主句主语，在其他大多数句子中都是以 one thing、that、it 等抽象名词或者代词作主句主语的。也就是说，奈特利表面上是谈论弗兰克，但其实他是在强调普遍性的观念，言下之意是，要形成关于弗兰克的复杂认识，不应基于经验猜测，而应基于从这些理性观念开始进行的推理。由于这些观念被作家认为是不言自明的公理，奈特利也是基于这些公理对弗兰克的情况进行推演。爱玛虽然不同意奈特利的结论，但她接受这些观念。

而在对话的形式上，奈特利按照严谨的三段论式的推理来安排他的语言。首先界定大前提：以弗兰克的心智，责任想尽就能尽。然后根据小前提：他没有尽一个儿子的责任，最后得出的结论只会有一种可能，那就是弗兰克不想这么做。奈特利的语言习惯于从无可辩驳的公理出发进行推理，具有唯理论风格。正如尼尔所认为的那样，奈特利"实际上是在含蓄地宣称自己是理性的化身，从而充当了一种理性主义的救世主"（Neill，1999: 98）。

3 认识的验证：感官经验与理性推演

爱玛与奈特利就如何验证认识的可靠性意见相左：爱玛采用信赖自己的感知，以感官经验来判断知识是否可信。而奈特利否认感知能提供具有普遍性的知识，坚持理性的演绎推理才能得到真理，感觉经验需得到理性的证实。

这两种思想的分歧就在爱玛和奈特利对哈丽特的不同意见上体现出来。爱玛听闻哈丽特的美貌，一直对她很感兴趣。而在后者第一次来访时，爱玛对她的描述全部集中于外貌和礼仪方面：

Miss Smith was a girl...whom Emma knew very well by sight, and had long felt an interest in, on account of her beauty...She was a very pretty girl, and her beauty happened to be of a sort which Emma particularly admired...Emma was as much pleased with her manners as her person. (Austen, 2004: 14)

译文：爱玛不但非常熟悉史密斯小姐的脸孔，而且长期以来一直对她的美貌深感兴趣……她长得非常秀丽，而且她的美恰好也是爱玛所欣慕的……爱玛不仅喜欢她的容貌，也喜欢她的举止。（奥斯汀，2001：19）

这段文本中所有以爱玛作主语的句子都是感官词汇＋介词＋宾语的结构，如knew by sight、felt an interest in 和 was pleased with。会面前爱玛基于感官印象对哈丽特产生了兴趣，而会面后由于这些好感得到视觉和感觉经验的验证，爱玛对哈丽特越发喜爱，不顾身份地位上的差异挑中出身卑微的后者为女伴，甚至有意将她带入上流社会。

但奈特利对这段友谊并不看好，爱玛这个基于感知而没有经过理性验证的决定并没有得到他的认可：

She knows nothing herself, and looks upon Emma as knowing everything. She is a flatterer in all her ways...Her ignorance is hourly flattery...How can Emma imagine she has anything to learn herself, while Harriet is presenting such a delightful inferiority? And as for Harriet, I will venture to say that she cannot gain by the acquaintance. Hartfield will only put her out of conceit with all the other places she belongs to. She will grow just refined enough to be uncomfortable with those among whom birth and circumstances have placed her home. (Austen, 2004: 16)

译文：她自己什么都不懂，却以为爱玛什么都懂。她对她百般逢迎……她由于无知，便时时刻刻奉承别人。哈丽特甘愿摆出一副低眉顺眼的样子，爱玛怎能觉得自己还有不足之处呢？至于哈丽特，我敢说她也不会从这场结交中得到好处。哈特菲尔德只会使她忘乎所以，不再喜欢与她身份相符的地方。她会变得十分骄气，跟那些与她出身和境况相当的人待在一起，会觉得非常别扭。（奥斯汀，2001：33）

奈特利用时态规划自己的逻辑：用现在时说明哈丽特的无知，用进行时指出这段友谊给两人正在造成的损害，再用将来时预言哈丽特可能会面临的后果。同时奈特利对哈丽特的描述没有像爱玛那样出现感官动词，而是使用 be 动词或者 can、will 等情态动词引导的判断句和反问句来表现他斩钉截铁的语气。由此表明，奈特利对感知抱有怀疑态度，但对推理产生的结果充满信心，认为经过理性考察，人可以获得真理并预见事实。可以说，认同经验论的爱玛做出与哈丽特来往的决定是基于感知上的愉悦，而奈特利的不赞同则是出于理性的推演。

另外，面对哈丽特的姻缘，爱玛之所以决定撮合她和埃尔顿，是因为爱玛自己的相貌与家世俱优，过了 20 多年幸福生活，因此当她站在自己的角度来评估哈丽特时，难免会以己度人，高估了美貌和礼仪的力量，认为这些能够抹平哈丽特和埃尔顿地位上的不平等。哈丽特和埃尔顿一起散步时，爱玛故意扯断自己的鞋带以便在牧师住宅逗留，尽可能地为哈丽特和埃尔顿创造单独相处的机会。即使在此过程中爱玛理智上感觉有些不对，事情的发展与她所设想的埃尔顿对哈丽特倾心不符时，爱玛依然决定信赖自己的所见所闻，她只看见埃尔顿与哈丽特共处一室，相谈甚欢，就"自鸣得意地觉得自己的计划得逞了"（奥斯汀，2001：81）。但奈特利并不这样认为，在猜出爱玛为哈丽特挑中的如意郎君是埃尔顿之后，奈特利马上就断言此事不可能成功。他指出聪明的男人是不会允许自己的婚姻有瑕疵的，更何况埃尔顿精明势利，他会爱上一个无权无势的孤女不合逻辑。由于爱玛所观察到的现象经不起理性的考验，奈特利提醒沉溺在感官经验中的爱玛不要白费心机。

爱玛和奈特利关于哈丽特的最大分歧在于如何处理哈丽特与马丁的关系上，爱玛看重哈丽特的美貌而决心带她进入上流社会，因此鼓动哈丽特拒绝马丁，而奈特利对爱玛怂恿哈丽特做出错误决定非常不满，这不仅是因为哈丽特没有家世才情，更重要的是爱玛的做法会让哈丽特与她的阶层脱节，误生虚荣之心。而爱玛做出打破阶层，把哈丽特推进上层社会这种荒谬行为仅仅是出于对哈丽特的喜爱，而这种喜爱也只是基于她感官上的赏心悦目而没有经过深思熟虑。"哈丽特有资格进入上层社会"

这个命题没有得到理性验证而仅仅是依靠感官经验，基于不可靠的感官经验不可能得出可靠的真知，这是显而易见的。奈特利为爱玛分析了哈丽特的条件，指出以她的出身和社会地位，要是在爱玛的鼓动下产生了高攀有钱有势之人的想法，"这对她来说是非常不利的"，地位与哈丽特相当的马丁才是她的良配（奥斯汀，2001：57）。奈特利通过推理验证了自己的判断，认为哈丽特回绝马丁的求婚并不明智。爱玛从感知中获得的知识遭到了理性推理的否定。爱玛之所以惹怒奈特利，是因为她经验主义的行事逻辑与奈特利唯理主义的行事逻辑相违背。而后续爱玛遭受的一系列挫折和哈丽特婚事的不顺，都证明了奈特利的正确，也就是唯理论的正确。

如果说奥斯汀通过使依赖于经验的爱玛遭受失败来指出经验主义的不足的话，那么在被派来修正爱玛错误的奈特利身上，她同样也指出了唯理论的缺陷，即由于认为观念是天赋的而非自经验而来，唯理论无法解释原初的知识是如何进入对象的。以笛卡尔、斯宾诺莎和莱布尼兹为首的唯理论哲学家主张采用数学的方法，通过推理和演绎，从理性出发总结出本质性的知识。这种数学式的方法填补了经验论的缺陷，通过逻辑推理所获得的知识克服了普遍性的问题。但唯理论无法解释知识的来源问题，换言之，最原初的知识，这些天赋观念的"原料"从何而来。无可解决之下只能搬出上帝来（罗素，2012：208）。

因此奥斯汀为了克服唯理论的这个缺点，安排作为修正的奈特利在带有强烈的唯理论风格的同时也同样带有经验主义色彩，以解释知识的来源问题。在爱玛要为埃尔顿挑选妻子时，奈特利否定的重点在于爱玛忽视了人具有理性这个不言而喻的前提，而不是埃尔顿需要一个妻子这件事。事实上奈特利也认为埃尔顿应该结婚，只是这件事无须爱玛插手而已。而在弗兰克迟迟不来拜访父亲韦斯顿的时候，奈特利对他的不满源于弗兰克应该尽为人子的责任，而他没有做到。在哈丽特与马丁的婚事上，奈特利判断两人在身份地位上相配，理应结婚。从这个方面来看，奈特利也受到经验主义影响。根据休谟的观点，一些标准，如正义，是通过社会风俗和文化传统传承下来的约定，它们会令人做出下意识的情绪反应，这些反应并不是理性思考后的结果（希尔贝克，2012：304）。人到了年纪应该结婚，儿子要尽到儿子的责任，婚姻应该在门当户对的基础上产生，这些观念无疑是源于约定俗成的社会规范，本来就是由社会长期流传下来的传统决定的，是经验积累的结果。由此可以看出，虽然奥斯汀不认同纯粹的经验论，但她起码不反对经验论的基本原则，即知识来源于经验，她只是指出不可单纯诉诸感官经验而忽视理性观念与逻辑推理。可以说，奥斯汀在《爱玛》中通过描写爱玛的错误和奈特利对她的纠正来表达自己对经验论的修正性思考，她批判了经验论缺乏普遍性的缺点，认为感觉经验需要通过唯理论的推理进行验证，才能获得本质性的知识。

4 认知的进化：改良经验论与第三条路

在奈特利的修正下，爱玛克服了"自负"的缺点，她的思想转变正是她认知进化的体现。威廉斯认为，感官经验需要和一些"规则"相对照进行解码，人才能真正地"看到"，而规则源于人脑的进化和文化的阐释，是可以通过学习进行更新和进化的。他指出："建构和提升这种认知规则是人类的天性，也是进化的历史。通过优化认知规则，人们学会如何看待和控制现实。"（威廉斯，2013：32）爱玛的"自负"源于依赖由感觉经验归纳而来的知识，由经验而来的知识缺乏普遍性，不能妥当地反映现实。由于存在着不全面的"规则"，爱玛对现实的解码和认知也是不全面的，因此她接二连三地遭受挫折。而奈特利对爱玛的修正是思想上的修正。奈特利帮助爱玛克服了她"自负"的缺点，这不仅意味着爱玛在性情上得以提升，更意味着爱玛获得了认知上的进步。在故事后期爱玛曾感谢奈特利的帮助："你竭力帮我抵消了别人的娇惯，要是没有你的帮助，我怀疑靠我自己的理智能否改好。"（奥斯汀，2001：415）通过对爱玛进行影响和教育，奈特利纠正了爱玛认识世界的方式，爱玛不只认识到自己曾经受到"娇惯"而形成"自负"的缺点，她还认识到单凭借自己的理智并不能克服这些错误，因为即使总结再多的经验和感官知识，经验论也无法解决知识普遍性的问题。因此奈特利用唯理论的方式引导爱玛建立理性的认知规则，使爱玛确立了符合社会规范的思维方式，实现了认知方面的成长。而奥斯汀对经验论的修正性反思也应当被看作对认知规则改良的尝试。在同时代的以菲尔丁为首的一批小说家都停留在运用经验论反映现实之时，奥斯汀就已经通过塑造奈特利这个人物来整合双方的优点，尝试通过改良经验论，令其兼容唯理论的优点，来改进看待现实的方法，以深化对世界的认知。

奥斯汀这种试图克服经验论和唯理论不足的努力，与康德的知识论有异曲同工之妙。虽然目前没有证据证明奥斯汀曾经阅读过康德的著作，但她在《爱玛》中展现的试图克服经验论和唯理论的缺点，找到更加妥当的第三条路的尝试，与康德的努力是不谋而合的。康德提出了综合先天判断的概念，其核心在于解决了二元论的问题。二元论源于笛卡尔把实在描述为由思维和广延构成，于是两者是什么关系的问题就不可避免地产生了（斯通普夫，2005：333）。康德采取了逆转认知主客体关系的方法，不再坚持传统观点，认为知识发生在主体受客体影响之时，而是认为我们所认识到的客体"是由主体的经验方式和思维方式形成的"，换言之，认识的过程不是客体进入主体，而是主体主动接纳客体。当主体自己运用某些原则性的形式对知觉进行筛选和规范之时，真正有序、具有普遍性的认识得以形成（希尔贝克，2012：368）。奥斯汀也采用类似的方法来对经验论进行改良，以同时兼顾唯理论的优点。奥斯汀选择用唯理论的方式作为筛查标准，而受到筛查的知觉则是经验。爱玛的自负代表了纯粹依赖经验的不足，她的错误需要同时带有唯理论和经验论色彩的奈特利的纠正。经过改良后的经验论表现为以理性推理的框架包裹经验性的知识。在奈特利的帮助下，爱玛克服了"自负"的缺点，获得了认知上的成长，确立了合理妥当的思考原则，不再依赖自己的幻想，而是用符合社会规范的标准来筛选整理自己的经验，从而获得具有普遍性的有序的知识。

5 结语

通常被认为深受经验论影响的简·奥斯汀在《爱玛》中展现了她对经验论的修正式反思。她通过使"自负"的爱玛受挫来指出经验论缺乏普遍性的问题，她同时安排了奈特利来纠正爱玛的错误。在奈特利身上理性主义与经验主义的特点共存，作为奥斯汀推崇的"正确"的象征，他既有从经验中获得的知识，也有唯理论的逻辑性。通过塑造这个人物，奥斯汀表现了她既想克服经验主义普遍性不足的问题，又想解决唯理论知识来源的问题，兼容双方的优点，来探寻第三条路的想法。她是以菲尔丁为代表的一个英国作家群的缩影，在这批 18 世纪的小说家都在通过作品直接反映经验主义的时候，奥斯汀展现出了她对经验主义的修正性反思，她的主张与康德提倡的知识论不谋而合。她提倡利用以理性作为形式来筛选和架构经验，形成以唯理论为框架，经验主义为内容的综合认知方法。爱玛从依赖单一经验到掌握综合认知方法，她的成长体现了认知的进步，这表明奥斯汀对经验论的修正性改良实际上是一种认知方法上的改良，从而可以深化对现实的认知。

参考文献：

［1］Austen, J. *Emma*[M]. New York: Barnes & Noble, 2004.

［2］Booth, W. C. *The Rhetoric of Fiction*[M]. Chicago: University of Chicago Press, 1961.

［3］Bush, D. *Jane Austen*[M]. London: CUP Archive, 1975.

［4］Devlin, D. D. *Jane Austen and Education*[M]. New York: Barnes & Noble Books, 1975.

［5］Giffin, M. Jane Austen and Religion[J]. *Salvation and Society in Georgian England*, 2002:121-123.

［6］Harris, J. *Jane Austen's Art of Memory* [M]. London: Cambridge University Press, 2003.

［7］Litz, A, W. Walton, *Jane Austen: A Study of Her Artistic Development*[M]. New York: New York, 1965.

［8］Loretelli, R. The Aesthetics of Empiricism and the Origin of the Novel[J]. *The Eighteenth Century*, 2000, 41(2): 83-109.

［9］Maioli, R. *Empiricism and the Early Theory of the Novel: Fielding to Austen*[M]. Berlin: Springer, 2017.

［10］Martin, C, J. Austen's assimilation of Lockean ideals: The appeal of pursuing happiness[J]. *Persuasions: Austen Journal Online*, 2008.

［11］Neill, E. *The Politics of Jane Austen*[M]. London: Palgrave Macmillan, 1999.

［12］Tave, S, M. *Some Words of Jane Austen*[M]. Chicago: University of Chicago Press, 1973.

［13］Whately. Whately on Jane Austen 1821[M]//Southam, B, C. *Jane Austen Volume 1, 1811 - 1870: The Critical Heritage*. London: Routledge, 2012.

［14］［英］罗素 . 西方哲学史及其与从古代到现代的政治、社会情况的联系 [M]. 何兆武，李约瑟，等，译 . 北京 : 商务印书馆 , 2012.

［15］［英］简·奥斯汀 . 爱玛 [M]. 孙致礼，译 . 南京 : 译林出版社 , 2001.

［16］［美］撒穆尔·伊诺克·斯通普夫，詹姆斯·菲泽 . 西方哲学史（第七版）[M]. 丁三东，等，译 . 北京 : 中华书局 , 2005.

［17］孙正聿 . 哲学导论 [M]. 北京 : 中国人民大学出版社 , 2000.

［18］［英］雷蒙德·威廉斯 . 漫长的革命 [M]. 倪伟，译 . 上海 : 上海人民出版社 , 2013.

［19］［挪］希尔贝克，［挪］伊耶 . 西方哲学史 [M]. 童世骏，郁振华，等，译 . 上海 : 上海译文出版社 , 2012.

［20］朱虹 . 奥斯丁研究 [M]. 北京 : 中国文联出版社 , 1985.

［21］周晓亮 . 西方近代认识论论纲 : 理性主义与经验主义 [J]. 哲学研究 ,2003(10):48-53+97.

从图形—背景理论角度分析《黑暗的心》中的陌生化现象

靖康美　马俊杰（西安外国语大学英文学院，西安 710128）

摘要：

"陌生化"现象在文学文本中随处可见，得到了文学界的广泛关注。然而，鲜见相关研究从语言学角度出发解释"陌生化"审美效果产生的理据和原理。修辞作为实现"陌生化"的常见手段，在文学作品中得到了广泛应用。有鉴于此，为探究文学文本"陌生化"产生审美效果的语言学理据，本文以约瑟夫·康拉德的中篇小说《黑暗的心》为研究对象，将文本中体现"陌生化"现象的语言表达按其所运用的修辞手法进行归类，并结合认知语言学中的"图形—背景"理论解释"陌生化"现象延长读者审美时间和增强读者审美体验的原理。研究结果显示，康拉德通过将修辞性语言作为"图形"、其他语言作为"背景"来塑造扣人心弦的审美效果。本文分析表明，"图形—背景"理论能较好地从语言学视角解释文学文本的"陌生化"现象，使其美学意义的解读变得"有据可循"。

关键词：

图形—背景理论；《黑暗的心》；陌生化现象；修辞手法

An Analysis of Defamiliarization in *Heart of Darkness* from the Perspective of Figure-Ground Theory

Jing Kangmei; Ma Junjie（School of English Studies, Xi'an International Studies University, Xi'an 710128, China)

Abstract:

Defamiliarization, as an effect found everywhere in literary texts, has been widely

作者简介：靖康美，西安外国语大学英文学院 2022 级本科毕业生，伦敦大学人文艺术学院在读硕士研究生，研究方向：英语语言学。马俊杰，博士，硕士研究生导师，"西外学者"中青年拔尖人才，西安外国语大学外国语言学及应用语言学研究中心专职研究员，研究方向：认知语言学和认知诗学。

concerned by the literary world. However, there is a lack of research to explain the rationale for the aesthetic effect of defamiliarization from a linguistic perspective. Rhetoric, as a common means to achieve defamiliarization, has been widely used in literary works. Therefore, in order to explore the linguistic motivation behind the aesthetic effect produced by defamiliarization, in this thesis, we take *Heart of Darkness*, a novella written by Joseph Conrad, as the research text, classify the examples of defamiliarization in it according to the rhetorical devices used, and adopt the Figure-Ground Theory in cognitive linguistics to explain the reason why defamiliarization can increase readers' duration in understanding the text and enhance their aesthetic experience. The research result shows that by taking rhetorical language as the "figure" and other languages as the "ground", the author creates an appealing aesthetic effect. This thesis holds the view that Figure-Ground Theory can make a better explanation on defamiliarization in literary text from the perspective of linguistics, and make its aesthetic significance more scientifically illuminated.

Key words:

Figure-Ground Theory; *Heart of Darkness*; defamiliarization; rhetorical devices

0 引言

《黑暗的心》是约瑟夫·康拉德（Joseph Conrad）的代表作，发表于 1899 年。该书围绕汽船船长查尔斯·马洛被指派到刚果河流域运输象牙过程中的经历展开叙事，讲述了马洛在运输象牙时寻访库尔茨的漫长旅途中，不仅目睹了帝国主义者的邪恶行径，还目睹了殖民运动之下非洲人民惨遭剥削压迫的现状。作者康拉德对残酷的殖民现实进行细致描写，使小说充满了忧郁和黑暗的气息。美国著名评论家阿尔伯特·格拉德（Albert J. Guerard）认为《黑暗的心》"仍是文学作品中最伟大的黑暗冥想，也是对忧郁气质的最纯粹表达"（Ray，2006：187）。这部中篇小说引起了学界的广泛关注，不仅因为其具有浓郁的现代主义元素，深深吸引着读者的注意力，而且源于作者康拉德善于运用抽象名词和奇特形容词，夺人眼球。他在文中频繁运用象征主义手法，更是独特，由此形成了独具一格的语言风格，影响深远。我们认为《黑暗的心》是一部充斥着"陌生化"手法的小说。

20 世纪初，俄国形式主义者维克多·什克洛夫斯基（Victor Shklovsky）提出"陌生化"的文学理论。根据"陌生化"理论，运用"陌生化"手法不但能适当增加阅读的难度，还能延长感知文本的时间（Sotirova，2018：290）。1936 年，德国戏剧家布莱希特（Bertolt Brecht）将"陌生化"发展为演剧方法——间离法，极大地拓宽了"陌生化"理论的适用领域。1969 年，赫伯特·马尔库塞（Herbert Marcuse）在《论解放》中运用"陌生化"理论，从独特的角度分析了工业资本主义，并赋予了"陌生化"理论以政治价值。20 世纪 60 年代后期，"陌生化"在美国成为热门研究的领域。1972 年，美国文学评论家弗雷德里克·詹姆逊（Fredric Jameson）出版了《语言的牢笼》(*The Prison-House of Language*)，从马克思主义角度研究了"陌生化"理论。此后，道格拉斯·罗宾逊（Douglas Robinson）、西尔维娅·耶斯特罗维奇（Silvija Jestrovic）和卡罗·金兹伯格（Carlo Ginzburg）等众多学者也纷纷从不同角度对"陌生化"进行了研究。

"陌生化"理论被引入中国后，被广泛应用于文学、表演和绘画等方面的研究。近年来，"陌生化"在文学方面的研究尤为突出。2015 年，曹丹红在《诗学视角下的翻译研究》一书中，深刻探讨了文学性与"陌生化"之间的关系，并从语音、词汇、句法、语法、语义和叙事这六个层面，讨论了"陌生化"在文学文本中的应用；2016 年，李正栓和李丹在《约翰·多恩诗歌中的个体性与现代性》一文中，从意象和隐喻两个方面研究了"陌生化"；2020 年，赵妍和南健翀在《石黑一雄陌生化叙事对〈浮世画家〉普世主题的构建》一文中，从叙事的角度分析了"陌生化"。

综上所述，现有陌生化研究集中于文学、表演和绘画等领域，而鲜见相关研究从语言学角度出发解释"陌生化"审美效果产生的理据和原理。近些年，运用语言学方法研究文学文本越来越成为文学研究的新趋势。譬如，乔治·莱考夫（George Lakoff）在《我们赖以生存的隐喻》(*Metaphors We Live By*)一书中提出的概念隐喻理论，被广泛应用于文学研究领域。彼得·斯托克威尔（Peter Stockwell）于 2009 年出版了《文本结构：关于阅读的认知美学》(*Texture: A Cognitive Aesthetics of Reading*)一书，他充分运用文体学和心理语言学的相关理论知识，对文学文本的阅读进行深入探讨。2020 年，他又在《认知诗学：新导论》(*Cognitive Poetics: A New Introduction*)一书中，建立了认知诗学与文学文本之间的联系。有鉴于此，本研究从认知诗学的角度出发，基于认知语言学中的图形—背景理论，以《黑暗的心》为研究对象，对文本中的"陌生化"现象进行细致分析，希冀为文学文本中的陌生化现象分析提供一个新的路径。

1 理论框架

1915 年，丹麦心理学家埃德加·鲁宾（Edgar Rubin）提出了"图形—背景"概念。此概念一经提出，就引起学界的轰动。格式塔心理学家更是赋予了它深刻含义。在格式塔心理学中，所谓的"图形—背景"知觉理论指的是将图形从其背景中区分出来。根据格式塔心理学家的观点，人们可以通过模糊度、对比度、大小和分离度来区分图形和背景（Wagemans，2012：1172—217）。例如，我们在图 1 中所能看到的形状，完全取决于如何为它划分边缘。倘若向内划分边缘，黑色花瓶就成为"图形"，而白色人脸则是"背景"；若是向外划分边缘，则会出现与前一个截然相反的效果，"图形"与"背景"之间需要相互调换。

在认知语言学领域中，"图形—背景"理论于 1975 年由美国语言学家伦纳德·塔尔米（Leonard Talmy）首次提出。塔尔米将其应用于英语句子研究，并使其成为语言学研究中的重要理论。在专著《走向认知语义学 I》（*Toward a Cognitive Semantics I*）中，塔尔米不仅总结了"图形"和"背景"的典型特征，还为之后的语言学研究奠定了坚实的理论基础。1987 年，罗纳德·兰艾克（Ronald Langacker）提出了与"图形—背景"相类似的概念，即射体（trajector）和陆标（landmark）。他将射体定义为"the figure within a relational profile"（Langacker，1987：217），而将陆标定

图 1　人脸—花瓶（Stockwell, 2020：32）

义为背景。颇为有趣的是，温格瑞尔和施密德（Ungerer & Schmid）于 1996 年创造了两个概念，即 "syntactic figure" 和 "syntactic ground"，前者指单句中的主语，后者指宾语（Ungerer & Schmid，2006：177）。近期，斯托克威尔提到 "图形—背景" 理论已被应用于从句分析和话语分析中（Stockwell，2020：32）。值得注意的是，他于 2020 年出版的《认知诗学：新导论》是一部运用 "图形—背景" 理论探讨文学文本阅读的优秀作品。在该书第三章，斯托克威尔介绍了 "图形—背景" 概念，进一步探讨了该理论与其他文学批评概念之间的关联，如其与 "陌生化" "前景化" 和 "文学性" 之间的关系。该书为本论文奠定了坚实的理论基础。

就现有研究而言，"图形—背景" 理论虽被广泛应用于研究文学文本的阅读，但缺乏对文学文本中 "陌生化" 现象的研究。鉴于此，本文把文学文本的阅读与 "陌生化" 这两个领域有机结合起来，即以约瑟夫·康拉德的《黑暗的心》为研究文本，根据修辞手法，对其文本中 "陌生化" 的语言表达进行分类与整理，并运用认知语言学中的 "图形—背景" 理论对其进行分析。

2《黑暗的心》中的修辞手法与 "陌生化"

我们对小说《黑暗的心》的文本进行了定量研究，即将其运用到修辞手法的句子中进行统计。因缺乏合适的语料统计工具，因此，无论是语料的收集，还是语料的分类和计数，均依赖于人工操作。此方法虽使工作效率低下，但在一定程度上加大了我们对文本阅读与研究的深度。通过反复阅读，我们逐一找出了小说中使用修辞手法的部分，并进行了量化分析。统计结果见表 1。

表 1 《黑暗的心》中的修辞手法

序号	修辞手法	使用频次
1	详述法（amplification）	2
2	指代（anaphora）	2
3	对照（antithesis）	2
4	紧接反复（epizeuxis）	3
5	夸张（hyperbole）	9

（续表）

序号	修辞手法	使用频次
6	隐喻（metaphor）	19
7	转喻（metonymy）	3
8	矛盾修饰法（oxymoron）	1
9	排比（parallelism）	1
10	拟人（personification）	14
11	明喻（simile）	112
12	提喻（synecdoche）	3
13	联觉（synesthesia）	2
合计		173

2.1 词语层面修辞手法与"陌生化"

词语层面的修辞手法，包含"词语重复修辞"和"词语关系修辞"两个方面的内容。前者是指重复词语或短语的修辞手法，其中包括反复（anadiplosis）、指代、紧接反复和间隔反复（diacope）等。而后者则是一种通过建立词语间的联系来发挥作用的修辞手法，比前者更为复杂一些。它包括对照、连词省略（asyndeton）、矛盾修饰法和轭式修饰法（zeugma）等（参见维基百科词条"rhetorical device"）。在本节中，我们仅对文本出现频次高的"紧接反复"和"指代"两种词汇层面的修辞手法进行深入分析。

2.1.1 紧接反复与语词的强调

在修辞手法"紧接反复"中，同样的词或短语会在句子中连续出现（Harris，2021）。此修辞手段的目的在于对重复的部分加以强调，从而吸引读者的注意力，达到强化语义的效果。换言之，"紧接反复"的修辞手法是通过重复使用同一个词或短语，创造出独特的、非常规的语言表达方式，不仅让重复的部分变为图形，还把其他部分变成背景，更使读者体验到鲜活的"陌生化"效果。以下是小说《黑暗的心》中的一些经典案例。

例（1）

But I do not. I cannot—I cannot believe—not yet. I cannot believe that

I shall never see him again, that nobody will see him again, never, never, never.（Gorra, 2007：351）

例（2）

Don't you understand I loved him—I loved him—I loved him！（Gorra, 2007：352）

在例（1）中，马洛发现库尔茨给他的未婚妻留下了几封信，于是决定去探望他的未婚妻。当到达库尔茨的未婚妻的住所时，马洛发现她还在哀悼他，仿佛他刚刚去世不久。自库尔茨去世后，她便形单影只，急需向他人倾诉以排遣内心的孤独。而此时来拜访的马洛，自然而然地成为她的倾诉对象，仿佛救世主一般抚慰了她受伤的心灵。她语无伦次地机械重复话语，在不断发泄悲伤的同时，仍不忘表达对库尔茨的崇敬之情。例（1）正是在马洛来拜访时，她对马洛说的话。为了描写库尔茨未婚妻的痛苦，作者运用了"紧接反复"的修辞手法，重复使用"I cannot"，凸显她不愿接受库尔茨之死的事实。而相应的"never"一词的重复使用，也强化了她的悲伤和惋惜的情绪，这些重复的语句，很好地抓住了读者的心理，调动读者的情绪，使读者与之产生共鸣。此外，通过运用"紧接反复"手法，文本会变得更加新颖。究其原因，人们在日常生活中很少会连续重复使用同一个词或短语来表达自己的观点。作者康拉德通过运用"紧接反复"修辞手法，创造出一种不同于普通语言的表达方式，从而实现了"陌生化"。正是在这种重复使用语句的情况下，"I cannot"和"never"可作为图形，从整个句子中凸显出来。同样，例（2）也是库尔茨的未婚妻对马洛说的话。这次，她要求马洛告诉她关于库尔茨的遗言，不仅仅是因为她坚信库尔茨是爱她的，临终时肯定也会提及自己，更是因为库尔茨的话语是支撑她活下去的理由。为了表达她对库尔茨强烈的依恋之情，作者康拉德使用"紧接反复"的修辞手法，将"I loved him"作为图形，而将其他词语作为背景，通过重复使用"I loved him"这句话，使它在文体上偏离常规表达方式，实现了"陌生化"。以上分析皆有力地说明了"图形—背景"理论能使读者在阅读体验中感受"陌生化"的效果。作者康拉德通过重复同一单词或短语，强调他希望引起读者注意的内容，在某种意义上为读者创造了独特的、非常规的审美体验。

2.1.2 指代与节奏的创造

作为一种在分句开头重复使用一组词语的修辞手法，"指代"可以突出重复的词语（张秀国，2005：121）。"指代"与"紧接反复"的修辞手法大同小异，皆是可以帮助作者强调重复的部分，即图形。除此之外，"指代"能通过在句子中创造节奏，来达到增强节奏感的目的，从而提高文本的吸引力。换言之，"指代"亦是作者实现"陌生化"的手段之一。以下是《黑暗的心》一书中的两个典型例子。

例（3）

My intended, my ivory, my station, my river, my—（Gorra，2007：323）

例（4）

Fine sentiments, you say? Fine sentiments, be hanged! I had no time.（Gorra，2007：311）

在例（3）中，马洛回忆了他对库尔茨的印象。在他看来，库尔茨是一个傲慢且贪婪的人。正如例（3）所呈现的，库尔茨声称一切事物都属于他。倘若作者仅是轻描淡写"everything is mine"，这句话则过于简单直白，使文本显得枯燥乏味且毫无说服力，不足以让马洛记住他的性格，更不可能让读者注意到他。因此，为了增强该句子的美学吸引力，作者康拉德巧妙地运用"指代"的修辞手法，即在每个短语的开头都重复使用同一个词"my"。经过四次重复，"my"作为图形被前景化，凸显了库尔茨傲慢贪婪的个性。可见，作者康拉德通过运用"指代"这一修辞手法，将读者的注意力转移到库尔茨身上，成功地实现了"陌生化"。与此同时，"指代"也增强了句子的节奏，使文本语言更活泼、更具趣味性。在例（4）中，作者康拉德也使用了"指代"的修辞手法，以叙述马洛的抱怨。随着汽船越走越远，海上的情况愈加险恶，航行也越发艰难。有趣的是，一向骄傲的欧洲人，在面对这种险恶的情形时却束手无策，只能紧紧依靠着被他们称为"野蛮人"的非洲百姓，才得以渡过难关，继续航行。在旅途中，马洛逐渐意识到"野蛮人"与自己其实也是有共同之处的。但当被问及为何不在河边与非洲人一起跳舞时，马洛就会变得暴躁起来。因为马洛的工作实在烦琐，占据了他的大部分时间，让他没有多少闲暇时光来跳舞或享受生活。在这个例子中，作者康拉德将短语"fine sentiments"作为图形，重复了两次。如此，作者康拉德创造出使用频率较低的句法结构，从而防止读者过度熟悉文本的表达，却也同样实现了"陌生化"。上述分析均表明，"指代"能将重复的部分作为图形凸显出来，从而达到增强句子的节奏感，颠覆表达习惯，帮助作者实现"陌生化"的目的。

2.2 话语层面的修辞手法与"陌生化"

话语层面的修辞手法，包括夸张（hyperbole）、详述法（amplification）、阳否阴述（apophasis）和低调陈述（understatement）等。这些修辞手法都是依靠句子之间的关系来运作。（参见维基百科词条中的"rhetorical device"）在阅读过程中，我们发现小说《黑暗的心》中也存在着大量的夸张和详述法的修辞手法。在本节中，我们将重点讨论这两类话语层面的修辞手法，试图通过"图形—背景"理论来阐释作者如何使用这两个修辞手法来实现"陌生化"效果。

2.2.1 夸张与传统表达习惯的颠覆

在修辞学中，"夸张"是一种故意夸大事实的修辞手法（Harris，2021）。它能够强调被夸张的部分，从而打破常规表达的桎梏，唤起读者的强烈感受。因此，"夸张"的修辞手法也不失为一种实现"陌生化"的工具。《黑暗的心》中的几个典型例子如下。

例（5）

I saw him open his mouth wide—it gave him a weirdly voracious aspect, as though he had wanted to swallow all the air, all the earth, all the men before him.（Gorra，2007：334）

例（6）

It seemed to me that the house would collapse before I could escape, that the heavens would fall upon my head.（Gorra，2007：352）

在例（5）中，马洛描绘了库尔茨的外貌。作者康拉德不是简单地叙述"He opened his mouth wide, which made him look greedy"，而是将库尔茨的外貌进行夸大，文本中如是描述"没有人能吞下他面前的所有东西",在该描述中包含了一些颠覆常规表达的夸张的话语。不可否认的是,"夸张"的修辞手法使得语言清新有趣,吸引读者的阅读兴趣。由此可知,"夸张"作为一种强化手段,不仅能帮助作者康拉德将库尔茨的形象作为图形,还能给读者留下深刻印象并实现"陌生化",同时也能使文本产生夸张的审美效果。在例(6)中,生平极其厌恶撒谎的马洛,却在库尔兹的未婚妻的不断追问下,于心不忍,终究还是对她撒谎了,告诉她库尔兹信中的最后一句话是她的名字。事实上,库尔茨的最后一句话却是"恐怖,恐怖"。马洛在第一次欺骗他人的过程中,体会到了对人性黑暗的恐惧。为了传达马洛强烈的恐惧感和负罪感,作者康拉德运用了"夸张"的修辞手法来强化他的内心感受。与此同时,为了向读者充分展示马洛戏剧性的心理历程,作者康拉德使马洛的内心感受成为图形,并将其感受与日常语言区分开。如此一来,作者康拉德便创造了一种夸张的美学效果。他通过生动鲜明的表达方式,不仅展现了主人公马洛强烈而丰富的心理活动,还在一定程度上增强了文学文本的活力。以上分析均表明,"夸张"的修辞手法有助于作者通过将夸张的部分作为图形的方式,来实现"陌生化",从而颠覆读者的表达习惯,给读者留下深刻的印象。

2.2.2 详述法与读者注意力的提高

修辞中的"详述法",能增强某一观点的重要性(Harris,2021)。为了强化修辞效果,作者会重复这一观点,同时通过添加细节的方法来扩展它的领域。这种修辞手法不仅可以帮助作者实现"陌生化"效果,还可以引起读者的注意力。在下列例子中,基于"图形—背景"理论,我们阐释"详述法"如何实现"陌生化"效果。

例(7)

Otherwise, there was only an indefinable, faint expression of his lips, something stealthy—a smile—not a smile—I remember it, but I can't explain. (Gorra,2007:296)

例(8)

Ivory? I should think so. Heaps of it, stacks of it.(Gorra,2007:323)

在例（7）中，马洛描绘了总经理的微笑。在马洛看来，总经理是一个相当平庸的人，既不具备领导力和执行力，也得不到公众的信任。他之所以能担任总经理一职，仅仅是因为他身体强壮，又能抵抗热带疾病罢了。因此，马洛对他没有丝毫的尊重感。为了突出马洛对总经理的厌恶，作者康拉德在此例中运用了"详述法"。文中出现了大量的形容词，如"indefinable""faint"和"stealthy"等，无一不彰显了这位经理的平庸，让人一目了然。作者康拉德在刻画总经理的微笑时，也同样运用了"详述法"，创造出别具一格的表达方式，并试图引导读者将注意力集中在图形（经理的微笑）上。总而言之，"详述法"作为一种修辞手法，能有效帮助作者实现"陌生化"的效果。同样，"图形—背景"理论还可以用来阐释"详述法"和"陌生化"之间的关系。在例（8）中，马洛描述了库尔茨收集的象牙。据马洛所说，库尔茨对象牙极其狂热，以致他会想尽一切办法收集象牙。但他又是如此贪婪的人，收集起来的象牙都是成捆成捆的，足见象牙的数量之多。作者康拉德运用"详述法"，通过"heaps of it, stacks of it"详细地描绘了象牙堆积成山的状态。换言之，作者康拉德通过运用"详述法"，将象牙的数量作为图形，从整句话中凸显出来，从而产生"陌生化"的效果。上述分析均表明，作者运用"详述法"可以在简单的事实上添加细节，让其细节成为图形，从整句话中凸显出来。这不仅可以实现"陌生化"，还能引起读者的共鸣。概言之，"夸张"和"详述法"这两个话语层面的修辞手法，有助于作者打破常规表达的束缚，吸引读者的注意力，从而实现"陌生化"。

2.3 意象层面的修辞手法与"陌生化"

意象层面的修辞是指在作品中传达感官细节的修辞手法。它包括明喻（simile）、隐喻（metaphor）、转喻（metonymy）、提喻（synecdoche）和拟人（personification）。（参见维基百科词条"rhetorical device"）本小节中，我们将主要分析三种意象层次的修辞手法，即明喻、隐喻和拟人。

2.3.1 明喻与阅读体验的改变

"明喻"是一种明确比较两个事物的修辞手法（Harris，2021）。"明喻"通过建立两个不同事物之间的联系，不仅能使读者脱离体验文本的传统方式，创造独特的阅读体验，还能将一个普通的事物变成"图形"，达到"陌生化"的目的。以下是这部小说中具有代表性的例子。

例（9）

It seems to me I am trying to tell you a dream—making a vain attempt, because...（Gorra，2007：302）

例（10）

He rose, unsteady, long, pale, indistinct, like a vapour exhaled by the earth, and swayed slightly, misty and silent before me...（Gorra，2007：339）

在例（9）中，马洛向其他船员描述他对库尔茨的感情，以及寻找库尔茨的经历。作者康拉德不是简单地叙述马洛抽象的感情，而是化抽象为具体，将马洛的感情和经历比作具体的"梦"，进一步刻画他细腻的心理活动。作者康拉德在使用"明喻"的过程中，将马洛的心理活动外化，使之在文本中表现得最为突出。做梦是人的本能，因此，读者都体验过"梦"的虚幻性。作者康拉德用"梦"作喻，能让读者与马洛产生情感共鸣。通过"梦"这种方式使马洛的感情作为"图形"，在句子中得以凸显。在此例中，作者康拉德引导读者将注意力集中在"梦"中，延长了读者的感知过程，从而创造出"陌生化"的效果。在例（10）这个片段中，马洛描述了他与库尔茨相遇的过程，并对他的外貌进行了一系列描述。外貌的简单描述，乏善可陈，容易引起读者的审美疲劳。作者康拉德另辟蹊径，在此处运用了"明喻"的修辞手法，将库尔茨的外貌特征比作"蒸汽"，从而给读者增添了不少新鲜感。从语用频率来看，作为自然现象的"蒸汽"，极少用于描绘人的外貌。作者康拉德将库尔茨的外貌比作"蒸汽"，虽有违读者的语感与生活习惯，但创造了全新的表达方式。这种语言上的不规则性，使得库尔茨蒸汽般的外貌成为"图形"，其他形容词成为"背景"。总而言之，作者康拉德通过"明喻"的修辞手法创新了表达方式，这不仅加大了读者理解文本的难度，还延长了理解时间，也实现了"陌生化"。"明喻"能将普通事物比作新奇的事物（图形），引人注目。这既能让读者获得新奇的阅读体验，又能让读者将注意力转移到"图形"上。

2.3.2 隐喻与想象力的提升

"隐喻"在两种不同的事物（原始概念和目标概念）之间进行含蓄比较。通过展示两个看似无关事物之间的相似之处，"隐喻"能化抽象为具体，进一步激发读者的想象力。在一定程度上，它可以实现"陌生化"的效果。以下是《黑暗的心》中的典型例子。

例（11）

I've seen the devil of violence, and the devil of greed, and the devil of hot desire; but, by all the stars! These were strong, lusty, red-eyed devils, that swayed and drove men—men, I tell you. (Gorra, 2007: 291)

例（12）

They were dying slowly... they were nothing earthly now—nothing but black shadows of disease and starvation, lying confusedly in the greenish gloom. (Gorra, 2007: 291)

在例（11）中，马洛既目睹了帝国主义者暴力剥削非洲人民的恶行，又看穿了他们的丑恶嘴脸并谴责了他们的罪行。作者康拉德运用"隐喻"的修辞手法，将帝国主义者（原始概念）比作"魔鬼"（目标概念）。此"隐喻"将"帝国主义者"和"魔鬼"联系起来，凸显帝国主义者的暴力、贪婪和阴险。作者康拉德并非简单地写"the imperialists are violent, greedy, lusty and strong"，而是用"devil"一词来概括帝国主义者的这些特征。在这个例子中，"魔鬼"被前景化为"图形"，而其他单词被视为"背景"。因而，读者在阅读过程中需要附上自己对"魔鬼"的理解。可见，作者康拉德通过使用"隐喻"的修辞手法，提升读者的想象力，达到实现"陌生化"的目的。在残暴野蛮的殖民统治下，非洲人遭受西方侵略者的剥削、压迫和虐待。他们被西方侵略者骗去干苦力活，不仅没有劳动报酬，还经常被殴打和限制人身自由。在例（12）中，作者康拉德将非洲人（原始概念）比作"black shadows of disease and starvation"（目标概念），高度凝练了语句。此番表述，既能调动读者解读文本的积极性，使他们发挥想象力，又能让读者获得更强烈的审美体验。在此过程中，作者康拉德成功地实现文本的"陌生化"效果。综上所述，作者可以通过借助"隐喻"的修辞手法，建立起原始概念和目标概念之间的联系，不但能使目标概念成为图形，还能将原始概念"陌生化"。

2.3.3 拟人与新颖性的增加

"拟人"能赋予动物、非生物、思想或抽象概念以人的外形、性格、感情、行为等（Harris，2021）。作者运用"拟人"的修辞手法，能将非人的事物（原始概念）隐喻性地比作人（目标概念），使目标概念成为图形，将非人事物作为背景。作者借助"拟人"的修辞手法，将读者的注意力集中在新奇的目标概念上，从而实现"陌生化"。以下是《黑暗的心》中的两个典型例子。

例（13）

And at last, in its curved and imperceptible fall, the sun sank low, and from glowing white changed to a dull red without rays and without heat, as if about to go out suddenly, stricken to death by the touch of that gloom brooding over a crowd of men. (Gorra, 2007: 279)

例（14）

The current was more rapid now, the steamer seemed at her last gasp, the stern-wheel flopped languidly, and I caught myself listening on tiptoe for the next beat of the boat... (Gorra, 2007: 313)

在例（13）中，匿名第一人称叙述者正在描述泰晤士河上日落的场景。不难发现，作者康拉德选择了"dull"和"death"这些灰暗的词汇，试图描绘一个黑暗阴郁的景象。实际上，作者康拉德将"sun"和"gloom"拟人化了，他通过将人类的特征附加到它们的身上，无生命的名词"sun"为另一个无生命的名词"gloom"所"杀死"。这样的描写虽违背了常理，但把读者的注意力转移到了"sun"和"gloom"上。在阅读过程中，读者必须发挥想象力才能领会其深意。颇为有趣的是，读者对文本的理解过程会被延长，"陌生化"效果从而得以实现。在例（14）中，船员们继续踏上寻找库尔茨的旅程。旅途中，水流越来越急，越来越深，使得这艘原本破烂的船处于崩溃的边缘。为产生"陌生化"的效果，也为了给读者留下深刻的印象，作者康拉德运用"拟人"的修辞手法，采用"her""gasp"和"languidly"这样的词语，为汽船赋予了人类的特征。但不可否认的是，"拟人"的修辞手法能使读者获得新奇的阅读体验，有效避免读者对文本所要表达的内容过度熟悉。作者康拉德通过运用"拟人"来将"汽船"展现为"图形"，成功地实现了"陌生化"。概言之，作者可借助"拟人"的修辞手法，赋予非人的事物以人类的特征，将其展现为"图形"，从而实现文本的"陌生化"效果。

3 结语

本文从词汇、语篇和意象这三个层面，逐一分析了如何借助"图形—背景"理论揭示小说《黑暗的心》文本的"陌生化"效应。在词语层面，"紧接反复"和"指代"不仅能使重复的部分成为图形，还能打破常规的表达方式，在文本中创造出更强的节奏，从而实现"陌生化"；在话语层面，"夸张"和"详述法"均能通过夸大事实或详细阐释一个事实，推翻常规的认知和理解，以期能引起读者的注意力，实现"陌生化"；在意象层面，"明喻"和"隐喻"皆是将一个普通的事物比作创造性的事物（图形），从而激发读者的想象力，改变以往的阅读体验。而在"拟人"中，作者将非人的事物（原始概念）比作人（目标概念），使目标概念成为图形，其他事物成为背景，增添了文章的趣味性，也实现了"陌生化"。总而言之，修辞作为实现"陌生化"的一种手段，既可以延长读者理解文本的时间，还可以获得独特的审美体验。

值得一提的是，"陌生化"在文学研究、表演研究、翻译研究以及其他领域中均得到了学者们或多或少的关注。然而，"陌生化"在语言学研究方面甚少有学者涉及，即使有学者把"陌生化"与语言学研究相结合讨论了，大多也是寥寥几笔，未作深入研究。本文运用认知语言学中的"图形—背景"理论来研究文学文本的"陌生化"现象，为传统文学文本中"陌生化"效果的分析提供了一个新视角。

参考文献：

[1] Gorra, Michale, editor. *The Portable Conrad*. [M]. London: Penguin Books, 2007.

[2] Harris, Robert A. A Handbook of Rhetorical Devices. [EB/OL]. https://www.virtualsalt.com/ ahandbook-of-rhetorical-devices/5/. Accessed 8 Dec. 2021.

[3] Langacker, R.W. *Foundations of Cognitive Grammar*. [M]. Stanford: Stanford University Press,1987.

[4] Ray, Mohit. *Joseph Conrad's Heart of Darkness*. [M]. Atlantic: Atlantic Publishers & Distributors, 2006.

[5] "Rhetorical device." *Wikipedia*, 10 Dec. 2021, en.wikipedia.org/wiki/Rhetorical_ device.

[6] Sotirova, Violeta., editor. *The Bloomsbury Companion to Stylistics*. [M]. London: Bloomsbury Academic, 2018.

[7] Stockwell, Peter. *Cognitive Poetics: A New Introduction*, (2nd ed.) [M]. London: Routledge, 2020.

[8] Ungerner & Schmid. *An Introduction to Cognitive Linguistics*, (2nd ed.) [M]. Harlow: Pearson, 2006.

[9] Wagemans J., Elder J. H., Kubovy M., et al. *A century of Gestalt psychology in visual perception: I. Perceptual grouping and figure-ground organization*. [J]. Psychol Bull, 2012, 138(6):1172-217.

[10] 曹丹红 . 诗学视角下的翻译研究 [M]. 南京: 南京师范大学出版社, 2015.

[11] 李正栓, 李丹 . 约翰·多恩诗歌中的个体性与现代性 [J]. 外国文学研究, 2016(2): 41-45.

[12] 张秀国 . 英语修辞学 [M]. 北京: 清华大学出版社 , 2005.

[13] 赵妍, 南健翀 . 石黑一雄陌生化叙事对《浮世画家》普世主题的构建 [J]. 当代外国文学 , 2020(4):102-106.

认知视角下《秋千》的物叙事

杨绍梁（云南师范大学外国语学院，昆明 650550）

摘要：

玛丽·盖维的短篇小说《秋千》因其高超的叙事技巧和丰富的文化内涵而被视作不可多得的传世佳作。小说中具有象征意义的秋千和老房子不仅是主人公通向过去的刺激物，而且还承载着主人公无数的记忆和情感。通过对秋千和老房子的叙述，作者巧妙而生动地刻画了一位美国"留守"老年女性的过去和现在。本文试图从认知视角解读小说中的物叙事以及读者对之的情感反应。

关键词：

《秋千》；物叙事；记忆；情感体验；情感反应

On the Thing Narrative of *The Swing* : A Cognitive Perspective

Yang Shaoliang（School of Foreign Languges & Literature, Yunan Normal University, Kunming 650500, China）

Abstract:

Due to its sophisticated narrative techniques and rich cultural connotations, Mary Gavell's *The Swing* is Generally hailed as a rare masterpiece. The symbolic "swing and the old house" in the story are not only considered as triggers for the heroine's transportation from the present to the past, but also carry her countless memories and emotions. Through the narration of swing and the old house, the author skillfully and vividly sketches the past and present of a left-behind aging female. The present paper tries to explore the thing narrative and the reader's affective reactions to the narrative from cognitive angle.

作者简介：杨绍梁，博士，云南师范大学外国语学院副教授，研究方向：叙述学、英美文学研究。

Key words:

The Swing; thing narrative; memory; emotional experience; emotional reactions

0 引言

近年来，随着叙述学研究的不断升温，国内外学界出现了各种各样的研究转向，如认知转向、空间转向、情感转向等，然而，这些转向都存在一个共同点，即大都将研究的焦点放到叙事作品中的"人"上，几乎忽略了没有生命的物。毫无疑问，现实世界和小说中的故事世界都充满了各种各样的物。在研究过程中，人们越来越意识到物对人的重要作用。所以，20 世纪 60 年代在法国兴起了重视物叙事的新小说，正如戈德曼所说："人物基本完全消失，而物的自主性非同小可地相应加强的方向变化。"（戈德曼，1995：44）新小说的代表格里耶甚至指出："故事只是一种'纯属物质的现实'。"（吴元迈，2004：30）随着人们越来越意识到物对人类的重要性，国内外学界开始了一种"物转向"的研究热潮，叙述学界也自然兴起了"物叙事"的研究转向。物和叙事之间的关系本质上是相互的，因为"物［能］产生叙事，通过叙事也能产生物"（Gasston，2021：1）。

实际上，世间的万事万物都不是一种绝对自主的存在，而是以各种关系的形式存在着，而且还具有灵性，因此，布鲁诺提出了万物有灵论。不仅如此，事物除了具有物质性的一面外，还有精神性的一面，斯宾诺莎就认为，世界上任何物质实体都兼具"物理和心理两方面的特质"（维之，2013：19）。人们对叙事作品中物的研究不仅在于物本身，更在于其与人物的关系。古今中外，人们不仅将物视为人类情感、记忆、文化、历史的承载物，而且也是人类情感的刺激物或激发器。刘勰早就提出了"情以物兴，故义必明雅；物以情观，故词必巧丽"（刘勰，2015：36）的观点。卢梭在其著作《忏悔录》中对自己青年时期的恋人华伦夫人的情感描述就是典型例子。当华伦夫人离开他后，华伦夫人的身体也随之消失，卢梭所处的空间充满了焦虑感和不安感，但同时，在他和华伦夫人曾经所处的空间中，所有华伦夫人曾经抚摸过、用过的物件都充满了她的情感，成了她的替代物。因此，卢梭只能通过亲吻和抚摸华伦夫人曾经睡过的床单和属于她的物件来安慰和消减自己的焦虑（卡勒，1998：11—12）。

这里的床单等物件就起到了一个代替物、情感承载器的作用。

1作为连接过去记忆的"秋千"

盖维的小说《秋千》中的"秋千"就是一个典型的承载主人公记忆、情感的物件，对母亲来说具有非凡的意义。该小说的故事世界是一座居住了多年的老房子，后院有一个久经风雨的秋千，旁边放着一件多年前父亲买给儿子的红色夹克衫。她的丈夫叫朱立斯（Julius），同样也步入了古稀之年。他们有个儿子叫詹姆斯（James），现已功成名就，是一位颇有名望的数学家，并且已经在父母所在城市的另一端安家立业。从小说中可以看出，年轻时的她坚强、能干，每天不仅要干活、照顾儿子詹姆斯、帮助丈夫处理公司里的所有事务，还要照顾自己的妹妹。虽然年轻时的她每天都很繁忙，做着同样的工作，但却很开心，因为她在闲暇之余可以和自己的纯真的儿子一起毫无障碍地交流，分享心事，一起在自家房子后院里荡秋千,一起做智力游戏。

然而，现在的她已过古稀之年，儿子也已经功成名就，成家立业了，她突然间有了很多的空闲时间，不再需要像年轻时不停忙碌，为生活操心劳累。由于年纪大了，睡眠也变得不如从前，每天在睡前总喜欢看看书，却又睡不着，总是在床上翻来覆去。因此，为了不打扰丈夫休息，她搬到儿子的卧室。其实，搬到儿子的卧室，除了不打扰到老伴之外，还有一个重要的作用，即卧室是儿子以前用过的，里面的每一个物件都承载着自己与儿子之前的情感和记忆。因为"环境不仅是被使用的资源基础或适应的自然力量，还是确信和愉悦的来源，其中充满了让人深深依恋和爱的物"，是典型的恋地情节（topophilia）（Yi-Fu Tuan，1974：xii）。搬到儿子的卧室自然能够减缓自己对儿子的思念之情和重温往日的美好岁月，因为对于成年人来说，随着年岁和情感的增长，特定的地方会获得深刻的意义（Yi-Fu Tuan，1977：33）。充满记忆和情感的儿子的卧室自然对她意义非凡。每到周末，她会和丈夫开车去城市另一端的儿子家聚一聚，以解烦闷无聊之苦。除了周末去一下儿子家外，她几乎都不出门，成了一个与世隔绝的人。因此，她每天的生活轨迹就仅仅局限于自己居住了多年的老房子和后院能勾起她和儿子快乐回忆的秋千场地，而城市另一端儿子的房子对她来讲，跟外面的世界一样对她几乎是封闭的。

更为重要的是，不仅儿子的房子对她来说是封闭的，就连自己儿子的心理世界现在对她来说也是封闭的。"他的爱恨情仇，他的悲欢离合，我都一窍不通，她想：我不指望他能告诉我他的秘密，人一旦长大了，就不再会向自己的父母吐露心声了。"（虞建华，2010：55）虽然詹姆斯现在变成了她的骄傲，每次跟别人提起自己的儿子，她总是满脸堆笑，但长大后的儿子已经变了，变得她都认不出来了。他不再像以前那样纯真可爱，快乐开心，对母亲无所不谈，彼此的心理世界都是相互敞开的。现在，她的心理世界和儿子的心理世界之间的联系已经断绝了，彼此都不能够像从前那样相互了解。虽然是母子关系，但是，彼此的精神世界却有着极大的差异，就像两条永远不相交的平行线。在儿子的精神世界里，他每天想的是如何挣到更多的钱，以便享受更加富裕的物质生活，如何让自己在事业上更加成功，赢得别人的尊重，以满足自己的虚荣心；而在她的精神世界里，她渴望自己的儿子能够像小时候一样跟自己无所不谈，相互交流各自的心事，儿子能够抽出更多的时间来和自己说说话，陪伴自己，她渴望得到来自儿子精神上的爱，渴望有一个充满相互理解和爱的精神生活，但这一切都是不可能的，一切都已物是人非。现实中，人与人之间沉默寡言、互相不信任，毫无感情和交集可言，就连自己的丈夫也不能交心，充满物欲和功利的现实世界把自己最心爱的儿子也变得利欲熏心，心灵扭曲。生活在一个狭小而又封闭的老房子里，虽然自己功成名就的儿子让她过上了优越的物质生活，但在精神上，她却像一个幽灵一样，找不到精神的皈依。

整天"无所事事"的她关闭在狭小的老房子里，后院空荡荡的秋千，为她留下的是满满的凄凉。为了让自己的生活增添一点意义和乐趣，她每天"练习一小时的钢琴，读点关于中国的书籍，打理下自己的花园"（虞建华，2010：55），然而自己的儿子和儿媳却不理解她，"他们迷惑不解地看着她，妈妈，您到底想干什么呀？"安妮问道，自己的儿子也告诉她"真没有必要再做那些无聊而繁重的园艺工作"（虞建华，2010：55）。她的儿子和儿媳根本就不懂他们的母亲究竟想要的是什么，她真正在乎的是什么，因为他们在精神上生活在两个不同的世界里。在他们看来，只要母亲能够过上衣食无忧的物质生活，不用再像以前一样每天繁忙操劳，就是对母亲最大的孝顺。尽管她物质生活上已经衣食无忧，但她却整天闷闷不乐、痛苦不堪、度日如年，时间对她来说是凝固的，那座老房子和后院的秋千就如同福楼拜小说中的城堡一样，里面的时空是静止不动的，时间和空间里没有事件，只有重复，生活其中悲凉无比。

在海明威看来，"地方可以产生情感"，"人和地方之间存在一种同步的情感联系"（Gruber G.，2016：94）。其实，这里的情感既可以是消极的情感也可以是积极的情感。虽然自己居住的老房子和后院的秋千既破旧又充满了凄凉感，但是，事物都具有两面性，这些满载着过去记忆和情感的老房子和秋千又是解决老人孤独和思念之情的根本所在。小说中破旧的老房子和秋千激发了她的回忆和梦境，进而让她摆脱现实世界的痛苦和孤独。可以说，文中的老房子和秋千对于她来说是自带玛德琳效应的"甜点"，是通向过去的阀门。或可说，老年人因为五官的感知能力都已经急剧下降，所以，每天只能生活在狭小的空间里幻想，而无尽的过去恰恰为其幻想提供了材料（Yi-Fu Tuan，1974：57）。詹姆斯的母亲在梦中构建的情境生动地表现了她对逝去的那段充满着母子之爱的岁月的眷恋之情，以及她试图通过这种理想的梦幻世界来填补自己现实生活中精神上的极度空虚和孤独。詹姆斯的母亲无数次在梦中构建了一个充满着爱、理解、内心交流的美好世界，这样的梦幻世界虽然客观上来讲是一种虚幻的世界，但对于詹姆斯的母亲来说，这样的世界却比她所生活的现实世界更加真实和开放。因为在她所构建的梦幻世界里，她仿佛回到了从前那种苦中有乐的充实生活，真正感受到了生活的快乐，能够跟儿子进行心灵的沟通，自己的儿子还是一如从前那样纯真，没有被现实社会物化，对自己的母亲充满着理解和爱。此时，母亲就是儿子的一切依靠，在詹姆斯的眼中，母亲就是百科全书，无所不知，她能够解答儿子的所有疑问，儿子的精神世界和她的精神世界是相通的，他们依然快乐如从前，一起做游戏，一起荡秋千，一起数星星……母子间没有了现实中的隔阂，儿子也不像现实中那样利欲熏心。她从中获得了极大的安慰和快乐，感受到了真爱的滋味，甚至连儿媳打电话告诉她周日的全家聚会由于儿子出差而取消的事时她也不在乎，挂断电话，继续哼唱自己的歌曲，沉浸在美轮美奂的梦里。最后，连自己的丈夫也认为她已经疯了。

2 认知视角的"秋千"叙事

从社会认知的角度我们能够更加深层次、全面地阐释小说中物叙事的内涵，因为社会科学和认知科学的结合更加有利于文本的阐释和理解。特纳（Turner）指出："在后台认知研究的影响下，或更具体点，在意义、原因、选择、概念改变和概念形成的研究影响下，社会科学与认知科学应该结合在一起。"（Turner，2001：154—155）

在解读文本时，无论文内的语境还是文外的社会语境都极其重要，所以认知诗学的领军人物——"斯托克威尔［也］聚焦于阐释的社会性构建"（Cronquist，2007：24）。通过这一视角，我们能够阐释人在特定环境下做出某一举动、说出某一言语的原因。人都是社会性的动物，虚构文本中的"人"也不例外，所以，无论现实中还是虚构文本中的人的思维和认知活动都是与社会和他人互动的结果。文本的语境和作者的写作时间都映射出 20 世纪整个美国社会在美国梦和物质主义理念的驱使下出现的"空巢"现象，年轻人为追逐自己的成功梦而几乎为物质所物化、异化。美国梦可以说一直都是美国人最为重要的信条之一。在这样的历史背景下就不难理解小说中老人的言行和举动。小说中的老妇人因为儿子一心追逐名利几乎抛下自己年老的父母不顾，而老妇人的老伴也是一个少言寡语之人，所以只能通过在梦中回忆过去来化解自己的孤独和寂寞，寻找些许快乐。从另一层面讲，与年轻人相比，老年人总是生活在过去，他们已经很难通过行动来证明自我，他们缩小了自己的社交世界；而年轻人则生活在未来，他们的自我感大都通过做而不是拥有来实现，尤其在今天这样的快节奏生活里，年轻人很少往回看。因此，小说中的老妇人也只有从对过去的回忆中汲取生活的意义和乐趣。

詹姆斯的功成名就一方面让母亲从此过上了衣食无忧的优越生活，另一方面，因为大把的闲暇时间让母亲精神上极度空虚无聊，闷闷不乐。为了解脱现实生活的空虚和寂寞，年迈的母亲只能通过将过去融入梦中来构建一个理想的梦幻世界以实现自己解脱寂寞和空虚的愿望。正如莫言说："人对现实不满时，便会怀念过去，人对自己不满时，便会崇拜祖先。"（莫言，2013：61）现实生活中不能实现的愿望往往在自己的梦里得到了实现，白天极度压抑的精神在梦中得到了充分的释放，因为"梦是愿望的完成"（弗洛伊德，2001：1）。人在现实生活中不能满足和倍受排挤的欲望在无意识的梦里得到了很好的满足和体现。荣格更是认为梦对现代人来说具有一种宗教补偿功能："宗教补偿在梦中起了重要作用并不奇怪，在我们这个时代宗教补偿越来越大，这乃是我们观念中唯物主义的自然结果。"（L. 弗雷·罗恩，1989：236）根据荣格的观点，正是唯物主义蛀蚀了当今人的精神世界，人们的观念中充满着物欲，致使人们的精神出现了扭曲，而梦则是一种作为补偿人们精神世界空虚和孤独的不自觉手段。在睡梦中，一个个充满爱的梦幻世界把她带回了年轻时美好而温暖的往昔岁月，在那里，她精神上无比快乐，能与自己的儿子毫无障碍地进行心灵的对话，在宁静美丽的夜空下，荡着秋千，谈天说地。孤独而年老的她已经被记忆和梦"绑架"，正如斯塔克（Stark）所说："记忆编织着她最强的魅力，通过一些琐事、回声、语调、码头上的焦油和海草的味道来摆布我们。"（Yi-Fu Tuan，1977：144）

从隐喻的角度讲，小说中的秋千诠释着一个典型的隐喻：Swing is a portal。秋千在整个故事世界里起到了承前启后的作用，就如一个通道或入口一样。通过这个通道，故事世界中的母亲可以自由地回到自己和儿子年轻时的美好时光。读者对小说中故事的体验和情感的生成也依赖于这一核心物。同时，读者对两位老人尤其是母亲的情感也因秋千而起。实质上，不同的读者对母亲的孤独的体验感强烈程度是不一样的。根据克雷和亚科波尼（Clay and Iacoboni），不同的人对同一事件或人物的移情会因移情者的个人经历、政治立场等因素而各不相同（Clay and Iacoboni，2011：317），庞蒂（Ponty）从脑科学的角度指出，我们"拥有相同的器官，相同的神经系统，但并不足以说明会有相同的情感在两个有意识的人身上呈现同样的迹象"（Armstrong，2020：96），因为，"情感是一种生理和文化的混合"（Armstrong，2020：96），情感的生成不仅跟人的生理有关，还跟文化有密切联系。生于不同文化的读者对同一文本或事物会产生不同的情感。一般来讲，人更容易对自己熟悉的人产生移情，如亲人、朋友，同一个种族、国家的人等（Prinz，2018：15—16）。因此，对于那些子女已经成人并已经成家立业或者儿女外出工作长期不回家的老年读者，会对小说中的母亲产生强烈的情感体验。而对于没有经历过家人分离的读者而言，小说中的故事对其产生的情感浓度就要低得多。

当然，文学接受的情感生成主要分为两类：情感反应和情感体验，前者主要是对作品内容的主体评价的情感反应，而后者则是对作品的情感体验过程（钱谷融、鲁枢元，2003：404）。其实，这就是我们所说的两个阅读阶段：入而化身其中，出而分析玩味（钱谷融、鲁枢元，2003：409—414）。读者在阅读小说的过程中，会全身心地从现实世界转移到故事世界中，沉浸在故事世界的人和事中，体验其中的各种情感，这一阶段称之为"情感体验"；而当故事阅读结束后，读者又回到现实世界，理智也得到了恢复，便会对故事世界中的人和物、作者的语言、叙事技巧、结构等进行主观评价、分析，这一阶段称之为"情感反应"。所以，情感的生成并不是完全的感性因素，相反，"情感和认知是相互联系、重叠和交织的"（Armstrong，2020：95）。甚者，在阅读完作品后，读者自身，尤其是读者的精神世界也会发生相应的改变甚至升华。

这就是文学作品对读者精神世界的熏陶、教化或拓展作用，进而对读者自己的言行举止产生一定的影响。因此，"文学的终极价值在于鼓动劝说和彻底奉献"（乔治·斯坦纳，2019：355）。如在体验完小说中母亲的孤独和詹姆斯的"无情"之后，读者自然会审视自己与父母的情感关系，这就是文学作品的教寓功能。

3 结语

整篇小说以秋千和老房子为中心生动地叙述了一对空巢老人的凄惨晚年。本质上讲，如果脱离了人的联系，世界上所有的事物都仅仅是事物，就如格里耶（Grillet）说："世界既不是有意义的，也不是荒诞的，它存在着，如此而已。"（格里耶，2001：520）而一旦物跟人有了联系就有了特别意义和意味。就连最常见的柜子在米洛什眼中也"充满了回忆的无声骚动"（巴什拉，2013：100）。陪伴了母亲和儿子无数快乐岁月的秋千在母亲心中已经成了精神的寄托，灵魂的归宿，是母亲在梦中走进过去的入口。读者对故事中情感的体验和反应之后，自身的精神世界也会发生不同程度的变化，甚至还会影响到读者与自己父母间的关系发展。

参考文献：

[1] Armstrong, Paul B. *Stories and the Brain: The Neuroscience of Narrative*[M]. Baltimore: Johns Hopkins University Press, 2020.

[2] Clay, Zanna, and Marco Iacoboni. Mirroring Fictional Others[G]//Ellisabeth Schellekens, and Peter Goldie(eds).*The Aesthetic Mind: Philosophy and Psychology*. Oxford and New York: Oxford University Press, 2011.

[3] Cronquist, Ulf. The Socio-Psychology of 'Interpretive Communities' and a Cognitive-Semiotic Model for Analysis[G]//Lesley Jeffries, Dan McIntyre and Derek Bousfield(eds). *Stylistics and Social Cognition.* Amsterdam and New York: Rodopi, 2007.

[4] Gasston, Aimée. *Modernist Short Fiction and Things*[M]. Switzerland: Palgrave, 2021.

[5] Gruber G., Laura. *Hemingway's Geographies: Intimacy, Materiality, and Memory*[M]. New York: Palgrave, 2016.

[6] Prinz, Jesse. Empathy and The Moral Self[G]//Da Silva, Sara Graça(eds). *New Interdisciplinary Landscapes in Morality and Emotion.* London and New York: Routledge, 2018.

［ 7 ］ Turner, Mark. *Cognitive Dimensions of Social Science*[M]. Oxford and New York: Oxford University Press, 2001.

［ 8 ］ Yi-Fu Tuan. *Topopholia: A Study of Environmental Perception, Attitudes, and Values*[M]. New York: Columbia University Press, 1974.

［ 9 ］ Yi-Fu Tuan. *Space and Place: The Perspective of Experience*[M]. Minneapolis and London: University of Minnesota Press, 1977.

［ 10 ］［ 法 ］巴什拉 . 空间的诗学 [M]. 张逸婧，译 . 上海 : 上海译文出版社 , 2013.

［ 11 ］［ 奥 ］弗洛伊德 . 论文学与艺术 [M]. 常宏，等，译 . 北京 : 国际文化出版公司 ,2001.

［ 12 ］［ 美 ］卡勒 . 文学理论 [M]. 李平，译 . 沈阳 : 辽宁教育出版社 , 1998.

［ 13 ］［ 法 ］格里耶 . 未来小说的道路 [G]// 朱虹，译 . 吕同六主编 . 20 世纪世界小说理论经典（上），北京 : 华夏出版社 , 1995.

［ 14 ］［ 法 ］戈德曼 . 新小说与现实 [G]// 张裕朱，译 . 吕同六主编 . 20 世纪世界小说理论经典（下），北京 : 华夏出版社 , 1995.

［ 15 ］莫言 . 超越故乡 [J]. 名作欣赏 ,2013(01):52-63.

［ 16 ］刘勰 . 文心雕龙 [M]. 高文方，译 . 北京 : 北京联合出版公司 , 2015.

［ 17 ］［ 美 ］L. 弗雷 · 罗恩 . 从弗洛伊德到荣格 : 无意识心理学比较研究 [M]. 陈恢钦，译 . 北京 : 中国国际广播出版社 ,1989.

［ 18 ］钱谷融 , 鲁枢元 . 文学心理学 [G]. 上海 : 华东师范大学出版社 , 2003.

［ 19 ］［ 美 ］乔治 · 斯坦纳 . 语言与沉默 : 论语言、文学与非人道 [M]. 李小均，译 . 上海 : 上海人民出版社 , 2019.

［ 20 ］吴元迈 . 20 世纪外国文学史（第四卷）[G]. 南京 : 译林出版社 , 2004.

［ 21 ］维之 . 心智哲学问题新解 [M]. 北京 : 社会科学文献出版社 ,2013.

［ 22 ］虞建华 . 英语短篇小说教程 [G]. 北京 : 高等教育出版社 ,2010.

前沿书评

历史研究的"认知转向"

——《认知历史：心智、空间与时间》述评

蒋勇军（四川外国语大学期刊社，重庆 400031）

摘要：

认知历史是认知科学的成果运用于历史研究，是历史研究的认知方法和历史研究的"认知转向"，为历史研究注入了新鲜"血液"。它不是要替代现有的历史研究方法，而是对现有历史研究的完善和补充。认知历史连接了过去与现在，其核心之处就在于把人类看成历史的人，关注人类的认知与历史的时空环境、文化等之间的相互作用，承认人类身体与认知的历史性，强调认知的普遍性、具身性、生成性、嵌套性、延展性、情境性，以及文化与个体的差异性，关注环境与物体或工具的可供性与具身性。人类与周围环境互动时大脑的反映与情境认知（situated cognition）、分布式认知（distributed cognition）有关，而认知能力是通过心智与其周围的环境相互作用进化而来的，换句话说，人类的认知能力是由身体与环境之间长期的相互作用所决定的。认知科学中的具身认知、情境认知、感知、分布认知、概念隐喻、范畴化、主体间性和交际等概念可以给历史学家提供新的和强有力的工具与策略来解决老的、尚未解决的问题，为历史研究开辟新的广阔的未知领域。

关键词：

历史；认知历史；具身认知；分布式认知；认知历史主义

"Cognitive Turn" in Historical Studies: A Review of *Cognitive History: Mind, Space and Time*

Jiang Yongjun (Periodical Agency, Sichuan International Studies Univeristy, Chongqing 400031, China)

基金项目：本文系重庆市社会科学规划博士项目"英美文学界认知历史主义研究"（项目编号：2021B027）的阶段性成果。

作者简介：蒋勇军，四川外国语大学期刊社编辑，博士，研究方向：认知历史、认知诗学、外国语言学及应用语言学。

Abstract:

Cognitive history is the application of the achievements of cognitive science to historical studies. It is the cognitive approach to history and the "cognitive turn" of historical research. It has injected fresh "blood" to the historical studies. It could be viewed as a complement and assisting method to other established and well-proven methods in the research of history, so it is not intended to replace the existing historical research methods, but to improve and supplement the existing studies. A cognitive perspective can put history into a historical perspective. Cognitive history connects the past and the present, hence, whose core is to regard humans as historical beings, shaped by their history, both their cultural and evolutionary history. It attaches more importance to human cognition and the historical environment of such as space and time, culture, acknowledges the history of the human body and the history of cognition, emphasizes the universality, embodiment, enactivity, embedment, extension, situationality, and the difference of culture and individuals, and focuses on the affordance and embodiment of the environment and objects or tools. When humans interacts with the environment, the responses of the brain are related to situated cognition and distributed cognition, and cognitive abilities are evolved through the interaction between the mind and its surroundings. In other words, cognition is determined by long-term interactions between the body and the environment. The concepts of embodied cognition, situated cognition, perception, distributed cognition, conceptual metaphor, categorization, intersubjectivity and communication in cognitive science can provide historians with new and powerful tools and strategies to solve old and unsolved problems, and open up new and broad unknown fields for historical research.

Key words:

history; cognitive history; embodied cognition; distributed cognition; cognitive historicism

0 引言

历史研究的方法大体上有五种：考据法、历史比较法、统计法、计量法和马克思主义的方法论（漆侠，2003）。无论哪种方法，都离不开认知主体——人。第二代认知科学重回"人的心智"，心智的具身性（embodiment）是其核心特征（李其维，2008：9—10）；认知主体被视为自然的、生物的且通过"身体"与环境进行动态互动获取认知，这种具身认知具有情境性、延展性、适应性等特征（唐孝威，2007；蒋勇军，2009：13-15）。此外，具身认知还具有认知的普遍性和历史性、文化的特定性。第二代认知科学的认知观引发文学、语言学、翻译、科学哲学等人文学科或社会学科领域的"认知转向"。艾伦·理查森（Alan Richardson）和埃伦·斯波斯基（Ellen Spolsky）（2004：vii）指出："认知研究本身就是科学和社会科学的松散结合，这种结合从进化生物学延展到哲学认识论，兼容了经验主义和理性主义的研究方法。认知研究与各种文化研究相互关联。这反而发展成为一种人文主义与社会科学的混合学科。"2019 年，瑞典隆德大学（Lund University）的科学与思想史教授大卫·杜纳（David Dunér）和哥德堡大学（University of Gothenburg）的历史学教授克里斯特·阿尔伯格（Christer Ahlberger）合编的《认知历史：心智、空间与时间》（Cognitive History: Mind, Space, and Time）（以下简称《认知历史》）基于具身认知的研究成果，分析了历史认知研究的理论基础，提出了一些理论和方法，为历史上人类在与环境互动中如何感知世界提供了新的见解。两位编者将这种历史的认知研究称之为"认知历史"，体现了历史研究的"认知转向"。

1 内容概述

该文集除了简短的"卷首语"之外，由前言、进化、语言、理性、空间和物质六个版块构成，每个版块仅有一篇文章，分别反映了不同的主题。

在"卷首语"中，两位编者对认知历史做了明确的定位，指出：认知历史是历史研究的方法、工具和认知科学理论的共生产物，用于解释和理解历史上人类的行为、交际及想法，是对已有历史研究方法的补充和辅助（VII）。由此可知，认知历史是历史研究与认知科学相结合的跨学科研究范式，它不是要取代已有的历史研究方法，而是对已有理解和书写历史方式的补充和完善。

编者之一的杜纳教授在"前言"《时空中的人类心智——认知历史导论》（Human Mind in Space and Time: Prolegomena to a Cognitive History）中对认知历史做了界定和再次定位，着重关注历史与认知（人类心智与时空环境的互动）的关系，介绍了认知历史的一些基本概念，认为"认知历史不仅可以重振历史研究，还可以为人类认知的生物—文化协同进化（bio-cultural coevolution）研究提供实证的历史数据"（3）。杜纳看来，认知历史是研究历史上的人类如何使用认知能力理解周围的世界，以及使自己与之相适应，同时也研究人类身体之外的世界如何影响其思维方式（3）。他认为走向认知历史要有三个步骤：首先，认知历史是受益于认知科学发展的一种新的历史理论和方法，所以必须要有理论基础；其次，从历史的源头上检验认知科学的理论，以判断它们是否会对历史上人类认知创造力带来新的解释和更深入的理解；最后，从长远来看，为人类心智的认知进化研究提供信息，促进认知科学的发展（3—4）。认知历史连接了过去与现在，其核心之处就在于"把人类看成历史的人"（8），关注人类的认知与历史的时空环境、文化等之间的相互作用，认知也在不断进化。杜纳认为人类与周围环境互动时大脑的反映与情景认知（situated cognition）、分布式认知（distributed cognition）有关（9），而认知能力是通过心智与其周围的环境相互作用进化而来的，换句话说，人类的认知能力是"由身体与环境之间长期的相互作用所决定的"（12）。因此，认知能力可以从历史的角度进行研究，是认知历史研究的关注焦点。进而，作者讨论了认知历史的一些基本概念，如具身认知（embodied mind）、情境认知（situated cognition）、感知（perception）、分布认知（distributed cognition）、概念隐喻（conceptual metaphors）、范畴化（categorization）、主体间性（intersubjectivity）和交际（communication），并认为"认知历史的这些基本概念……可以给历史学家提供新的和强有力的工具与策略来解决老的、尚未解决的问题，为研究开辟新的广阔的未知领域"（25）。最后，作者指出：认知历史以实证研究为基础，以便了解人类在历史上的行为，试图理解他们的特定环境、时代及其文化，并让历史学家触及历史上人类心智的隐性认知过程，为历史研究提供新的阐释，或发现新的事实，或以新的方式使用已知的资源，或发现可以用于历史研究的新资源（23-26）。

在"进化"版块中，国际知名符号学家、隆德大学的戈兰·索尼森（Gran Sonesson）教授在《思维的进化——深度历史与心智历史之间的认知符号学》（The Evolution of Thinking: Cognitive Semiotics in between Deep History and the History of Mentalities）一文中，从认知符号学的视角探讨了深度历史与生物进化、文化进化之间的关系，阐释了认知历史是历史时期人类生物进化和文化进化之间的桥梁，认为人类及其思维方式的独特性不仅在于认知能力的生物遗传进化（biological-genetic evolution），还在于人类在历史时期与环境、社会文化生活世界的相互作用，特别是人类的符号技能（35）。深度历史"追求历史的统一性，通过整合不同学科知识，将史前史与文明史视为连贯的过程"（张文涛，2020：107），索尼森认为这种连贯性是理所当然的。深度历史强调趋势和过程，却质疑进化论和历史之间的区别，存在把历史缩减到进化的最后一个阶段的危险，因为"历史很容易被视为始终和任何地方都是一样的，是一系列重复的、基本上预先决定的事件，没有考虑到人类的意志和决心"（41）。他分析了梅林·唐纳德（Merlin Donald）通过情景记忆、模仿记忆、神话记忆和理论记忆划分的进化四个阶段以及其他不同的观点之后，认为文化进化在历时层面取决于生物进化同样的因素：变异与选择，但是文化进化不仅会带来记忆记录（memory record）（52），供以后检查以便重新选择，还是一种意义的积累，即具有经验的记忆（memory experienced）（53）。这种文化记忆跨越了深度历史和历史本身（history proper）之间的界限。

在"语言"版块中，哥德堡大学的语言学教授延斯·奥尔伍德（Jens Allwood）的《认知历史与语言》（Cognitive History and Language）论述了语言本身和认知语言学研究为历史、历史研究和认知历史提供了工具，认为词汇、语法的语言表达以及语言交际等方面能反映人类认知及认知变化的信息，如："总的来说，词汇是不断变化的，能够反映不同文化、不同历史时期人们的兴趣、需求和思维方式的差异"（79）；明喻、隐喻和谚语等表达与文化密切相关，体现了特定时期的思维方式和认知习惯（cognitive habits）；称呼语在很大程度上体现了交际双方的社会地位和认知惯例（cognitive routines）。奥尔伍德认为，"语言对集体认知和集体认知的变化具有重要的作用……尤其在集体认知方面，语言和交际的最重要功能可能是维持和维护法律、神话、谚语和词汇等作为一个整体的、在交际中运用身体和其他方式的认知现象"（90），"语言以不同的方式迫使我们审视自己的时代和更早的时代的思维方式，并采取自己的立场"（91）；语言与认知的"一切皆可以改变，有些方面变化得更快"（91），随着传播的程度和速度不同而变化，而且通过语言和交际所表达的认知与意识程度的差异有关（93）。

大卫·杜纳在"理性"版块的《早期现代思维中的公理—演绎典范——人类理性的认知历史》（The Axiomatic-Deductive Ideal in Early Modern Thinking: A Cognitive History of Human Rationality）从认知历史视角阐释了公理—演绎典范，论述了几何方法在早期现代思维中的重要性以及它作为理性思维在历史上的客观主义立场，描述了人类理性进化的后期，特别是科学进化过程中人类理性的文化进化。作者认为，17、

18 世纪的科学革命引入和创造了一些新的认知工具，将其用于考察人类与不断变化的物理和社会文化环境的相互作用，数学、几何、逻辑等所表达的理性思维并不能脱离人的身体、物理与社会文化环境，以及它们之间的相互作用，而是身体与认知的历史和生物—文化共同进化的产物，是它与物理环境、社会文化环境、生活世界相互作用的历史结晶；数学与人类的大脑密切相关，是一种文化现象，是人类认知能力生物—文化协同进化（bio-cultural coevolution）的结晶（101）。杜纳指出，从认知历史角度来看人类理性的历史，数学和公理—演绎典范是人类心智及其与周围环境相互作用的产物，反映了大脑对外部世界寻找秩序、联系、意义和模式，由此，人类理性的认知进化在一定程度上是生物性的；同时，物体是人类大脑的外部思考工具，属于分布式认知，数学计算和数字可被看作一种思维，而理性思维不仅发生在大脑中，还发生在大脑与其环境的相互作用之中。因此，世界与数学之间的"契合"是存在于人类思维中的东西（119—121）。

卡尔斯塔德大学（Karlstad University）的拉克尔·约翰逊（Rakel Johnson）和杰西卡·埃里克森（Jessica Eriksson）在"空间"部分的《威尼斯体验：语言与情境认知关系的个案研究》(The Venice Experience: A Case Study of the Connection between Language and Situated Cognition）中从情境认知（situated cognition）的角度对威尼斯游记进行分析，从可供性（affordance）和具身性（embodiment）两个方面对游记的隐喻性（metaphoricity）进行论述，旨在通过情境认知与直接现实主义（direct realism）的结合，促进建构主义历史认知研究（constructivist historical cognition research）的发展。情境认知与社会、文化和物理环境密切相关，约翰逊（131）认为，人类的活动总是发生在语境中，且具有持续性，知识积累和储存也是人们在语境中依据可供性和具身性而决定的，人类的智力活动具有环境依赖性。对历史研究而言，两位作者认为，历史概念研究的唯一途径是考察在其历史语境中使用的语言以及认知过程影响概念形成的方式（135）。他们从情境认知的视角分析了游记对威尼斯城、街道、运河、宫殿、圣马可广场和总督宫等地的描述，指出："认知无处不在，并总是发生在我们的物理世界、感知和语言之间的相互影响中，这三个方面不可分离。"（153）

马丁·阿贝格（Martin Aberg）、克里斯特·阿尔伯格和拉克尔·约翰逊在最后的"物质"版块的《制造"家"：家即认知制品》(Making "Home": The Home as a Cognitive Artefact）中基于情境认知，展示墙纸、窗帘、镜子、绘画、灯光、地毯等人工制品将艺术和文学联系起来，塑造现代意义上的"家"。他们指出，从认知历史的视角而言，家的制造展示了人类心智如何与环境共同作用，即人类如何运用认知能力来构建和理解其生活和环境（161）；"家"涉及身份、自我和归属，充满了情感、态度和价值观，这些已延伸到家所使用的人工制品之中（162—163）；文学作品用人工制品制造"家"，并通过它们的思考与行动来表达文学的思想和情感，如文学作品中人工制品的放置与使用往往会提供一些可供性（affordance）的具身体验，反映人物的情感。因此，艺术与文学紧密相关。作者看来，"家"也是历史意义上的一个特定范畴，受历史变化的影响。情境认知具有历史性，因此三位作者还分析了19世纪的文学和艺术作品经常提及或叙述的如窗帘、绘画等人工制品，展示它们是如何作为工具来制造"家"，如室内空间的使用、人工制品的摆放等的情感意蕴。

2 简评

"认知模式和理论能开启……全新的阅读方式，不是因为早期概念是当前概念的'先河'，而是因为新的兴趣、概念、术语和方法可以给历史记载带来全新的视角"（Richardson & Spolsky，2004：23），也给历史研究带来了新的研究视角和方法。《认知历史》的编者指出历史研究的"认知转变"的必要性，认为："认知科学的革命已经改变了人们对人类思维的认识，历史学家们再也不能忽视它了"（5）。因此，历史研究的"认知转向"是《认知历史》的最主要特征。《认知历史》的主要目的是尝试提出一个历史研究的综合性认知理论，既考虑了内部和外部的科学和社会因素，又能阐释人类历史的认知能动性与创造力。在宏观层面，该文集对认知历史的界定、目的以及方法等进行了论述；在微观层面，文集分析了认知历史研究的基本理论和方法，每个部分关注一个主题，分别运用情境认知、分布式认知、隐喻等相关理论对历史做了具体的个案研究，因此，《认知历史》对历史的认知研究而言，在方法论和本体论层面都具有十分重要的意义。

《认知历史》的显著特点就是突出精神和物质的相互作用，强调认知历史不仅研究历史上的人运用认知如何认识和适应世界，还研究世界如何塑造认知。认知是大脑与周围环境相互作用的产物，具有生物性、历史性和文化性等特征，正如理查森所言："认知不是先验的，而是历史的，即：认知是体验、进化的，无论是整个人类还是个人的发展过程，认知机制的挖掘和提升随时间而进化；历史也不仅包括社会、文化和政治的方面，还涵盖生物（包括进化和基因）和地球物理学的方面。"（Richardson，2010：3）理性如数学也是一种文化现象，是认知的产物和历史的结晶（参见文集的"理性"部分）。因此，认知具有复杂性。具体而言，《认知历史》主要论述了认知的具身性（embodied）、嵌入性（embedded）、生成性（enacted）、延展性（extended）、文化性和历史性，运用情境认知和分布式认知研究历史。情境认知与社会、文化和物理环境密切相关，强调身体和世界动态相互作用，消解了身体和世界之间的界限。分布式认知则把思维从大脑扩展到周围的环境和物体，环境和物体从而具有了可供性和具身性，为历史研究、考古和物叙事提供了理论基础。

《认知历史》在一定程度上体现了唯物史观。认知是由大脑、身体与世界的动态互动决定的，大脑、身体和世界都具有物质性，因此认知是物质决定的，而认知又对大脑、身体和世界具有反作用，可以塑造思维、重塑神经与情感、创造自己的生活和文化世界。换句话说，历史造就人类，而人类反过来也造就历史。因此，认知历史既承认历史的客观性，也肯定人类认知能力的能动性和历史的建构性。认知的特性和人类特有的认知能力让人类可以跨越不同的时间和空间与历史对话，在特定的环境、时代和文化中理解历史。"认知历史学家……应关注他们如何运用自己的认知能力形成解释模型"（24），换句话说，历史是可以运用认知能力来认识的，认知历史可以为历史提供理论阐释。总的来看，认知历史的历史观不同于历史客观主义和历史相对主义的历史观，在认识论层面，它相当于在历史客观主义与历史相对主义之间选择了一条折中道路。

《认知历史》对认知历史提出了思考，肯定了历史的认知研究的价值与潜力，相信新的方法与理论会为历史研究提供新的知识、新的解释和新的理解，体现了一定的抱负。《认知历史》囿于文章的数量，所涉及的话题、研究对象有限，拓展的问题不够宽泛，且前言中提出的如主体间性、移情等理论在后面的文章中论述体现不足，心智理论、社会认知等理解历史和他人的相关认知理论尚未涉及。然而，瑕不掩瑜，《认知历史》为历史研究提出了新视角或新范式，促进了认知历史的理论和方法论的构建，在认识论和方法论层面对认知历史的发展具有启发和推进作用。

3 结语：认知历史与认知历史主义

认知源于人与环境的互动，且对人与环境产生反作用，两者对立统一，相辅相成；认知具有历史性，历史具有认知性；这种认知历史观契合辩证唯物主义立场。总体而言，认知历史是历史的认知研究方法，是历史学家分析和解释历史和历史变化的新工具，给历史研究注入了新的"血液"。认知历史可能是未来历史研究的一个有前景的且与现有历史研究能互补的方法（25）。然而，认知理论与历史研究的结合阐释新的理论与方法同样也是一种挑战，不是一蹴而就的，认知历史还有很长一段路要走。

认知历史与认知历史主义既有联系又有差异。认知历史是一种历史研究的方法，而认知历史主义是一种文学批评方法。相对于新历史主义而言，认知历史主义可以看作"认知文化诗学"。对于欧美的认知文学研究或广义的认知诗学研究而言，认知历史主义可以被看作认知文学研究的一个研究范式，也可以被看作认知文化研究的一个分支。认知历史主义"在认识论层面，就相当于客观现实主义和文化相对主义之间走一条折中的道路"（Richardson，2010：3—4），"历史总是处在真相与虚无之间"（蒋勇军，2022：212）。因此，从方法论层面，两者都是运用认知科学的理论为各自的学科服务，在认知论层面，两者似乎都是采用一种折中的方法，既承认历史的客观性，也承认历史的主观建构性。两者都强调历史、认知、文化与环境的关系，即特定时空的物理语境、生物环境与文化环境，承认人类身体与认知的历史性，强调认知的普遍性、具身性、生成性、嵌套性、延展性、情境性，以及文化与个体的差异性，关注环境与物体或工具的可供性与具身性。认知历史包括对考古、文献、记录等考察，认知历史主义主要侧重历史批评，两者的主体、研究对象、目的和标准等要素有差异，但在方法论和认识论上彼此相互印证、相得益彰。

认知历史主义在西方文学界已经发展了近二十年，是对新历史主义的完善和补充。认知历史虽然起步晚，但也是对现有历史研究的有益补充。两者对自己的定位都十分明确，不是替代原有的理论和方法，而是起到补充和完善的作用。认知历史乃是含苞未放的花朵，期待学界的呵护！

认
知
诗
学

参考文献：

［1］Dunér, D.&C. Ahlberger. Cognitive History: Mind, Space, and Time[G]. Walter de Gruyter GmbH, Berlin/Boston, 2019.（文中仅标页码的引文均出自此。）

［2］Richardson, A.&E. Spolsky. The Work of Fiction: Cognition, Culture, and Complexity[G]. Aldershot, Uk: Ashgate, 2004.

［3］Richardson, A. *The Neural Sublime: Cognitive Theories and Romantic Texts*[M]. Baltimore: The Johns Hopkins University Press, 2010.

［4］蒋勇军. 叙述在认知中的功能与机制 [D]. 重庆：四川外语学院，2009.

［5］蒋勇军. 依恋与悲怆——认知历史主义视阈下《英格兰，英格兰》的情感认知解读 [G]. 认知诗学：第 10 辑，2022：200-214.

［6］李其维. "认知革命"与"第二代认知科学"刍议 [J]. 心理学报，2008，40(12)：1306-1327.

［7］漆侠. 论历史研究的方法 [J]. 中国文化研究，2003(04)：1-14.

［8］唐孝威. "语言与认知文库"的总序 [G]// 李恒威. "生活世界"复杂性及其认知动力模式. 北京：中国社会科学出版社，2007.

［9］张文涛. 丹尼尔·斯迈尔与"深度历史"理论 [J]. 世界历史，2020(03)：106-117+147.